월명성희

월명성희 6

이중수 판타지 장편 소설

초판 1쇄 찍은 날 § 2005년 1월 6일
초판 1쇄 펴낸 날 § 2005년 1월 16일

지은이 § 이중수
펴낸이 § 서경석

편집장 § 문혜영
편집책임 § 김희정
편집 § 장상수 · 한지윤
마케팅 § 정필 · 강양원 · 이선구 · 홍현경

펴낸곳 § 도서출판 청어람
등록번호 § 제1081-1-89호
등록일자 § 1999. 5. 31
어람번호 § 제1-0574호

주소 § 경기도 부천시 원미구 심곡1동 350-1 남성B/D 3F (우) 420-011
전화 § 032-656-4452 팩스 § 032-656-4453
http://www.chungeoram.com
E-mail § eoram99@chollian.net

ⓒ 이중수, 2004

ISBN 89-5831-380-3 04810
ISBN 89-5831-160-6 (SET)

이종수 판타지 장편 소설

월광의 성

月明星稀

6

완결

도서출판

청어람

목 차

6

장판파(長坂坡)의 몽환(夢幻)

"그 빌어먹을 얼간이 개자식이 항복 따위를 해?!"

장비가 정말로 열이 받은 듯 고래고래 고함을 내지르며 몇 번이고 벽을 후려쳤다. 요란한 소리와 함께 돌가루가 부서져 흘러내렸다. 하지만 유비 앞에서 다소 무례스럽게까지 보이는 이 행동을 제지하는 사람은 아무도 없었다. 그들의 심정도 똑같았던 것이다. 그들은 할 수만 있다면 유종이라는 그 멍청이를 가마솥에 삶고 싶은 심정이었다. 형주라는 큰 영지를 조조에게 공짜로 내주다니, 그게 제정신이 박힌 인간이 할 짓인가 말이다.

"끄응……."

유비가 골치가 아픈지 머리를 부여잡았다. 정말 예상 밖의 일이었다. 아무리 유종이 아직 세상물정 모르는 애송이라고 해도 설마 아버지에게 물려받은 영지를 고스란히 갖다 바치리라고는. 이렇게 된 이상 원래의 계획을 수정할 수밖에 없게 된 것이다.

그의 시선이 무심결에 방통을 향했다. 방통이 난감한 표정으로 작게 고개를 끄덕였다. 그 행동이 무엇을 의미하는지 아는 유비가 화답하듯 고개를 천천히 끄덕였다.

"모두 들으시오."

유비가 말했다. 그의 목소리는 조금 침울하게 들렸다.

"아군은 지금부터 강하로 갈 것이오."

"강하… 말씀입니까?"

미축이 물었다.

"그렇소이다. 어차피 여기 있어봤자 죽여달라고 목 내미는 꼴이나 마찬가지이니 말이오. 이미 유기 조카에게는 이쪽의 연(連 : 연통)을 띄워놨소. 그러니 최대한 빨리 떠날 차비를 서두르시오. 그리고 온 성에는 방(榜)을 붙이시오. 우리와 함께 떠나고 싶은 사람은 떠나고, 남고 싶은 사람은 남으라고."

"함께라니… 설마 백성들과 함께 강하로 향할 생각이십니까?"

유비의 말에 미축이 당황스럽다는 표정으로 입을 열었다. 지금이 어떤 상황인데 저런 말을 한단 말인가. 이미 형주의 유종이라는 걸림돌이 없어진 이상 조조는 더 이상 거릴 것 없이 아군을 맹추격할 것이다. 강하로 시급하게 길을 재촉해도 모자랄 판에 백성들과 함께 움직인다면 그 행군은 기필코 더뎌질 수밖에 없다. 그거야말로 죽음을 재촉하는 행위가 아니고 무엇이란 말인가.

"그렇소."

유비가 덤덤하게 말했다. 무엇이 문제냐는 듯한 반응이다.

미축은 기가 막혔다. 유비가 저렇게 뻔뻔하게 나온다는 것은 이미 마음을 정해두었다는 뜻이나 마찬가지였기 때문이다. 이 다급한 상황에 백성과 함께 같이 피난 길에 오를 생각을 하다니……. 역시 유비라는 감탄과 함께 땅이 꺼질 것 같은 걱정이 들었다. 그가 한숨을 내쉬며 다시 말했다.

"다시 한 번 생각해 보시지요, 주공. 그런 식으로 대처하다가는 백성과 함께 죽습니다."

"이번만큼은 아무리 자중(子仲:미축의 자)의 말이라 해도 마음을 돌리지는 않을 것이오."

"하오나……."

미축이 무어라 말하려고 하다가 결국 어두워진 안색으로 말꼬리를 흐렸다. 더 이상 얘기해 봐야 소용없을 것이라는 생각에서였다. 유비를 따른 것이 하루 이틀도 아니니 그의 심중이 얼마나 굳은지 짐작하는 것은 어려운 일이 아니었다.

"납득하신 걸로 알겠소."

유비가 그렇게 말하며 관우 쪽으로 시선을 돌렸다.

"운장은 손건과 함께 강하로 가서 유기 조카에게 원군을 요청하게나."

"알겠습니다."

"자룡에게는 나의 식솔을 맡기겠네."

"분부대로 하겠습니다."

처음에는 장비에게 식솔을 맡길까 생각해 봤지만, 역시 가장 믿음직스러운 것은 돌처럼 무거운 백발의 사내였다. 조운을 바라보는 유비의 눈빛에 어떤 굳은 믿음이 어려 있다.

"그럼 내일 아침에 당장 길을 떠나기로 하겠소. 조금도 머뭇거릴 시간이 없으니 말이외다. 아마 조조 녀석은 항복의 사신을 받자마자 이쪽으로 군대를 보냈을 것이오."

"흥."

구석에서 벽에 기대 있던 제갈량이 작게 코웃음을 흘렸다. 또 도망길인가. 세간의 명성 그대로구만.

'…지겹지는 않겠어.'

그가 야릇한 미소를 지었다.

*　　　　*　　　　*

조조는 양양에 입성했다. 피 한 방울 흘리지 않은 무혈입성이었다.

"공것은 언제나 좋은 법이지."

정욱은 이번 남정(南征)의 운수가 좋다고 생각하는 것 같았다. 대부분의 사람들이 그런 생각에 동의하는 것만은 명백한 사실이었지만, 그는 조조의 표정이 묘하게 밝지 않다는 것을 눈치 채지는 못했다. 물론 그가 형주를 공(空)으로 얻은 것을 달갑지 않게 여길 리가 없다. 두통 때문이었다. 간밤에 극심한 두통에 시달려 제대로 잠을 이루지 못한 것이다. 간만의 일이었다. 머리뼈가 부서져 버릴 것 같고, 뇌수가 터져 나가 버릴 것 같은 격통이 찾아온 것은. 그 때문에 조조는 상당히 신경이 날카로워져 있었다. 조금이라도 신경에 거슬리는 것이 있으면 베어

버릴 것같이 그렇게.

"흐음."

교의 등받이에 몸을 깊숙이 묻은 채로 조조는 살짝 인상을 찡그렸다. 느껴진다. 관부(官府)에 모인 형주의 관리들이 잔뜩 긴장하고 있는 것이. 그들은 자신의 입에서 나올 한마디 한마디에 온 신경을 집중하고 있다. 어떤 처사가 내려질지 걱정이라도 하는 것이리라. 상 혹은 벌. 문득 조조는 차가운 코웃음을 흘렸다.

"이곳에서 수군을 책임지고 있던 자가 누군가?"

그가 가장 먼저 꺼낸 말은 수군에 관한 말이었다.

순간, 형주의 관리 중 가장 앞에 서 있던 허여멀건한 인상의 젊은이의 얼굴이 사색이 되었다. 통성(通姓)은 하지 않았지만 그 젊은 사내가 유종이라는 것을 짐작하는 것은 어렵지 않았다. 보통대로라면 형주의 주인이었던 유종을 먼저 거명하는 것이 순서였을 것이다. 그렇게 하는 것이 예법과 도리에 맞는 일이 아니던가. 그러나 조조는 그렇게 하지 않았고, 그것이 유종의 얼굴이 사색이 된 이유였다. 일개 부하에게조차 뒤처졌다는 생각이 그의 뇌리를 사로잡은 것이다.

"제가 책임지고 있었습니다만……."

채모가 전주(前主)인 유종의 눈치를 보며 조심스럽게 앞으로 나섰다. 조조가 얼마나 무서운 남자인지는 귀가 따가울 정도로 들어서 잘 알고 있었다. 말 한마디라도 실수한다면 남은 인생이 상당히 우울해질 가능성이 많을 것이다. 채모는 긴장된 숨을 작게 뿜어냈다. 그는 땀이 밴 손바닥을 옷에 문질러 닦았다.

"흠, 자네인가. 분명 채모라는 이름이겠지?"

"그렇습니다."

"그렇군."

조조가 머리 속을 정리하듯이 빈 허공을 눈길로 스치듯 훑다가 다시 채모에게로 시선을 고정했다. 그의 차가운 시선에 채모는 몸을 흠칫했다. 마치 폐부를 얼려 버릴 것같이 싸늘한 시선이었다.

"수군이 얼마나 되는가?"

조조가 물었다.

"일만오천이 좀 넘습니다."

"싸움 배는?"

"오천 척 정도 됩니다."

"오천 척이라……."

예상했던 것보다 꽤 도움이 될지도 모른다고 조조는 생각했다. 전선(戰船)을 제조하는 일은 시간이 많이 걸리는 작업이었다. 뿐만 아니라 능숙한 수병을 키우는 일은 그보다 배는 더 힘들었다. 그 두 가지 문제를 동시에 해결할 수 있는 것이 바로 형주의 전선과 수군인 것이다.

"좋아, 자네는 계속해서 수군을 맡도록 하게."

"예……?"

"자네를 진남후(鎭南侯) 수군대도독(水軍大都督)으로 삼겠네."

"……."

갑작스레 조조가 큰 벼슬 이름을 꺼내자 채모는 실감이 나지 않는 듯 멍하니 눈을 끔벅였다. 기대하지 않았던 일이었기에 더욱 그러했다. 그는 기쁜 기색을 감추지 못하고 몇 번이고 고개를 숙여 조조에게 감사를 표했다.

"과분한 관직을 하사하심에 몸 둘 바를 모르겠나이다."

조조는 그저 냉소를 지었다. 아직 쓸모가 있는 개를 부려먹는 데에는 탐스러운 뼈다귀라도 물려줘야 하는 일이 아닌가. 나중에라도 개를 내치는 것은 어렵지 않다. 지금은 부려먹기만 하면 족한 것이다.

조조는 장윤, 괴월, 부손, 왕찬 등에게도 차례로 크고 작은 관직을 내렸다. 한눈에 형주의 관리들을 파악한 빠른 인사 처리였다. 아직은 채찍을 들 때가 아니었다. 달콤한 당근이라면 모르지만. 형주의 명망 있는 인사를 함부로 내치면 새로 편입될 형주 병사들의 융합과 사기에 문제 될 소지가 있었다. 그러나 제아무리 그런 생각을 가진 조조라 할지라도 형주의 원래 주인인 유종을 곱게 보아 넘길 마음까지는 없었다. 이런 변변치 못한 얼간이를 살려두는 것은 세상에 득될 것이 없다. 조조는 그러한 생각까지 들 정도였다.

"자네는 무슨 벼슬을 원하는가?"

조조가 유종에게 물었다. 다분히 도발적인 물음이었다.

"저, 저는 벼슬 자리는 바라지 않습니다. 그저 부친께서 사시던 땅에서 살고 싶은 마음뿐입니다."

유종이 떨리는 목소리로 대답했다. 그는 당혹한 기색이 역력했다. 조조의 태도에서 적의라면 몰라도 절대로 호감은 없다는 것을 눈치 챘기 때문이다. 식은땀이 주르르 흘러내렸다.

"사양하지 말게."

"…아, 아닙니다."

"사양하지 말고 말하래도."

"저는 정, 정말로 그런 마음은… 추호도 없습니다."

유종이 극구 부인하자 조조가 묘한 눈빛으로 유종을 바라보았다. 그 차가운 시선이 유종을 얼려 붙일 듯이 그에게 쏟아졌다.

"정말인가?"

조조가 말했다.

"…그렇습니다."

"흠, 그렇다면 내 맘대로 하지. 자네는 죽어주게."

너무나 담담하게 조조는 그렇게 내뱉었다. 그래서 더욱 현실 같지 않게 천천히 귓속에 다가왔는지도 모른다. 유종은 무언가를 잘못 들은 사람처럼 한참이나 멍한 표정으로 굳어 있었다.

경직된 뺨이 부르르 떨리더니 그의 입이 겨우겨우 열렸다.

"뭐, 뭐라고 하셨습니까?"

"죽이겠다고 했네만."

더 이상의 확인은 필요없었다. 조조가 손짓을 하자 뒤에 시립해 있던 허저가 검을 뽑아 들었다. 흉흉한 칼날의 광채가 순식간에 관부를 싸늘하게 만들었다.

"저, 저……."

원래 형주의 신하였던 이들은 난감한 표정으로 이러지도 저러지도 못하고 있었다. 조조는 진심이다. 그것은 의심할 나위가 없었다. 그렇기 때문에 그들은 더욱 망설였다. 도리대로라면 옛 주인을 구하기 위해 몸을 날리는 것이 정상이겠지만, 혹여 조조의 서슬에 말려들어 같이 칼날의 이슬로 화(化)해 버리는 것이 아닐지 걱정이 된 것이다. 방금 수여받은 높은 관직이 사슬처럼 그들의 발목을 옭아매었다.

“항복한 열후(列侯)를 살해하는 것은 법도에 어긋나는 일이 아니옵니까.”

겨우 나선 것이 괴월이었으나 조조는 눈도 깜박하지 않았다.

“나서는 자는 유종과 똑같이 처리하겠다.”

“……”

괴월의 입이 다물어졌다.

“승상.”

“공달도 예외일 수는 없소.”

순유의 부름도 조조는 일축했다. 그의 신경이 날카롭게 서 있지만 않았다면 이 정도까지 정색을 하고 유종을 몰아붙이지는 않았을지도 모른다. 그러나 지금의 그는 명백히 불쾌한 기분이었다.

“중강.”

조조가 재촉하자 허저가 천천히 유종에게 다가갔다. 유종은 후들거리는 발을 애써 움직여 보려 하지만 발은 땅에 붙은 듯 말을 듣지 않는다. 그의 얼굴에 안개 같은 공포가 드리운다. 죽어……? 죽는다……? 익숙지 않은 단어가 그의 입속에서 맴돌았다.

허저가 어느새 유종의 지척에 도달한다. 유종은 도움을 요청하는 눈으로 주위를 둘러봤지만 형주의 옛 신하들은 애써 그의 시선을 피했다. 수전에는 상대가 없다고 큰소리 뻥뻥 치던 채모도, 형주 제일의 모사라는 괴월도, 최선의 길이라며 항복을 권하던 왕찬도, 모두 죽은 듯이 조용하다. 유종은 마지막으로 아버지를 그려봤지만 아버지는 이미 이 세상에 없다는 것을 그는 잘 알고 있었다.

결국 유종은 모든 것을 체념한 표정으로 털썩 바닥에 주저앉고 말았다. 나약한 나… 개같은 세상… 개자식……. 유종이 저주하듯 중얼거렸다. 그는 이미 일어날 기운도 상실한 지 오래였다.

…누가 살려줘……. 유종은 결국 눈물을 흘렸다. 그것이 너무 치욕스러워 그는 가슴이 타 들어갈 것 같았다. 그러나 눈에서는 멈출 수 없는 눈물이 계속 흘러나왔다.

‘그것이 삶이오.’

이신은 나서려는 생각을 접었다. 이 젊은 청년에게 득이 되는 것은 구차한 목숨의 연명인가, 아니면 깨끗한 죽음인가. 이신은 후자라고 생각했다. 어차피 이런 나약한 맘으로는 오래 살지 못할 터였다. 차라리 죽는 것이 더 편안할지도 모른다. 이신은 나직한 한숨을 내뱉고는 눈을 감았다.

잠시 후, 귓속으로 찢어지는 비명성이 들려왔다.

그리고 비명성은 들려온 것만큼이나 빠르게 허공 속으로 흩어졌다.

"유비의 움직임은 어떠한가?"

조조가 말했다.

망자의 피가 채 식기도 전이다. 고통 어린 표정으로 눈을 부릅뜬 유종의 사체 앞에서도 조조는 조금도 동요하지 않았다. 오히려 그 태연자약함에 인간 같지 않은 기괴한 느낌이 들 정도다. 형주의 옛 신하들은 그런 조조를 보며 기묘한 표정을 지었다. 전 주인을 죽게 내버려 두었다는 데에 대한 인간적인 자책과 새로운 주인의 냉혈함에 대한 두려움 같은 감정이 그들의 표정에 섞여 있다.

"모르긴 몰라도 멀리는 가지 못했을 겁니다. 백성들과 같이 움직인다는 것은 행군의 대단한 장애 요소이니 말입니다."

입을 열어 대답한 것은 정욱이었다.

"강하로 향하고 있다고 했지?"

"예."

"당연한 말이지만 추격해야겠어. 당장 병력을 모으게. 기병 오천 기(騎)로 먼저 적을 쫓고, 나머지 군사도 그 뒤를 이어서 추격한다."

"알겠습니다."

*   *   *

강하로 향하던 유비군은 대단한 위기에 봉착하고 말았다. 당양현(當陽縣)에 도달했을 때 조조군이 덮쳐 온 것이다. 예정됐던 결과였다. 수많은 백성들과 함께 느릿느릿 행군하니 조조군에게 따라잡힐 것은 자명한 사실이었던 것이다. 하지만 닥친 현실은 상상보다 더 어려웠다. 적을 아무리 베고 또 베어도 퇴로는 보이지 않았다. 유비군은 불과 삼천 기, 그러나 조조군은 그 두 배를 넘었다. 게다가 후방에서 쫓아오는 무리까지 합하면 열 배는 족히 될 것이다.

"……."

조운은 굳은 인상을 찌푸렸다. 벌써 몇 명을 베어 넘겼는지 모른다. 한 스물두 명 정도는 되었을까. 딴생각을 할 틈도 없었다. 그를 따르는 다른 병사들도 죽기를 각오하고 병기를 휘두르고 있었다. 기합 소리와 신음성, 병장기 부딪치는 소리가 주변에서 요동했다. 그를 더 조바심 나게 한 것은 어느샌가 떨어져 나가 버린 주모(主母)들의 수레였다. 하지만 지금은 백성과 병사들을 위해 길을 뚫는 게 우선이다. 그렇게 생각한 조운은 흑창(黑槍)을 힘껏 움켜쥐었다.

"살고 싶으면 하나라도 더 죽여라!"

평소의 조운이라면 생각할 수 없는 말이 그의 입에서 흘러나왔다. 그는 저런 비장한 독려(督勵)를 하는 지휘관은 아니었다. 그만큼 상황이 위급하게 흘러간다는 뜻일까.

쉬익.

조운의 흑창이 대기를 찢었다. 눈이라도 달린 것처럼 창날은 쭉 뻗어가 조조군 병사의 목을 긁고 지나갔다. 선혈이 뿜어져 나오며 병사의 시체가 말에서 떨어져 굴렀다. 조운이 탄 말이 거칠게 선회했다. 거의 동시에 날카로운 창날이 조운의 가슴팍의 흉갑을 스치고 지나갔다.

"젠장!"

옆에서 기습했던 조조군 병사가 안타깝다는 듯 혀를 찼다. 대체 눈도 보이지 않는 장님이 어떻게 저렇게 기민한 움직임을 보일 수 있단 말인가?

쐐액!

순간 조운이 왼손으로 조조군 병사의 창대를 잡아당기며 오른손만으로 빠르게 창을 뻗었다. 생각지도 못한 공격에 그 병사는 꼼짝도 할 수 없이 목숨을 내주는 수밖에 없었다. 한 손만으로 그 무거운 장창을 다룰 수 있다니…….

콰악!

병사의 마지막 생각은 창날이 목뼈를 관통한 순간 끝났다.

그리고 조운은 병사가 놓친 장창을 왼손만으로 세게 집어던졌다. 정확히 또 다른 적병이 있는 곳에.

“크아악!”

단말마의 비명과 함께 낙마한 또 한 명의 적병이 땅을 뒹굴었다. 조운이 던진 창은 그 조조군 병사의 복부를 관통했던 것이다.

순식간에 셋. 다른 조조군은 손쓸 사이도 없이 그저 뜬눈으로 조운이 아군 병사 셋을 도륙하는 것을 지켜봐야 했다. 조조가 친히 가리고 가려 뽑은 기병이건만 조운 앞에서는 너무나도 연약해 보였다.

“여… 역시……..”

누군지는 알고 있었다. 백발에 장님인 장수는 세상에 한 명밖에는 없었다. 게다가 저런 실력을 지닌 자라면. 단신으로 백 명이 넘는 병사를 도륙했다는 몽환창 조운밖에는 없을 것이었다.

조조군은 질린 듯한 표정이다. 조운은 거의 일격을 넘지 않고 그들을 한 명씩 베어 넘기고 있었다. 그것은 이미 전투가 아니라 학살에 가까웠다. 피가 묻은 흑색 창날이 또 한 명의 적병을 베어 넘기자 서서히 군의 사기가 역전되기 시작했다.

“하압!”

조운의 학살에 자극받은 듯 유비군 병사들의 공격에 힘이 실리기 시작했다. 그리고 조금씩 조조군의 시체가 늘어갔다.

“…대단하군.”

유비는 솔직히 감탄했다. 자신이 직접 임명한 사이비 군사(軍師)에게 말이다.

조조의 움직임은 민첩하고 기민했다. 발빠른 기병으로 먼저 퇴로를 차단하고 본군으로 끝장낸다는 생각은 과연 조조의 용병술이라고 할 만했다. 수만이나 되는 적의 본군이 도착한다면 아군은 그대로 파멸에 치닫게 될 것이었다. 죽기 살기로 적의 기병을 물리치는 수밖에는 방법이 없었다. 그러나 그마저도 삼천 기밖에 안 되는 유비군에게는 힘겨운 일이었다. 만약 량(亮)이라는 이름을 가진 군사가 없었다면 어떻게 되었을는지……. 유비는 쓴웃음을 지었다.

"끄악!"

제갈량은 말 그대로 종횡무진이었다. 누가 갑옷도, 말도 없이 기병을 저렇게 도륙할 수 있다던가. 묵빛 칼날은 쉴 새 없이 적의 연약한 살을 도려내고 피를 뿜어내었다. 주인 잃은 말이 울부짖으며 우왕좌왕한다. 지극히 무심한 얼굴로 제갈량은 적병을 베어 넘겼다. 그러나 그의 가슴은 진한 흥분으로 터질 듯이 쿵쾅거렸다. 그가 검을 휘두르는 공간에서 검풍(劍風)이 치솟아올랐다. 그가 진지하게 달아올랐다는 증거였다. 그것은 목숨을 건 줄타기에 몸을 맡기고 있다는 의미이기도 했다.

타악.

풀이 바스락거리며 누웠다. 흙을 가볍게 박차고 제갈량은 허공으로 날아올랐다. 그 표현이 옳을 것이다. 그의 몸은 명백히 조조군 기병의 얼굴에 검은 그림자를 드리웠으니까. 왼팔의 빈 소매가 바람에 날카롭게 펄럭였다.

"이, 이 자식……!"

놀란 그 병사가 창날을 황급히 제갈량을 향해 치켜 올렸다. 그러나 운신이 자유롭지 않은 허공이라는 제약은 제갈량에겐 통용되지 않았다. 그의 칼날이 빠르게 움직이자 창대가 쪼개지며 날아가 버렸다. 경악한 병사의 얼굴에 죽음의 그림자가 드리운다. 그가 제갈량의 희미한 미소를 확인했을 때 그의 머리는 이미 제갈량의 두 번째 검격에 의해 몸통과 분리되어 있었다.

"겉멋은 더럽게 들었군."

장비가 투덜거렸다. 분명 공격 일변도의 과격한 검술이었지만 절제된 동작은 얼핏 우아하게 보이기까지 했다. 그것이 왠지 그의 성질을 자극한다.

"하앗!"

짜증이 섞인 몸짓으로 장비는 애꿎은 조조군 병사에게 화풀이를 한다. 몸을 사리지 않고 장비가 적병에게 뛰어들었다. 세찬 찌르기가 폭풍처럼 조조군을 휘저었다. 갈대가 꺾이듯이 조조군 병사들이 사정없이 쓰러져 갔다. 안개 같은 피보라가 대지에 흩뿌려졌다. 가끔씩 조조군의 창날이 장비의 몸을 스쳐 지나갔지만 그의 두터운 근육의 벽 앞에서는 생채기나 다름없는 상처였다.

"휘유… 둘 다 잘하고 있군."

유비가 질린다는 듯 고개를 절레절레 젓는다. 이 상태라면 그럭저럭 늦지 않게 돌파가 가능하리라. 정말 어울리지 않는 한 쌍이었지만 실력만큼은 제일임이 분명했다. 과장없이 둘이서 백 명은 죽였을 것이다. 마치 경쟁이라도 하듯이 그들은 조조군을 썩은 나뭇가지 베듯 죽여 넘기고 있었다.

"자자, 더 힘내라고. 이백은 죽여야지, 응?"

유비가 짐짓 너스레를 피웠다.

시간이 얼마나 흘렀는지는 모른다.

팔이 저려오고 목이 갈라질 듯이 타왔다. 불같은 격통이 어깨 근방에서 느껴지는 것이 칼에 베이기라도 한 듯했다. 조운은 피로 범벅이 된 흉갑과 투구를 벗어 던졌다.

쿵!

무게만큼 둔중한 소리가 병장기 소리와 비명 소리가 잦아들은 허공에 울렸다.

"장군!"

전쟁터에서 갑옷과 투구를 벗어 던진다는 것이 얼마나 무모한 짓인가. 언제나 냉정 침착한 조운의 행동이라고는 믿겨지지 않는 일이었다. 주변의 병사가 사색이 되어 조운을 불렀다.

"신경 쓸 것 없어. 아무것도 아니다."

조운이 무슨 생각을 하는지 모르는 텅 빈 눈으로 병사를 응시했다. 훤히 드러난 백발이 바람에 떨리듯 흩날린다. 오랫동안 땀과 피에 절어 기분 나쁘게 끈적이는 상의가 그를 불쾌감에 젖게 했다. 조운의 날카로운 눈매는 수상한 적의를 머금고 있다.

"몇 명이나 남았지?"

그가 물었다.

"……."

주춤주춤 살아남은 병사들이 서로를 둘러본다. 흙먼지와 피투성이가 된 그들은 아직도 살아남은 것이 실감나지 않는지 멍한 눈이다. 긴장의 끈이 풀려 버리면 금방이라도 주저앉을 것 같아 그들은 억세게 쥔 병기를 아직도 놓지 않고 있다. 팔뚝에서 꿈틀거리는 힘줄처럼 그들은 이를 악물었다.

"삼십 명 정도……."

머뭇거리며 한 병사가 대답했다. 참담한 숫자였다. 원래 이백 기 가까이 되던 숫자가 이만큼이나 줄어든 것이다. 그보다 더 많은 조조군을 지옥의 원귀(冤鬼)로 만들어 버렸지만 그들에게 그런 성과는 의미가 없었다.

"삼십 명……."

조운이 중얼거린다. 그의 목소리가 왠지 안타깝게 들려왔다. 병사가 이 정도라면 백성은 또 얼마나 많이 죽었겠는가. 원망스럽다. 힘이 없는 것이 정말로 원망스럽다.

그러나 포기할 수는 없었다. 유비에게 부탁받은 주모와 소주인(小主人)만이라도 반드시 구해와야 했다. 설령 이 한목숨을 잃는 한이 있을지라도.

"가라."

문득 조운이 입을 열었다.

"네?"

"가라. 가서 주공을 모셔라. 그것이 더 안전할 것이다."

"장군께서는……?"

병사의 말에 대답은 돌아오지 않았다. 어느새 조운은 말고삐를 움켜쥐고 서북쪽으로 달리고 있었다. 조조의 본군이 있는 바로 그 방향이었다.

"…자룡이 배반했습니다."

간신히 목숨을 부지하고 유비 곁으로 돌아온 미방이 일그러진 안색으로 그렇게 고했다. 칼을 흙바닥에 내동댕이치고 가쁜 숨을 몰아쉬는 그 기색에 거짓은 없었다. 그는 진심으로 그렇게 믿고 있는 듯했다. 다른 이도 아니라 유비를 오랫동안 따랐던 미방의 말인지라 좌중이 역력히 동요한다. 비록 그것이 도저히 믿기 힘든 말이라고 할지라도.

"그럴 리가 없다."

유비가 일축했다. 차라리 조운이 죽었다는 말이 그에게는 더 믿기 쉬운 말이었다. 배반과는 절대로 거리가 먼 조운이 아니던가.

"제 두 눈으로 똑똑히 보았습니다. 그가 조조의 본군이 있는 서북쪽으로 말을 향하고 있는 것을."

미방이 다시 말했다. 적어도 그의 말이 거짓이 아니라는 것만은 알 수 있었다. 그의 목소리는 일말의 분노까지 은은하게 서려 있다. 그렇다고 조운의 배반이 사실이 되는 것은 아니었지만.

"무슨 연유가 있겠지. 그는 조운이다."

"내가 찾아보겠소."

장비가 나섰다. 그럴 리가 없는 남자라는 것은 잘 알고 있었다. 하지만 혹시라도 이 난국에 마음을 고쳐먹었다면……? 어쨌든 직접 두 눈으로 확인하는 것만이 방도일 것이다.

"나도 같이 가겠어."

제갈량이 눅눅한 목소리로 말했다. 그는 광포하게 날뛰었던 살심(殺心)을 굳게 닫아놓은 눈빛이다. 그것이 그에게 더욱 위화감이 들게 했다.

"군사?"

유비가 눈을 동그랗게 떴다.

"죽을지도 몰라. 조운 자룡이라는 남자."

제갈량의 말에 유비의 얼굴이 어색하게 굳었다.

아직은 괜찮다. 아직은 추락하지 않았다. 아무것도.

조운은 난폭할 정도로 거칠게 말을 몰았다. 지친 말이 괴로움으로 울부짖는 것이 느껴졌다. 말을 바꿔 타야 할까? 아직은 괜찮다. 이 녀석도 아직은 추락하지 않았다. 그리고 자신도.

"한참 전에 대부인께서 머리를 풀어헤친 채 신조차 신지 못하신 맨발로 한 무리의 인파에 휩쓸려 남편(南便)으로 황황히 가시는 것을 뵈었습니다."

수레를 지키던 군사 중에 간신히 살아남은 이에게 그 소리를 들은 것이 이각 전이었다. 조운은 다시 말 머리를 남편으로 돌렸다. 감 부인을 찾기 위해서였다. 그러나 당양벌은 아녀자 하나 찾기에는 너무나 넓었다. 만나는 인파마다 지나치며 물어보기를 수차례. 아직 감 부인의 행적은 묘연하기만 했다.

몸이 지쳐 온다. 땀이 얼굴로 줄줄 흘러내리고 있었다. 천 조각으로 단단히 묶어놓은 왼쪽 어깨의 상처에서 선혈이 흥건하게 배어나왔다. 뜨겁게 쏟아지는 햇빛이 괴로울 정도로 이마를 옥죄온다. 조운은 거친 숨을 몰아쉬었다. 이대로라면 몸이 녹아 없어져 버릴지도 모른다는 생각마저 들었다.

"대부인!"

한 무리의 인파와 마주치자 조운은 소리를 질렀다. 갈라진 목소리가 마치 금이 간 논바닥 같다.

"대부인 계십니까!"

조운이 한 번 더 외쳤다. 여기도 없는 것인가……. 그가 막 말 머리를 돌리려고 할 때 인파의 한구석이 웅성댔다. 그리고 울부짖는 듯한 여인의 목소리가 들렸다.

"장군…….."

"대부인……?"

조운이 급하게 그리로 내달았다. 울음이 섞여 있었지만 잊을 리가 없는 목소리였다. 그는 확신했다, 그녀가 감 부인이라는 것을.

"괜찮으십니까?"

"나는… 괜찮습니다."

이제 살았다는 안도감에서였을까. 감하는 그만 맥이 풀려 주저앉고 말았다. 조운이 그런 그녀를 부축해 일으켜 세웠다.

"소부인과 소공자께서는?"

"…나도 모릅니다. 조조의 군사에 의해 흩어져 정신없이 쫓기다 보니……."

감하의 목소리가 부들부들 떨렸다. 끔찍한 일이라도 상상하는 것일까.

"말에 오르십시오. 소장이 모시겠습니다."

조운이 그녀를 안아 올리려 손을 내밀었다.

그때였다.

"아니, 그 부인은 나에게 맡기지."

조운이 황급히 고개를 돌렸다. 그리고 그는 얼어붙은 듯 그 자리에 굳어버렸다.

그곳에는 제갈량이 서 있었다. 제갈량은 의미 모를 가는 미소를 띠고 있었다.

"서둘러."

제갈량이 재촉했다.

남편과는 달리 적의 본군이 있는 서북쪽으로 달려가는 것은 힘겨웠다. 끊임없는 적의 저항에 창날이 쉴 틈조차 없었다. 피를 머금은 흑빛 창날은 몇 번이고 적병의 목숨을 날려 버렸다. 과연 이 아수라장에서 소부인과 소공자가 살아남았을까. 이유있는 불안감이 그의 가슴을 잠식했다. 어쩌면 턱도 없는 희망일지도 모른다, 소부인과 소공자를 구한다는 것이. 아니, 혹은 그들을 구한다고 할지라도 어떻게 무사하게 남쪽까지 호위한단 말인가.

조운은 가슴이 답답해졌다. 그러나 어찌할 도리는 없었다. 그저 임무를 다하기 위해 끊임없이 북쪽으로 달려가는 것밖에는.

"빌어먹을."

또 적이다. 조운은 조급한 가슴을 진정시키며 창대를 움켜잡았다. 적의 무리는 수십 기. 그중의 우두머리로 보이는 장수가 말을 달려 앞으로 나섰다.

"네놈이 조운이군."

증오와 함께 호기가 가득한 목소리로 적장이 말했다. 아마 백발을 보고 알아봤으리라. 조운은 머리털을 다 뽑아버리고 싶은 심정이었다.

아마 지금까지 달려든 적들 중에 공명심(功名心)에 사로잡혀서 부나방처럼 달려든 이들도 적지 않을 것이다. 귀찮다. 정말로 귀찮다. 조운은 인상을 찌푸렸다.

"그래서?"

성가시다는 듯한 말투로 그가 말했다. 그것이 적장의 신경을 자극했을까. 적장이 분에 섞인 어조로 소리쳤다.

"승상의 보검장(寶劍將)인 이 하후은이 너를 도륙 내주마!"

"보검장이라……."

의천이 아니면 청홍이리라. 그러나 조운은 그것이 청홍이라고 확신했다. 은은한 붉은색 기운이 눈앞에 어른거렸기 때문이다. 보지 못해도 느낄 수 있다. 심상치 않은 명검의 기운이라는 것을. 아마 부러진 청홍검을 다시 손을 보기라도 한 모양이었다.

"그야말로 돼지의 목에 걸린 진주로군. 조 승상도 눈이 멀어버렸나."

"뭣이?!"

비아냥거리는 조운의 말에 하후은은 치미는 분노를 주체하지 못했다. 이를 뿌드득 갈며 그가 미친 듯이 조운에게 달려들기 시작했다. 그 기세는 금방이라도 조운의 몸을 동강 내버릴 듯이 격렬했다.

그러나 싸움의 승패는 기세만으로 결정되는 것이 아니었다.

"창을 든 상대에게 똑바로 달려들다니 정말 어리석기 그지없군."

조운이 빠르게 창을 내질렀다. 제자리에서 시도한 찌르기라고는 믿기지 않는 속도로 검은 창날이 허공 저편으로 비상했다. 그리고 그 창날은 하후은의 청홍검이 채 닿기도 전에 그의 흉갑을 산산조각 내며 가슴을 꿰뚫었다. 쇠로 된 갑옷도 조운의 창날 앞에서는 무용지물이나 마찬가지였다.

"끄으윽……."

입에서 피 거품이 올라 나왔다. 낙뢰를 맞은 것처럼 하후은의 전신이 부르르 떨렸다. 경악한 눈동자의 동공은 터질 듯이 부풀어 올라 있었다.

즉사하지 않은 것만 해도 칭찬해 주지.

조운은 눈을 가늘게 뜨고 창날을 다시 회수했다. 동시에 하후은의 손에서 청홍검이 쇳소리를 내며 떨어졌다. 너무나 눈 깜짝할 사이의 일에 주변의 병사들은 석상처럼 미동도 하지 못했다. 그들은 명백히 두려움에 질린 눈으로 조운을 응시하고 있었다.

"잡졸까지 죽이고 싶지는 않다."

조용한 그의 목소리가 시발점이라도 된 것처럼 조조군 병사들이 앞다투어 도망가기 시작했다. 사색이 된 그들의 마음속에는 적을 죽여야 한다는 생각보다는 한목숨 부지해야 한다는 생각이 더 컸던 것이다.

"…진주는 받아두지."

조운의 손이 떨어진 청홍검을 수습했다.

목구멍이 불에 덴 것처럼 타왔다. 바스락거리는 대기는 너무나 건조했고, 태양은 뜨거웠다. 가고자 하는 길은 끝이 보이지 않았다. 하얗게 젖은 끝없이 펼쳐진 나락 속의 길을 달리는 것 같다. 지친 말이 몇 번이고 괴로운 숨을 내뱉었다. 조운은 땀이 흥건히 젖은 말의 갈기를 쓰다듬었다. 포기하고 돌아갈까……. 그런 생각이 든 것도 무리가 아니었다. 기저가 무겁게 추락하는 기분이다. 이대로 쾅, 쓰러져 버려도 이상한 일은 아니다. 그런 그를 지탱하는 것은 불쾌한 느낌이었다. 이 당양이라는 벌판에서 소부인과 소공자를 놓아버린다면 일생 만날 수 없을 것 같은 느낌이 들었다.

목이 참을 수 없이 말랐다. 지나친 갈증에 아찔한 현기까지 느껴질 정도였다. 조운은 말을 멈췄다.

우물이 있었다. 어디선가 본 적이 있는 듯한 우물. 지나쳤던 곳일까? 아니면 단순한 느낌일 뿐일까. 상관은 없었다. 지금은 타오르는 목구멍을 식히기만 하면 족했다.

조운은 말에서 내려 천천히 우물가를 향해 걸어갔다.

"……."

황폐한 폐가의 불에 탄 벽 근처에 덩그러니 우물이 놓여 있었다. 가까이 가서 보니 이미 바닥이 마른 우물이었다. 그러나 이제 그런 것 따위는 아무래도 상관없었다.

조운은 입술을 꾹 깨물었다.

그곳에 있었다, 소부인이 소공자를 안고서.

"소부인……."

조운이 신음하듯 중얼거렸다. 미란. 금방이라도 툭 건들면 재가 되어 하늘로 날아갈 것 같은 분위기를 가진 그 여인은 아수라장이 속에서도 담담한 표정이었다. 마치 전쟁터가 아니라 잔잔한 바람이 부는 고요한 들판에 홀로 유람이라도 나온 것처럼. 왼쪽 허벅지에 큰 상처가 난 듯 붉은 피가 계속해서 흘러나왔지만 그녀는 인상 하나 찌푸리지 않았다. 아두(阿斗)라는 아명을 지닌 소공자는 그녀의 품에서 편안히 잠들어 있었다.

"장군."

평소 이 소부인이 얼마나 말수가 적은지 조운은 잘 알그 있었다. 이런 상황에서도 예외는 아니었는지 그녀는 그 한마디만을 내뱉고는 품에 안고 있던 아두를 조운에게 내밀었다. 그녀의 눈빛이 조운에게 조용히 속삭이고 있었다. 이 아이를 맡아달라고.

"……."

조운은 아두를 안아 들었다. 왠지 그렇게 하지 않으면 안 될 것 같은 기분이 들었다. 미란은 조운이 아두를 안아 들자 답례하듯 희미한 미소를 지었다. 가는 연기처럼 흐릿한 미소였다.

"가세요."

그녀가 말했다.

"소부인께서는?"

"전 틀렸습니다. 창에 찔렸어요. 설혹 그렇지 않더라도 제 목숨으로 인해 장군의 목숨까지 위태롭게 할 수는 없습니다."

"무슨 말씀을……!"

조운이 놀란 목소리로 외쳤다. 포기할 수 없다. 여기까지 와서 포기할 수는 없었다.

"저를 살리시려 한다면 필경 모두 파탄에 이르게 될 겁니다."

"소장이 살립니다!"

"…아니요."

그녀가 무릎걸음으로 걸어가 우물가에 등을 기댔다. 상처에서 떨어진 선혈이 대지에 붉은 자국을 만들었다. 그녀의 창백한 손이 무언가를 갈구하듯 허공에서 퍼졌다. 그녀의 붉은 입술이 다시 달싹거렸다.

"저는 여기서 죽을 겁니다. 그렇게 해야 해요."

"소부인!"

우물에 떨어질 작정이다. 조운이 놀라서 그녀를 향해 급히 몸을 날렸다.

"상공께… 사랑했다고 전해주세요."

미란이 마지막으로 슬픈 미소를 지었다. 그녀의 몸이 우물의 깊은 바닥을 향해 추락한다. 조운의 손은 애달프게 빈 허공을 갈랐다.

"소부인… 소부인… 소부인……!!"

그곳에는 조운의 비통 어린 외침만이 허공에 메아리쳤다.

조운은 흑철중창(黑鐵重槍)을 땅에 집어던져 버렸다. 아두를 왼손에 안고 있다. 제아무리 그라 할지라도 오른손 하나만으로 무거운 흑창을 계속 다루는 것은 무리였다. 결국에는 근육이 파열되어 파멸로 치닫게 될 것이다. 믿을 것은 오직 하나. 조조의 두 번째 명검, 청홍검뿐. 푸른 검집에서 뽑아 나온 청홍이 심상치 않은 붉은 광채를 발한다.

뚫을 수 있을까. 그런 생각은 없었다. 오직 뚫고 나가야만 한다는 생각뿐. 뚫지 못하면 죽는다. 아니, 설혹 죽는다 할지라도 뚫는다. 적병을 죽이고 빼앗아 탄 말이 힘차게 남편(南便)을 향해 내달렸다.

"거기 멈춰라!"

어느 순간, 한 무리의 보군(步軍)이 조운을 가로막았다. 그들을 지휘하는 장수는 조홍(曹洪)의 부장인 안명(晏明)이었다. 쓸 만한 무용으로 하북에서는 제법 이름을 떨친 장수였다. 그는 끝이 세 갈래가 난 양날

칼을 흉흉하게 움켜쥐고 있었다.

"비키지 않으면 죽는다."

조운이 경고하듯 말했다. 그는 말의 속도를 죽이지도 않고 그대로 돌진했다. 붉은 흙먼지가 뿌옇게 피어올랐다.

"건방진 놈!"

안명도 지지 않고 조운에게 달려들었다. 거의 동시에 그들의 손에서 바람 소리와 함께 참격이 뻗어 나왔다. 평상시의 조운이었다면 단지 일격에 끝장을 낼 수 있었을지도 모른다. 그러나 조운의 손에 들린 것은 창이 아니라 검이었다. 불행 중 다행이라면 그 검이 희대의 명검이라는 것이었지만.

차앙!

첫 번째 충돌음과 함께 안명의 칼날이 깨어져 허공으로 산산이 흩어졌다. 명검도 명검이었지만, 검을 쓰는 자의 검기(劍氣)도 흔해 빠진 수준이 아니었기에 청홍검은 정말로 쇠를 간단하게 베어버렸다. 과연 조조가 자랑할 만한 명검이었다.

"죽어라."

조운은 그치지 않고 제이격을 안명에게 날렸다. 대기를 깨끗하게 자르는 수직 베기. 그리고 이미 무기를 잃어버린 안명은 그 공격을 받을 수 없었다.

파악!

우드득! 머리뼈가 기향(奇響)과 함께 박살이 났다. 뇌수와 선혈이 터져 나와 조운의 몸을 적셨다. 핏방울이 얼굴에까지 튀었지만 조운은 눈썹 하나 꿈쩍하지 않았다.

그 살벌한 기세에 순간적으로 조조의 병사들이 멈칫했다. 그 순간을 놓치지 않고 조운은 병사 한 명의 목을 절단하며 말을 내달았다.

피.

증오.

살의.

두려움.

분노.

여러 가지 감정이 뒤섞여 그에게 전달되어 온다. 급해진 심장 박동이 터질 듯이 그를 압박했다. 온몸에서 느껴지는 격통이 살갗을 찢어 버릴 것같이 고통스러웠다. 돌아볼 여유도 없었다. 그저 달린다. 앞만을 보고 달린다. 앞을 막는 이가 있다면 검으로 베고 지나갈 뿐이다. 자신이 무엇을 하는지 제대로 의식하지 못할 정도로 조운은 정신이 없었다. 반사적으로 몸이 먼저 움직일 뿐이다. 백 명? 이백… 아니, 삼백? 얼마나 베었지……?

"커억……!"

조운의 칼날이 움직일 때마다 적병들이 피를 흘리며 쓰러졌다. 그는 감히 근접하기조차 힘든 혼이 담긴 검기를 사방에 뿌리고 있었다. 이렇게 많은 적들에게 둘러싸인 상황에서도 그의 검격은 잔인하리만치 차갑고 정확했다.

그는 개미 떼처럼 둘러싼 조조군의 몇 겹의 포위를 뚫고 또 뚫었다. 피할 곳은 없었고 오직 검으로 베고 지나가는 길밖에는 없었다. 조금이라도 머뭇거린다면 죽음을 기다릴 수밖에는 없는 상황이었다. 적의 공격에 말이 죽어 두 번이나 말을 빼앗아 탔고, 전신은 크고 작은 상처

로 엉망이었다. 갑옷조차 벗어 던진 그였지만 급소만은 철저하게 방어
하고 있었다. 여기서 죽을 수는 없었다. 절대로.

"놈! 거기까지."

적장이 한꺼번에 넷. 조금 숨통이 트이는가 했더니 어느새 앞뒤에서
조조군 병사들이 쏟아져 나왔다. 마연(馬延)과 장의(張顗), 초촉(焦觸)
과 장남(張南)이 이끄는 군사들이었다. 원래 원소 밑에 있던 자들이기
에 안면이 있는 장수들이었다. 평소였다면 네 명 모두와 한꺼번에 겨
루는 것도 가능할 테지만 지금의 조운은 너무 지쳐 있었다. 게다가 왼
손에는 아두까지 안고 있기에 운신의 폭도 자유롭지 않았다. 침통한
한숨이 조운에게서 흘러나왔다.

"죽기 싫으면 비켜라."

몇 번이나 내뱉은 소리를 조운이 다시 입에 담았다. 그것이 단순히
경고가 아님을 지금까지 쓰러져 간 무수한 시체들이 증명해 주고 있었
다. 그들도 몽환창 조운의 실력이야 익히 알고 있기에 쉽게 다가가지
는 못했다. 그 인간 같지 않은 문추와 수십 합을 겨뤘던 남자인 것이
다.

"몽환창 조운 자룡이라… 지금 나의 눈에는 그저 죽기를 기다리는
쥐새끼에 지나지 않아 보이는데?"

초촉이 한 자루 칼을 빙글빙글 돌리며 비아냥거렸다. 여기서 조운을
죽인다면 단번에 출세하게 될지도 모른다. 그것이 그를 물러서지 못하
게 하는 이유였다.

"……"

조운은 대답하지 않았다. 가쁜 숨을 몰아쉬며 그는 복잡한 생각을

정리하고 있었다. 먼저 한 사람을 일격에 죽이지 않으면 자신은 절명하게 될지도 모른다. 사방에서 몰아닥치는 칼날의 폭풍을 피하기에 지금의 자신은 무력하기만 할 뿐이었다.

"뭐야, 얼었냐?"

마연이 도발하듯이 말하며 조운에게 다가갔다. 등 뒤에 있다는 것이 절대적인 자신감이 되어 마연을 부추기고 있었다.

'선제.'

일 대 다(多)의 싸움일 경우 무조건 선제공격만이 살길이다. 동시에 쳐들어오는 칼날을 방비하는 것은 하늘을 들어 올리는 것만큼이나 힘든 일이었다.

조운이 막 선제공격을 위해 청홍검을 수평으로 눕혔을 때 어떤 이변이 일어났다.

"고생하는군."

작지도 크지도 않은 목소리였다. 그러나 기이할 정도로 귀를 울리는 탁한 음성이었다. 마치 끓어오르는 진흙 더미 같은. 순간적으로 모두의 시선이 목소리가 난 쪽을 향한다. 그곳에는 검은색 옷을 입은 외팔이 사내가 맹렬한 기세로 달려오고 있었다. 말도 없이 저렇게 빠르게 움직일 수 있을까, 하는 의문이 들 정도로 믿기 힘든 속도였다. 순간적으로 뭐에 홀린 것처럼 그들은 멍한 눈으로 외팔이 사내를 바라보고 있었다. 사내는 혼자서 이백 기가 넘는 병사들을 향해 돌진하고 있었다. 조금의 머뭇거림도 없이.

"군사(軍師)……."

조운이 웃는 건지, 우는 건지 모를 기묘한 표정을 지었다.

제갈량의 손이 천천히 묵빛 검을 뽑아 든다. 피를 잔뜩 머금은 칼날이 태양 광을 받아 기괴한 빛을 발했다. 칼날을 보고 퍼뜩 정신이 들었는지 초촉이 소리쳤다.

"저 녀석을 죽여라!"

상식적으로 판단해 볼 때 겨우 한 명의 적이 두 명이 된 것뿐이었다. 별다른 장애도, 아니, 장애조차 되지 못했다. 하지만 그들은 곧 그 상식이 얼마나 어이없는 생각이었는지를 뼈저리게 느낄 수밖에 없었다.

"하압!"

근처에 있던 조조군 병사 둘이 각기 창칼을 들고 제갈량에게 달려들었다. 과연 어떻게 대처할까 꼴이라도 좀 보자는 듯 초촉을 비롯한 네 명의 장수는 조운마저 내버려 둔 채 제갈량을 응시했다.

"흥."

제갈량이 코웃음을 치며 칼날을 공중에 후려갈겼다. 생각지도 못한 거리에서 상상도 할 수 없는 빠른 속도의 검격에 병사 하나의 가슴이 쩌억 갈라지며 선혈이 안개처럼 뿜어져 나왔다. 남은 병사가 채 상황을 판단하기도 전에 제갈량은 몸을 회전시키며 멍한 눈초리의 병사의 허리를 베어갔다. 지극히 날카롭고 매서운 일격. 제갈량의 칼날은 병사의 허리를 반이나 베어 들어가서야 겨우 멈췄다.

단 두 번의 칼질. 그리고 두 명의 목숨이 날아갔다.

"저, 저……"

믿기지 않는다는 듯 초촉이 눈을 부릅떴다. 강하다. 굉장히 강하다. 그도 싸움터를 제법 전전한 장수였기에 한눈에 제갈량의 실력을 어느 정도 알아볼 수 있었다.

"한꺼번에 덤벼들어 죽여!"

곁에 있던 장남이 부르짖었다.

"가능할까? 저 사람은 나보다 강하다고."

조운이 조소를 흘렸다. 절대로 적으로 돌리고 싶지 않은 사내를 적으로 돌린다는 것이 어떤 의미인지 그들은 이제부터 뼈저리게 느끼게 될 것이었다.

"폭참(爆斬)."

앞에서 한꺼번에 달려드는 조조군의 병사들을 향해 제갈량은 세게 대지를 걷어찼다. 동시에 엄청나게 강한 위력의 횡격이 그들을 향해 펼쳐졌다. 머리칼이 날릴 정도의 검풍이 사납게 일었다. 그리고.

콰아아악!!

눈 깜짝할 사이에 앞 열에 있던 여섯 명의 머리와 몸통이 분리되어 버렸다. 자신이 어떻게 죽었는지조차 모르는지 허공에 뜬 그들의 얼굴은 의문에 가득 찬 표정이다. 목에서 짙은 선혈이 뿜어져 나오면서 하체가 천천히 주저앉았다.

"으… 으아아아아……!!"

뒤에 있던 병사들은 앞에 있던 병사들의 머리가 갑자기 베어지자 경악감에 휩싸여 두려움에 질린 소리를 내질렀다. 무기마저 놓쳐 버린 이들도 있었다.

그리고 제갈량은 너무나도 간단히 그들을 도륙했다.

쉬익.

목에 생채기 같은 혈선 두 줄기가 나는가 했더니 멀쩡하던 병사 둘이 땅바닥에 뒹군다. 그것으로 끝이었다. 그들은 더 이상 숨을 쉴 수 없었다.

"저, 저런 자식이⋯⋯."

⋯존재한단 말이냐?! 장의는 채 말을 잇지 못했다. 너무나도 압도적이다. 제갈량은 마치 병사들을 아이처럼 가지고 놀고 있었다.

제갈량이 칼날을 땅으로 비스듬히 기울인 채 뚜벅뚜벅 걸어왔다. 피가 칼날의 선을 타고 주르르 흘렀다. 아무도 제갈량을 저지하지 않았다. 그들은 감히 다가가지 못한 채 주춤주춤 뒤로 물러섰다.

"나는 천하무적이다. 막으면⋯ 죽어."

제갈량이 비릿한 미소를 흘렸다.

*　　　*　　　*

"난리도 아니군."

전령의 말을 들은 조조가 살짝 인상을 찌푸렸다. 단 한 기의 적에게 장수가 열이 넘게 꺾이고, 병사가 수백이 죽었다. 이게 말이 되는가 말이다. 게다가 상대는 저번에도 이백을 도륙했던 몽환창 조운. 정말 기구한 인연이다. 빌어먹을 정도로.

"제가 가볼까요?"

허저가 우직스럽게 말했지만 조조는 고개를 저었다.

"그럴 필요 없어. 겨우 한 명에 그렇게까지 힘을 소비할 필요는 없겠지."

"하지만."

"혼자서 그렇게 날뛴다는 것은 유비군의 전력이 바닥났다는 의미나

다름없어. 유비는 독 안에 든 쥐다. 이대로 추격하여 씨를 말려 버리면
될 일이야."

"……."

허저가 다소 불만스러운 표정으로 물러선다. 그 백발 녀석과는 저번
에 못 봤던 끝을 봐야 하는데……. 그가 아쉬운지 입맛을 다셨다.

"문제라면……."

순유가 입을 열었다. 조조의 시선이 그쪽을 향한다.

그가 말을 이었다.

"이번 일로 유비도 정신이 바짝 들었다는 겁니다. 더 이상 백성들을
챙겨가며 느릿느릿 행군하지는 않을 것입니다. 제 목숨보다 소중한 것
은 없는 법이니 말입니다."

"흐음… 물론 그럴 수도 있네."

"좀 더 속도를 높이는 것이 어떻겠습니까."

"그러지."

조조가 대수롭지 않다는 듯 말했다. 조운이라는 예상외의 변수로 추
격이 늦어진 것은 틀림없었지만, 그렇다고 크게 걱정할 만한 정도는 아
니었다. 설혹 이곳에서 놓치더라도 변변한 근거지조차 없는 유비의 세
력은 언제든 무너뜨릴 수 있었다. 그에게는 여유가 있었다.

"그럼 그렇게 전하겠습니다."

*   *   *

조조가 지금 닥친 상황을 알았다면 아마 허저를 보내지 않았던 것을

후회했을지도 모른다. 단 한 사람의 사내에 의해.

초촉의 몸이 말 위에서 힘없이 무너져 내렸다. 그의 몸에서 선혈이 무수히 쏟아져 나와 대지를 붉게 적셨다. 그 끔찍한 광경을 창출한 검은 옷의 사내는 입가에 음산한 미소를 띠었다. 그의 손이 검을 허공에 한 번 세게 털자 핏방울이 대지에 튀었다.

"으… 으……."

대체 무슨 일이 일어난 거지……? 장남의 긴장된 뺨이 부르르 떨린다. 식은땀이 줄줄 흘러나와 그의 관자놀이를 적시고 있었다. 순식간에 시체가 되어 널브러진 이십여 명의 병사. 그리고 그 안에는 방금 목 없는 귀신이 된 초촉도 포함되어 있었다. 마치 저승사자처럼 핏기 없는 얼굴의 깡마른 사내는 무를 썰 듯 인간의 육체를 도륙하고 있었다. 치가 떨릴 정도로.

"못 막는다고 했지."

조운이 청홍검을 치켜들고 장남을 향해 단숨에 돌진했다. 남의 흥취를 깰 마음은 없지만 지체할 시간이 별로 없었다. 그렇지 않았다면 끼어들지도 않았을 것이다.

"제, 젠장……."

장남이 급히 창끝을 조운에게 찔렀지만 창끝은 허망하게 허공을 갈랐다. 조운은 어느새 장남에게 근접해 있었다. 그의 청홍검이 빠르게 장남에게 내려쳐졌다.

"우웃…!"

장남이 창을 회수할 틈도 없이 창대를 올려 세워 조운의 공격을 막는다. 그러나 조운의 검은 천하의 명검. 평범한 나무 막대가 막아낼 수 있을 리 없었다.

파각!

한차례 파공음이 들리더니 장남의 가슴이 흉갑과 창대와 같이 쪼개져 버렸다. 그의 의식은 순식간에 어둠 속에 묻혀 버렸다. 쏟아지는 피와 함께.

"호오."

제갈량은 역시 제법이라는 눈으로 조운을 바라보았다.

"시간이 없어서 말입니다, 군사."

조운이 제갈량에게 고개를 조금 숙여 보이고는 이미 포위라는 말이 무색해진 병사들 사이로 말을 타고 사라졌다. 목숨을 구해준 상대에게는 다소 박한 행동일수도 있겠지만, 오히려 걱정을 받아야 할 쪽은 자신이었다. 적어도 아직 팔팔한 제갈량을 막아낼 수 있는 상대는 이곳에서 보이지 않았다. 솔직한 심정으로 조운은 제갈량의 안위를 병아리 눈물만치도 걱정하지 않았다.

좋은 판단이다. 제갈량은 비릿한 미소를 지었다. 차라리 그것이 성가시지 않았고 바라던 바였다. 그에게 단신으로 도주라는 난해한 과제 따위는 이미 익숙해진 경험의 한 부분에 지나지 않았다.

"퇴각."

제갈량이 조용하게 중얼거렸다. 그의 검이 한 적병의 팔뚝을 베고 지나갔다. 허공에 뜬 팔뚝이 떨어지기도 전에 그는 남편을 향해 빠르게 달려가기 시작했다. 조조군 병사들은 멍한 표정으로 감히 추격할 엄두도 내지 못했다. 생명은 소중하다는 당연한 진리가 그들의 움직임을 막고 있었던 것이다.

멈추지 않았다.

조운은 멈추지 않고 계속해서 말을 재촉했다. 땀이 비 오듯 쏟아졌다. 몸 여기저기에서 끔찍한 고통이 느껴지고 수많은 적을 벤 오른팔은 마비라도 된 듯 감각이 느껴지지 않았다. 목이 격렬하게 타올랐다. 그러나 멈출 수는 없었다. 계속 가야만 했다. 가지 않으면 지금까지 흘린 피는 존재 가치가 없는 무(無)가 되어버린다.

조운은 눈을 감았다. 피가 언제 튀었는지 입 안에서 짭짜름한 피 맛이 돌고 있다. 바람이 쿵쾅쿵쾅 대는 심장의 박동처럼 간헐적으로 불어왔다. 그는 문득 어릴 적에 들은 옛이야기 하나를 떠올렸다.

그것은 사랑하는 여주인을 구하기 위해 목숨을 걸었던 한 노비의 이야기였다. 여주인의 가문이 반역 누명을 받자 노비는 목숨을 걸고 여주인과 함께 도피 길에 오른다. 목숨을 건 도피 길. 베고, 베고, 베고, 또 베고. 일개 무부의 용맹은 여주인을 향한 지극한 마음으로 더욱 불타올랐다. 그러나 그들은 결국 힘이 다해 강물에 함께 몸을 던져 죽는다. 아주 단순하고 뭣도 아닌 얘기였다. 그 얘기를 지금 왜 갑자기 떠올렸는지도 몰랐다.

조운은 픽 웃으며 떨리는 눈꺼풀을 위로 쳐들었다.

무언가가 느껴진다. 전신이 파열될 것 같은 고통과 어지러운 현기증 속에서.

그것은 다리였다.

"자룡!"

누군가의 목소리를 들었다. 그러나 그 목소리가 누구의 목소리인지 떠올리기도 전에 조운의 몸은 무너졌다. 흐릿한 의식의 끈 속에서. 그의 왼손은 필사적으로 아두를 안은 채 그대로다.

낙마한 조운의 등에는 은빛 화살이 깊숙이 꽂혀 있었다.

와룡의 비상(飛翔)

　“자룡……..”

　한탄스런 신음을 흘리는 것은 유비였다. 그는 무척이나 어두운 안색이었다. 마음이 편할 리가 없다. 가장 아끼는 상장(上將)이 반송장이 되어 돌아왔으니. 그것도 자신의 자식놈을 구하려다가 그 모양이 된 것이었다. 만약에 죽기라도 한다면 천추의 한으로 남을 것이다.

　“괜찮겠소?”

　미축이 물었다.

　쓸 만한 의원 하나 구할 수 없는 상황이었다. 그럭저럭 의술에 조예가 있다며 치료를 자청하고 나선 방통이 묵묵히 고개를 저었다. 그의 고갯짓이 마치 사형 선고처럼 황량하다.

　순간, 유비는 심장이 떨어져 나가는 듯한 충격을 받았다. 그는 떨리는 손으로 방통의 옷을 세차게 부여잡았다.

"설마, 힘들다는 말씀입니까……? 그런 겁니까?"

"일단 할 수 있는 조치는 다 취했지만……."

방통이 조운의 맥을 조용히 짚어본다. 미약하지만 맥이 뛰고 있다. 다른 상처도 상처였지만, 문제는 등에 박힌 화살이었다. 화살이 급소를 빗나갔고, 급히 화살을 뽑아 지혈을 하긴 했지만 이미 피를 너무 많이 흘린 상태였다. 조금이라도 피를 더 흘렸다면 살 수 없었을 것이다. 그러나 급작스레 많이 흘린 피는 머릿골에 손상을 줄 수도 있다. 극심한 피로와 과다한 출혈이 겹쳐 빈사의 갈림길에서 헤매는 조운에게 그것은 치명적일 터였다. 부디 그러지 않기만을 바라는 수밖에는.

"그래서… 어떻습니까?"

유비가 재촉하듯 물었다.

"아마 일어나실 겁니다. 저는 그렇게 믿습니다. 조 장군께서는 천하의 강골을 가지신 분이니까요. 이런 상처로 영영 쓰러지셔서는……."

방통의 고요한 눈이 유비를 똑바로 응시했다. 그는 입을 열어 조그만 목소리로 말이 되지 않지요, 라고 덧붙였다.

유비는 수긍한다는 듯 작게 고개를 끄덕였다. 조운은 이런 곳에서 나자빠질 남자가 아니다. 절대로.

"주공."

미축이 유비의 기색을 살피며 조심스럽게 입을 열었다.

"뭐요?"

"아까 전령이 왔습니다만… 군사(軍師)가 이렇게 전하라고 했다는군요. 먼저 퇴각하라고."

“뭐? 군사가 말이오?”

조운으로 인해 심란한 와중에도 유비는 의아했다. 대체 무슨 생각일까. 그의 속내를 짐작하는 것은 꽤나 힘든 일이었다.

“장판교에서 혼자서 조조군을 막겠다고 했다는군요.”

“…혼자서?”

“그렇습니다.”

“내 곁에는 용감한 사내들 천지로군.”

유비가 한숨을 내쉬며 이마를 부여잡았다. 대체 축복인지, 불행인지. 더 이상 부하를 위험에 처하게 하고 싶지는 않았다. 하지만 그 외팔이 사내를 말릴 수 있는 사람은 아무도 없었다. 그는 설혹 나락이라도 스스로의 의지만 있다면 망설임없이 뛰어들어 갈 수 있는 남자였다.

“지금 이 순간에도 조조군이 뒤쫓아오고 있습니다. 제가 생각하기에도 지금은 지체할 시간이 없습니다. 군사도 군사 나름대로의 생각이 있을 테니 주공께서는…….”

유비가 미축의 말을 끊었다.

“알았소. 내가 가지 않으면 이 열혈 사내들의 피가 너무나 아깝겠지.”

유비의 눈빛은 어둠처럼 깊게 가라앉아 있었다.

＊　　　　＊　　　　＊

“죽었을까요?”

장료가 물었다. 그녀는 은빛의 경갑주에 손에는 진홍색의 활대를 들고 있었다. 입술을 살짝 찡그리는 것이 조운에게 날려보낸 시(矢)가 별로 마음에 차지 않는 듯했다.

"글쎄요. 빗나간 것은 틀림없어 보이지만……."

이신이 애매한 표정으로 대답했다.

"실수했어요. 소첩이 시위를 너무 늦게 놓아버렸습니다."

"빗나갈 수밖에 없는 화살일 수도 있죠. 그런 바람 속에서는 누구라도 화살을 제대로 날리지 못할 겁니다."

"그렇지만……."

"그보다 부인답지 않군요. 등을 보이고 있는 상대에게 화살을 꽂아 넣다니."

이신의 목소리가 조금 무거움을 띤다. 비겁함을 책망하려는 의도 따위는 아니었다. 여기는 분명히 전쟁터이기 때문이다. 다만 평소의 장료의 성격과는 다른 행동이었기에 그것에 대한 의문이었다.

문득 그녀가 눈을 매섭게 치떴다.

"소첩은 상공의 길에 장애가 될 사람이라면 누구에게든 화살을 날릴 수 있습니다."

"…그런가요."

이신이 씁쓸히 고개를 끄덕였다. 그래, 어쩌면 나약한 것은 자신일지 모른다. 저런 마음가짐이 없으면 전장을 제대로 헤쳐 나갈 수가 없지 않은가. 죽이지 않으면 죽는다. 그것이 전장을 지배하는 유일한 진리였다.

그가 장료의 어깨에 살며시 손을 얹었다.

"앞으로도 부탁드려도 될는지요."

이신이 조용한 목소리로 속삭였다.

"예… 언제든지……."

장료의 속눈썹이 가늘게 떨렸다. 창백한 그녀의 뺨이 불그스름하게 상기된다. 이신의 입술이 어느새 다가가 그녀의 하얀 독에 살포시 와 닿았기 때문이다. 두근대는 가슴의 박동이 왠지 이상하다. 전장이라서 그럴까. 그녀의 입가가 조그맣게 달싹거린다.

"저기… 상공……."

"그걸로 됐습니다, 저는."

이신이 어느샌가 그녀의 눈앞에 시원하게 미소를 보였다.

*　　　　*　　　　*

"대체 무슨 속셈이오?"

장비가 연신 고개를 갸웃거리며 물었다. 혼자서 장판교를 막겠다니 미치광이라도 하지 않을 발상이었다. 차라리 다리를 끊어버리고 도망치는 것이 최선의 방책이 아닌가. 조조군이 다리를 이을 시간에 열심히 도주하면 되는 것이다. 그러나 저 남자는 분명히 혼자서 장판교를 막겠다고 지껄여 대고 있었다.

"말 그대로. 내가 장판교를 막겠어."

"정말 얼어죽을 소리로구만."

도저히 납득이 안 된다는 듯 장비가 인상을 찌푸렸다. 어차피 그래 봤자 제 목숨, 걱정하지는 않았지만 혹시라도 군에 악영향을 끼치는 것만은 용납할 수 없었다.

"당신에게 부탁이 있어."

제갈량이 말했다. 그의 눈빛은 묘한 이채를 발하고 있었다.

"뭐요?"

"지금 당신에게 병력이 얼마나 있지?"

"한… 오십 기?"

"그렇군."

제갈량이 생각을 정리하듯 검집을 어수선하게 만지작거렸다. 장비는 멀뚱멀뚱 그런 그를 바라보았다.

잠시 후, 그의 입이 다시 열렸다.

"당신의 군사들을 시켜 나뭇가지를 베어 말꼬리에 달아 끌고 숲 속에서 이리저리 내달리게 해줘. 되도록 먼지를 높이 치솟게 해서 대군이 있는 것처럼 상대를 속일 수 있게."

"흐음."

그제야 뭔가 감이 온 듯 장비가 그 큰 눈을 이리저리 굴리더니 이윽고 고개를 끄덕였다.

"과연… 그런 속셈이로구만. 뭐, 알았소. 그렇게 하도록 하지."

"좋아."

제갈량이 건조한 목소리로 중얼거렸다.

*　　　*　　　*

혼자라… 무엇을 의미하는 것일까.

아무도 묻지 않았다. 그리고 그도 말하지 않았다.

흑색 무복(武服)은 피에 젖어 검붉게 물들어 있었다. 왼팔의 빈 소매가 황량하게 흔들린다. 유난히 핏기없는 이마에 검은 머리칼이 늘어뜨려져 있다. 키가 크고 깡마른 그 남자의 오른손에는 장검이 들려 있었다. 검의 끝이 땅을 향해 있다.

그의 무심한 눈은 마주해 있는 일단의 대군대를 향하 있지 않았다. 그저 멍하니 허공 어딘가를 응시하고 있다. 어둑어둑해진 하늘에서 떨어지는 빗줄기를 기다리듯이 그는 군대에는 아무런 반응도 주지 않았다. 남자에게 정적이라도 내려앉은 듯하다.

어둠과 정적. 남자는 미동조차 하지 않았다. 시간이 흐르는 것을 느끼게 해주는 것은 바람에 의해 바스락거리는 뒤 숲의 나뭇가지의 흔들림이었다. 마치 이 세상에 존재할 수 없는 무언가를 목도한 느낌이다. 아무런 냄새도 분위기도 풍기지 않았다. 마치 까마귀의 깃털 뭉치를 허공에 놓아둔 듯이. 수행이 깊은 수도승도 저러지는 못할 것이다. 금방이라도 폭풍처럼 덮쳐 버릴 것 같은 대군 앞에서.

어색한 대치가 이루어져 있은 장판교는 실패한 수묵화의 한 장면 같았다.

"……."

조조는 침묵했다. 장판교에 홀로 서 있은 남자가 누군지 알기에 더욱 쉽게 입을 열 수 없는 건지도 몰랐다. 유오(孺烏). 언제인가 서주성에서 자신을 홀로 죽이러 왔노라고 검을 빼 들었던 바로 그 남자였다.

제갈량……. 신음하듯 조그맣게 중얼거리는 사마의의 목소리가 귀를 울려온다.

그래, 네가 제갈량이었나……? 정말로 우습도록 묘한 인연이다. 그

때 그 애송이가 손책을 죽이고, 박망파에서 자신의 군대를 태워 버리고, 이곳에서 홀로 자신의 군대를 가로막다니. 난세의 방랑자라고 생각했던 남자가 사실은 폭풍의 진원지나 다름없었던 꼴이다.

"…강해졌군."

조조가 중얼거렸다. 그것은 확실했다.

하지만 무슨 속셈일까. 저 눈은 절대로 죽으려는 눈은 아니다. 옥쇄(玉碎)의 일전을 각오한 그런 눈이었다면 지체없이 돌격 명령을 내렸을 것이다.

마음에 걸리는 것은 숲에서 솟구치는 인위적인 흙먼지였다. 군사가 숨어 있다는 것만은 확실했다. 손권에게서 원군이라도 얻은 것일까? 단순한 매복? 아니면 허장성세? 불이라도 놓으려는 건지도 모른다. 조조의 머리 속은 복잡하게 돌아가기 시작했다.

"승상."

순유가 조조를 불렀다.

"왜 그러지?"

"매복이라도 있는 걸까요?"

"아무런 대비도 없이 혼자서 다리를 막는 인간은 없겠지."

"병사 몇을 보내보는 것이 좋겠습니다."

순유가 그렇게 말했다. 일단 허실을 떠보자는 의미였다.

조조는 고개를 끄덕였다.

"누구 나가서 저자를 베어버릴 사람은 없는가?"

"소장에게 맡겨주시옵소서!"

조조의 말이 끝나기가 무섭게 한 장수가 나섰다. 하후씨의 일족으로 하후걸이라는 장수였다. 조조도 알고 있는 그는 전장에서 여러 번 공을 세운 제법 용맹한 전도유망한 젊은이였다. 그러나 제갈량의 상대가 될 리가 없었다. 그것은 잘 알고 있었다. 하나… 아직 이를 드러내지 않은 승냥이에게는 미끼를 던져 볼 필요가 있었다. 설령 저런 장수 하나쯤 희생하더라도.

"맘대로 해봐라."

조조가 말했다.

"감사합니다, 승상."

이럇! 하후걸이 억센 고함을 지르며 말의 옆구리를 걷어찼다. 그는 그대로 무서운 속도로 제갈량에게 달려들었다. 제법 기백이 있어 보이지만 상대는 일개 보병, 하후걸은 창칼을 부딪치기도 전에 상대를 얕보고 있었다. 그것이 얼마나 치명적인 실수인지 깨닫지 못한 채.

질풍처럼 쇄도하는 와중에 하후걸은 보았다.

그가 웃음을 지었다. 죽어 있던 멍한 눈이 불타오르듯 약동했다. 그 시선은 정확히 자신을 향해 쏟아져 가고 있었다. 입가의 조소와 어우러져 그 눈빛은 불쾌하게 다가왔다. 돌연 참을 수 없는 분노가 내부에서 치밀어 올랐다.

"기분 나쁜 새끼!"

하후걸이 격하게 외쳤다. 한 창에 꿰어버리겠다. 그는 장창을 들어 강하게 찔렀다. 제갈량이 들고 있는 검의 길이의 두 배는 너끈히 넘을 것 같은 장창이 달려오는 가속력까지 받아 무서운 속도로 대기를 갈랐다. 의심할 여지없이 깨끗하고 강한 일격이다. 그는 과거 몇 번이나 적장을 도륙했던 이 공격을 굳게 믿고 있었다. 이번에도 상대의 가슴팍을 통렬하게 꿰뚫을 것을 기대하며.

그리고 느리지도 빠르지도 않은 속도로 제갈량의 검이 허공에서 움직였다.

"뭐……!"

그 순간 기묘한 감각이 하후걸을 엄습했다. 현기가 치밀고 세상이 빙빙 돌았다. 자신이 허공에 떠올랐다는 것을 의식한 것은 어둑한 하늘이 눈앞에 다가왔을 때였다. 어째서……? 그 의문을 떠올렸을 때 숫제 몸이 깨지는 듯한 격통이 허리 부근에서 느껴졌다. 비명을 질러보려고 했지만 목소리는 나오지 않았다. 아주 잠시 후, 그의 의식은 어둠 속으로 영원히 가라앉고 말았다.

털썩!

상반신과 하반신이 동강난 하후걸의 몸이 둔탁한 소리를 내며 바닥에 추락했다. 곧이어 그의 말이 피를 내뿜으며 쓰러졌다.

"맙소사……!"

순유가 비명을 질렀다. 정말로 눈 깜짝할 사이에 벌어진 이 끔찍한 참사(斬死)에 조조군은 싸늘하게 얼어붙었다. 마치 믿기지 않는 일을 본 것처럼 그들은 눈을 크게 떴다. 피와 함께 장기가 꾸물꾸물 쏟아져 나오는 시체를 보고 구토를 하는 병사도 있었다. 익숙한 전쟁터였지만 동강이 난 시체를 보는 것은 그들에게도 색다르고 충격적인 경험이었던 것이다.

"놈……!"

하후돈이 이를 부득 갈았다. 비록 친자식은 아니었지만 아끼던 족척(族戚)이었기에 그 분노는 더욱 이루 말할 수 없었다. 그가 금방이라도 뛰어나갈 듯이 유엽도를 뽑아 들자 곁에 있던 사마의가 말렸다.

"왜?"

하후돈이 무서운 눈으로 쏘아보았지만 사마의는 굳은 표정으로 고개를 저었다.

"무슨 무사도도 아니고 어리석게 한 명씩 차례로 달려갈 필요는 없잖아요. 상대는 한 명이라고요. 그리고……."

그녀의 말이 채 끝나기도 전에 앞으로 달려나가는 군마가 있었다. 하후돈의 부장인 종진(鍾縉)과 종신(鍾紳) 형제였다. 그들은 주장(主將)인 하후돈의 눈치를 보고 그의 마음에 들 절호의 기회라고 생각해서 지체할 것 없이 뛰어나간 것이다. 얼마나 좋은 기회란 말인가. 비록 괴물 같은 녀석이었지만 단 한 녀석만 죽이면 출셋길은 열린 것이나 마찬가지이니 말이다.

"저 바보들……."

사마의가 어이없다는 듯이 이마를 감싸 쥐었다. 아직도 모르는 건가, 상대가 얼마나 무지막지한 인간인지?

"승상."

"그냥 놔둬."

순유가 염려스러운 표정을 지었지만 조조는 개의치 않았다. 어차피 죽을 사람은 어찌하든 죽는다.

무슨 꿍꿍이속인지 드러내 보여봐라. 조조는 눈을 가늘게 뜨고 제갈량 쪽을 응시했다.

"활을 당겨라!"

종진과 종신은 하후걸처럼 무턱대고 돌진을 하진 않았다. 그들은 궁전수(弓箭手)를 앞으로 세웠다. 누구나 목숨은 하나뿐이다. 그렇다면 좀 더 승산이 있는 방법으로 적을 상대하는 것은 당연한 것이다. 먼 거리에서 쏘아대는 화살을 계속해서 피한다는 것은 제 어떤 고수라도 힘겨운 일일 터였다.

"잔 수작을 부리는군."

제갈량이 이죽거렸다. 그는 장난처럼 하후걸의 동강난 사체를 탁하고 걷어차더니 종진과 종신을 향해 마구 뛰어가기 시작했다. 믿기지 않을 정도로 빠른 속도였다.

"빨리 쏴라!"

놀란 종진이 다급히 소리쳤다. 그러나 그의 명령이 떨어지기도 전에 이미 사색이 된 궁전수들이 허둥지둥 활을 당겼다.

쐐애액!

공기를 찢으며 날아가는 십여 발의 화살. 그중에서 똑바로 제갈량의 몸을 향해가는 것은 세 발이었다. 대단한 신법(身法) 조예가 있는 고수가 아니고서는 동시에 날아드는 세 발의 화살을 모두 피하는 것은 불가능에 가까웠다. 섬광 같은 화살의 속도는 함부로 몸을 피할 시간조차 허락하지 않았다. 그러나 세상에는 예외도 있다는 것을 그들은 알게 되었다.

"망참(罔斬)."

제갈량이 순간적으로 호흡을 멈췄다. 그리고 그의 손에서 그물같이 빽빽한 검격이 펼쳐졌다. 무척이나 엄밀하고 빠른 검세(劍勢)였다. 그 검세의 압력은 화살 세 대를 순식간에 산산조각으로 박살 내버렸다. 궁전수들의 눈이 터질 듯이 휘둥그레졌다.

숨을 내뱉지 않아 붉게 상기된 안색으로 제갈량은 멈추지 않고 그대로 달려갔다. 검은 폭풍처럼 그는 가공할 기세로 쏟아져 갔다.

"큭……!"

두 발째를 당길 겨를조차 없었다. 어느새 목전에 도달한 제갈량의 묵빛 검이 예리한 사선을 그리며 내려쳐졌다.

팍!

한 궁전수의 목과 팔이 동시에 잘리며 허공으로 솟구쳤다. 그 손에 들린 활이 채 땅에 떨어지기도 전에 피가 묻은 검은 다음 희생양을 찾아 빠르게 움직였다.

"커억! 컥!"

단말마의 비명이 연속해서 두 번 들려왔다. 썩은 나무를 베어 넘기듯이 제갈량은 너무나 손쉽게 병사들을 베어 넘겼다.

"이노오오옴!"

치미는 분노로 눈이 뒤집힌 종진이 큰 소리를 지르며 도끼를 들고 제갈량에게 미친 듯이 달려들었다. 잔뜩 힘을 실은 도끼가 섬뜩한 바람을 일으켰다. 머리통을 깨부술 듯이 떨어지는 도끼날을 제갈량은 차가운 시선으로 응시했다. 그의 입가에 가는 조소가 떠올랐다.

"무식할 정도로 정직하군."

제갈량이 가볍게 몸을 비틀었다. 그러자 맹렬히 밀려오던 도끼날이 아무런 저항 없는 빈 허공을 가른다. 종진이 제이(二)의 공격을 준비할 시간은 없었다. 칼날이 무정하게 종진의 목줄기를 뚫었다. 순식간에 목덜미는 피투성이가 된다. 그걸로 끝이었다. 숨이 끊어진 종진의 몸은 힘없이 바닥에 쓰러졌다.

"형니이임!"

종신의 눈에 핏발이 선다. 피에 굶주린 늑대처럼 그는 말조차 버려둔 채 화극을 꼬나 들고 제갈량에게 몸을 날렸다. 동귀어진이라도 할 기세였다. 하지만 그의 화극은 제갈량의 검과 겨우 한 번 얽혔을 뿐이다. 화극을 비켜내며 제갈량이 그의 옆구리에 칼날을 박아 넣었다.

"크아악!"

종신은 비명을 지르며 절명했다. 원통에 찬 눈을 감지도 못한 채.

"다음은 네놈들인가?"

선혈이 뚝뚝 흐르는 검을 든 채로 제갈량이 싸늘한 눈길로 살아남은 병사들을 바라보자 병사들이 부들부들 떨리는 다리로 뒤로 물러섰다. 저도 모르게 병장기마저 놓아버린 병사도 있었다. 겁을 집어먹은 것이다. 순식간에 장수 두 명을 잃은 그들의 충격은 대단했다. 그것도 단 한 명에게.

"…여전하군요."

장료가 눈썹을 찌푸렸다. 비록 왼팔을 잃었지만 예전에 서주에서 보았던 기량 그대로였다. 아니, 오히려 더 강해졌을까. 그때도 심검(心劍)을 소유한 사내였지만 지금은 그 바닥을 예측조차 할 수 없었다.

"대단하군요."

이신이 작게 고개를 끄덕였다. 무언가가 변했다. 물속을 걸을 수도 있을 것같이 무게가 느껴지지 않는 발걸음이 그랬고, 숨 막힐 듯한 살의가 풀풀 풍기는 검기에서 좀 더 느긋한 검기로 바뀐 것도 그러했다. 대체 뭐가 저 사내를 바꿔놓은 걸까. 윤곽이 없는 귀신처럼 그의 검술은 무언가 모호했다.

"무슨 생각일까요?"

장료가 물었다.

"책략이라는 거겠죠."

이신의 대답은 곧바로 나왔다. 피 묻은 장판교에서 떠오르는 생각은 하나뿐이다. 이를테면 장비 대신이라는 거겠지. 그렇다고 솔직하게 허장성세라고 답할 수도 없지 않은가. 여기서는 순순히 보내줘야 한다. 자신의 의도를 위해서라도.

"책략이요?"

"저 숲에 복병이 있을 겁니다."

이신이 흙먼지가 솟구치는 숲을 가리켰다. 확실히 거짓은 아니었다. 그곳에는 장비를 비롯한 수십의 병사가 숨어 있었으니까.

"유인하려는 속셈이군요."

"아마도……."

'…시간을 끌 작정이겠죠.'

이신이 속으로 중얼거리며 하늘을 올려다보았다. 비라도 내릴 듯이 하늘은 심상치 않게 어둑어둑해져 있었다. 게다가 이미 석음(夕陰)이 내려앉아 있었다. 시간을 끌기에는 최적이 아닌가. 세상이 완전히 어두워지면 조조도 추격을 포기하고 진채를 내릴 것이다. 조조로서는 그렇게까지 추격에 목을 매달 상황도 아니었기 때문이다. 압도적으로 유리한 상황에서 병사의 피곤을 각오하고 야밤에 추격 길에 오를 지휘관은 그리 많지 않았다.

"흠."

조조도 이신과 같은 생각을 하고 있었다. 시간을 끌려는 속셈인 것만은 확실해 보였다. 마치 계륵과도 같은 상황이다. 들어가기에는 뭔가 꺼림칙하고, 그렇다고 가만히 있는 것도 뭔가 아쉽고 찜찜했다. 끝끝내 혼자서 다리에 버티고 서서 다가오는 적을 다 벨 기세로 제갈량은 숨겨진 패를 드러내지 않았다. 그것이 마음에 걸렸다.

"승상!"

아군이 살육당하는 광경을 보고 얼굴이 시뻘게진 허저가 조조를 불렀다. 자신을 나가게 해달라는 의미였다.

"아니."

조조는 짧게 일축했다. 그의 말이 이어졌다.

"오 리쯤 물러나서 진채를 내려라."

형주를 공짜로 얻은 판국에 무리할 필요는 없을 것이다.

그의 결단은 내려졌다.

누구라도 이 광경이 사실이라고 쉽게 믿지는 못할 것이다.

단 한 명의 남자에 의해 썰물 빠지듯 자취를 감춘 조조의 대군에 관한 광경. 이게 말이나 되는가 말이다. 여포의 살인적인 기병도, 원소의 십만 대병도 해본 적 없는 일을 단 한 사람이 해낸 것이다. 무언가에 쫓기듯이 조조의 대군은 황망히 물러났다. 수습하지 못한 시체들만이 쓸쓸하게 장판교에 나뒹굴고 있었다.

"너, 너……."

장비가 말을 더듬었다. 그의 두터운 손바닥이 제갈량의 양 어깨에 올려져 있다. 그는 몇 번이고 바위 흔들 듯 제갈량을 흔들어댔다. 제갈

량의 안색이 슬머시 불쾌함에 젖었지만 저지하지는 않았다. 악의있는
행동은 아니라는 것을 알았기 때문이다.

"너… 아니, 군사, 정말 제법인데?"

평소의 반존칭도 잊고 장비가 말했다. 그의 입가에는 좋아서 죽겠다
는 듯 함지박만한 웃음이 떠올라 있었다.

"기본이지."

제갈량이 뻐근하다는 듯이 목뼈를 두둑 꺾었다. 평소라면 그 오만한
말을 질타하고도 남을 성격의 소유자인 장비였지만 지금은 달랐다. 그
는 그저 고개를 연신 끄덕여 보였다.

"아, 그래. 기본… 좋지. 좋고말고."

"왠지 실없어 보이는군."

그러나 그것은 오래가지 않았다. 제갈량이 툭 쏘아붙이자 장비는 금
방 평소의 상태로 돌아오고 말았다. 그가 강한 콧김을 내뿜었다.

"뭣이……?!"

"……."

제갈량은 표정 하나 바꾸지 않고 장비의 손을 뿌리치며 성큼성큼 걸
어갔다. 장비가 발끈해서 뭐라고 말하려 할 때 그가 입을 열었다.

"도박이 성공한 것뿐이야."

그의 목소리는 왠지 요요하게 들렸다.

*   *   *

조운이 정신을 차린 것은 유비가 무사히 강하에 몸을 의지했을 때였

다. 비록 눈은 떴지만 그는 사흘 동안이나 몸을 일으키지 못했다. 심한 상처에서 오는 후유증과 극심한 피로감은 쉽게 회복될 만한 성질의 것이 아니었던 것이다. 그가 간신히 거동을 하게 되었을 때 조조는 강릉성에서 남하를 준비하고 있었고, 손권의 진영도 분주하게 움직이기 시작했다.

손권에게서 사신이 온 것도 그때였다. 표면상으로는 유표의 죽음에 대한 조상(弔喪)이었지만 실상은 그것이 아니라는 것은 삼척동자도 알 수 있는 사실이었다.

"어떻게 해야겠습니까?"

유비가 방통에게 물었다. 드디어 손권과의 연계를 위한 끈 하나가 내려온 것이다. 제대로 붙잡지 않으면 절벽으로 추락할 수도 있다는 것을 그는 물론 잘 알고 있었다.

"그저 공명에게 맡기면 됩니다. 황숙께서는 그저 모른다고만 대답하십시오. 그래도 계속 묻거든 공명에게 물으라고 하십시오."

방통이 빙긋 웃었다.

"군사 말입니까?"

유비가 의외라는 듯 고개를 갸웃했다. 제갈량의 성격이라면 필경 사신을 화나게 할 수도 있을 것이다. 그렇다면 안 될 일이다. 모든 게 수포로 돌아갈 수도 있는 것이다.

"무엇을 걱정하십니까?"

유비의 심정을 짐작한다는 듯 방통이 은근한 목소리로 물었다.

"선생께서 생각하시는 그대로입니다."

"그렇다면 걱정하지 않으셔도 됩니다. 공명은 그렇게 막 나가는 성격도 아닐뿐더러……."

뭐가 아니야, 하고 소리쳐 말하고 싶은 마음을 유비는 간신히 억눌렀다. 그의 안면 근육이 기묘하게 떨렸다.

방통이 말을 이었다.

"강동과는 기묘한 인연이 한 가지 있거든요. 아주… 우리 편에 있어서는 중하고 긴밀한 인연 말입니다. 푸……."

그가 참지 못하고 웃음을 터뜨렸다. 그는 머리 속으로 주유를 떠올리고 있었다. 그 시체 같은 푸르딩딩한 안색에 성격까지 더러운 녀석과 천하에서도 이름난 미녀가 한 쌍이라니 왠지 터져 나오는 웃음을 참을 수가 없었다. 어울리지 않는다. 너무나 어울리지 않는다. 그러나 그런 사실이야 어떻든 간에 유비와 손권의 동맹에 그보다 큰 역할을 할 것은 없을 것이다. 그건 확실했다.

"인연……? 왜 웃으십니까?"

"아하하… 아닙니다."

방통이 싱글거리며 손을 내저었다. 그는 세상 누구에게 얘기해도 믿지 않을 일을 입에 담는 취미는 없었다.

"어쨌든 제 말대로 하십시오."

그가 덧붙였다.

손권의 사신은 노숙이었다. 그는 강동의 명문 호족 출신으로 상당한 식견과 기량으로 손권의 중한 신임을 받는 신하였다. 그런 이를 보냈다는 것만 봐도 이번 사절의 의미가 무엇인지는 금방 짐작할 수 있으리라.

노숙은 우선 유기를 만나 유표의 죽음을 조상한 뒤 유비를 만나길
청했다. 그들의 만남은 그렇게 이루어졌다.

"황숙의 크신 이름은 예전부터 들어 알고 있습니다. 드디어 인연이
닿아 이렇게 만나뵙게 되니 저의 큰 홍복이옵니다."

"저야말로 자경(子敬:노숙의 자) 선생의 높은 이름을 익히 들어왔습
니다."

유비가 웃는 낯으로 노숙의 인사를 받았다. 노숙은 사람 좋아 보이
는 온화한 인상에 물처럼 맑은 눈빛을 가진 남자였다. 마치 치세의 청
백리 같은 분위기였다. 어쩌면 화를 내는 것에 익숙하지 않을 것 같다
는 생각이 들었다.

"그런데 어인 연유로 저를?"

"다름이 아니라… 조조 때문입니다."

노숙은 바로 본론으로 들어갔다. 그의 입장에서는 말을 돌릴 이유가
없었기 때문일 것이다.

"조조요?"

"그렇습니다. 당금 천하에서 가장 조조에 대해 잘 아는 사람이 황숙
이시라는 것은 누구나 다 아는 사실이니까요. 그의 허실이라도 듣고자
함입니다."

노숙이 안온한 음성으로 말했다. 원술도, 여포도, 원소도 지금은 없
다. 조조와 투쟁해 온 제후 중에 지금까지 이 세상에 존재하는 자라고
는 눈앞의 이 능청스러워 보이는 남자뿐인 것이다. 그것이 얼마나 대
단한 일인가는 말할 나위도 없으리라.

유비가 크게 눈을 끔뻑였다.

"글쎄요. 아시다시피 세간에서는 저를 '도망만 다니는 유비'라고 칭합니다. 저는 세력이 약해 도망만 다니느라 조조의 허실 같은 것은 조금도 알지 못합니다."

노숙의 눈썹이 미미하게 꿈틀거렸다.

"여남과 박망에서 조조의 대군을 불태우고, 장판에서는 그 기세만으로 조조를 오 리 밖으로 물러나게 하셨다고 들었습니다. 그런데 어찌 모른다고 하십니까?"

"저는 잘 모릅니다. 그런 것은 군사를 담당하는 공명이 잘 알 것입니다."

"공명이요? 와룡이라 불리는 공명 선생 말입니까? 황숙의 진영의 군사(軍師)를 맡고 계시다고 들었습니다만."

"예, 저는 다행스럽게도 그의 도움을 받고 있지요."

"그렇다면 그분을 만나뵐 수 있을는지요."

노숙이 말했다. 거절하지 않을 것이다. 기색으로 보아 애초부터 유비는 제갈량과 자신을 만나게 할 작정이었을 것이다. 무슨 꿍꿍이인지는 몰라도 이쪽에서 거부할 필요는 없었다.

"물론이지요. 그는 바로 옆에 있습니다."

유비가 묘한 미소를 지으며 손가락을 들어 옆에 시립해 있던 제갈량을 가리켰다.

노숙은 놀란 표정이다.

"아, 이런 실례가… 저는 그저 황숙의 호위 무사인 줄로만 알았습니다. 부디 제 결례를 용서해 주시기를."

"신경 쓸 것 없… 소."

제갈량이 무덤덤하게 말했다. 방통이 미리 강동과의 동맹의 가장 큰 장애는 자네의 그 무례한 입이다, 라고 종일토록 중얼거리지 않았다면 여지없이 반말이 나갔을 것이다. 그 정도만 해도 놀랄 만한 변화였지만, 제갈량은 크게 신경 쓰지 않았다. 기실 그가 반말만을 내뱉는 것도 입버릇일 뿐이었으니까.

"군사의 말이 맞습니다, 자경 선생. 먼저 소개시키지 않은 제 불찰이지요. 마음 놓고 담소를 나누시지요."

유비가 말했다.

"아… 예."

정말로 의외다. 노숙은 제갈량을 응시하며 작게 고개를 갸웃했다. 장판교에서 혼자 세 명의 적장을 베고 열이 넘는 병사를 도륙했다는 말을 들었다. 그래서 틀림없이 강동의 용맹한 무장들처럼 강인하고 사나이다운 인상일 거라 생각했는데 오히려 시체의 음침함에 가까웠다. 게다가 삶과 죽음을 초월한 듯한 저 눈빛은 이제 이십 줄의 사내가 보일 수 있는 눈빛이 아니었다. 오직 텅 비어 있는 왼 소매만이 소문과 같았다. 어쨌든 진한 호기심을 불러일으키는 남자인 것만은 틀림이 없었다.

잠시 후, 마음을 진정시킨 노숙이 입을 열었다. 그는 첫 상견의 예의도 생략한 채 바로 본론으로 들어갔다. 딱 보기에도 구구절절한 예의와는 거리가 먼 남자인 것 같았기 때문이다. 그리고 그런 그의 예측은 무난히 맞아 들어갔다.

"선생께서는 두 번이나 조조군을 격퇴했다고 들었습니다. 그런 선생에게 조조군에 대한 허실을 듣고 싶습니다."

“별것없소. 병력만 엄청나게 많다 뿐이지 똑같은 군대요. 칼로 베면 피를 흘리고, 피를 흘리면 죽지. 그것뿐이오.”

“……”

대수롭지 않다는 듯한 제갈량의 대답에 노숙이 묘한 표정으로 침묵했다. 이것이 농담으로 얘기하는 것인지, 조조군을 깔아뭉개자고 하는 발언인지 도통 짐작할 수가 없었다. 그가 뺨을 긁적이며 다시 입을 열었다.

“그럼 선생께서는 조조군이 피를 흘리게 할 수 있다는 말씀입니까?”

“물론이오. 병력만 좀 있다면.”

“…그렇군요.”

노숙이 고개를 끄덕였다. 허투로 하는 말이든, 진짜로 대책이 있든지 간에 항전의 의지만은 확실한 것 같았다. 그렇다면 되었다. 노숙이 속으로 중얼거렸다.

그가 다시금 운을 떼기 시작했다.

“선생께서는 물론 소진(蘇秦)의 합종책(合從策)을 아시겠지요. 사람들이 말하는 외교의 기본은 작은 것이 힘을 합쳐 큰 것을 몰아내는 것입니다. ‘닭의 입이 될지언정 소의 꼬리가 되지 마라’ 라는 말도 있지 않습니까. 관중(管仲)과 악의(樂毅)의 그것도 이 말과 상통합니다.”

“그래서?”

제갈량이 무심한 눈으로 노숙을 응시했다.

“지금의 상황도 다르지 않습니다. 조조라는 큰 바위 앞에 동오(東吳)와 유 황숙이라는 작은 돌이 놓여 있은 형세지요. 그렇다면 어떻게 해야 하겠습니까.”

당연하지 않겠냐는 눈으로 노숙이 제갈량을 바라보았다.

제갈량은 픽 하고 웃었다. 굳이 이쪽에서 손을 벌릴 필요도 없지 않은가. 어차피 다급한 것은 저쪽도 마찬가지였던 것이다.

"바위를 깨부수자 이 말이군."

"그렇습니다. 저의 주공께서는 강동의 여섯 군(郡)을 소유하고 계실 뿐더러, 쓸 만한 장수와 책사도 제법 됩니다. 목숨을 걸고 싸울 수 있는 군사가 여럿이고 식량도 충분합니다. 그런 저의 주공과 약조(約條)를 맺고 같이 조조를 상대하는 것이 가장 나은 방법이 아닐까 합니다만."

"확실히 그렇긴 하오. 문제는……."

제갈량이 태연하게 방통이 미리 얘기해 준 말을 읊기 시작했다.

"과연 당신의 주공도 그런 생각을 가지고 있느냐는 것이겠지. 항전 의지 말이오."

"주공께서도 반드시 조조에게 강력하게 항전할 것입니다."

노숙이 굳은 목소리로 대답했다. 무슨 얘기를 하는지는 잘 안다. '손가의 처녀' 라고까지 불리는 유약한 자신의 주공에 대한 우려일 것이다. 확실히 자신의 주공은 세간의 평판이 별로 좋지 못했다. 그러나 삼 대(三代)에 걸친 기업(基業)을 나약하게 날려 버릴 정도로 유약한 주공은 아니었다.

그가 덧붙였다.

"설령 무슨 일이 있더라도 제가 반드시 그렇게 만들겠습니다."

"믿겠소."

제갈량이 가는 조소를 흘렸다.

"…정말 괜찮겠습니까?"

얼마나 불안한지 유비는 마음을 안정시키려 독주(毒酒)를 벌컥벌컥 들이킬 정도였다.

문제는 하나였다. 강동의 사신으로 제갈량이 간 것. 손건, 미축, 조운… 아니, 누구라도 좋았다. 하필 왜 제갈량이란 말인가. 그가 만일 강동에서 문제라도 일으킨다면 이 대업(大業)은 물거품이 되고 말 것이다. 그리고 그렇게 될 소지도 빌어먹을 정도로 충분했다. 조조라면 반드시 강동에 항복을 권유하는 사신을 보낼 것이다. 그 나약한 손권이 어떻게 대처할지는 불을 보듯 뻔했다. 그런 손권을 어르고 달랠 말재주가 제갈량에게는 없었다. 오히려 겁만 주지 않으면 다행이 아닌가. 뿐만 아니라 제갈량의 곧은 성격으로는 강동의 신하들과 충돌할 가능성도 적지 않았다. 이래저래 문제가 많은 처사였다.

"걱정 마십시오. 이 동맹은 반드시 이루어집니다. 게다가 공명이 아니면 안 되는 이유도 있고 말입니다."

방통이 유비를 안심시키려는 듯 웃어 보였지만 그의 마음은 진정되지 않았다.

'…차라리 무덤을 파고 들어가라고 하지.'

그것이 지금 유비의 심정이었다.

손가(孫家)의 처녀

바람이 불었다. 세찬 북풍이다. 어딘가 싸늘하고 음습한 느낌을
주는 축축한 바람이었다. 손권은 바람결에 흐트러진 머리칼을 손을 들
어 정돈했다. 여자처럼 가늘고 하얀 손가락이 유난히 눈에 띤다.

"이쁜 오라버니, 무슨 고민있어?"

이제 겨우 열 살이나 되어 보이는 계집애가 입을 열었다. 두 갈래로
땋아 내린 머리칼과 젖살이 빠지지 않은 통통한 볼이 앙증맞다. 그녀
가 큰 눈망울을 이리저리 굴린다.

"조금."

계집애에게 이쁜 오라버니라고 불린 손권이 작게 웃었다. 그의 얼굴
은 너무 준수했다. 아니, 준수하기보다는 계집애의 말처럼 예쁘다는
말이 더욱 어울렸다. 짙은 검은색 머리칼은 허리까지 내려와 있었고,

둥글게 불거진 흰 목은 입을 맞추고 싶을 만치 매혹적이었다. 무엇보다 섬세하고 가는 눈매와 눈처럼 하얗고 깨끗한 피부는 절세미인의 그것을 연상시켰다. 밋밋하게 쑥 들어간 가슴만 아니었다면 남자들이 음심(淫心)을 품는다 해도 뭐라고 할 말이 없을 정도의 외모였다. 손가의 처녀라는 별칭이 왜 생겨났는지 그 이유는 손권을 한 번만 바라봐도 더 생각해 볼 필요가 없을 지경이었다.

"뭔데?"

계집애가 눈을 동그랗게 떴다. 그녀는 풀밭에 주저앉아 있는 손권의 주위를 이리저리 폴짝거리며 돌았다.

"글쎄……."

손권이 작은 한숨을 쉬었다. 그는 답답한 일이 있을 때마다 이 작은 언덕에 올랐다. 이곳은 시원한 바람이 곧잘 불어 왠지 모르게 마음이 상쾌해지는 것을 느꼈기 때문이다. 눈앞의 계집아이도 그 때문에 알게 되었다.

하지만 지금은 오히려 머리 속만 복잡해지는 기분이었다. 마치 스스로가 초라하고 나약한 존재라는 것을 다시 상기하게 되듯이. 나무의 잎이 바람에 이리저리 흔들렸다. 사방팔방으로 너울거리는 것이 마치 강동 사람들의 갈라진 마음결 같다.

전쟁이다.

그동안 강동에도 적지 않은 전화(戰火)가 있었지만 지금처럼 인심이 흉흉한 적은 없었다. 백만이란다. 적의 군세는. 게다가 적의 지휘관은 세상에 그 명성이 자자한 조조였다. 원술도, 여포도, 원소도, 유표도 그의 깃발 아래 스러져 갔다. 그리고 어쩌면… 자신이 그 마지막을 장식하게 될는지도 모른다. 장렬하게 산화하는 붉은 꽃잎처럼.

만약 전쟁을 택하게 된다면 어떻게 될까. 젊은 청년들은 물론이고 심지어 노인들과 어린이들까지 서슴없이 징병해야 할지도 모른다. 그리고 남편과 자식을 빼앗긴 아녀자들은 서럽게 눈물을 흘릴 것이다. 하염없이…….

"뭔데? 뭔데에? 응?"

계집애가 애교를 떨며 계속 재촉했다.

부럽다. 전쟁이 뭔지 아직 잘 모르는 순진무구한 계집아이가 한없이 부럽다. 손권은 왠지 서글퍼 보이는 미소를 흘렸다. 천천히 그의 입이 열렸다.

"별거 아니야. 그저 소심해서 그래. 내가 짜증날 정도로 소심해서 그래."

"소심이 뭐야?"

계집애의 이어지는 질문에 손권은 결국 실소했다.

"겁이 많다구."

"아… 겁? 그게 고민이야? 소소(小小)도 겁 많아. 그래서 이름도 소소로 지었대, 할아버지가."

"좋은 이름이야."

손권이 싱그럽게 웃었다.

"남자는 겁 많으면 안 돼?"

"응."

"왜?"

"지켜야 할 것이 많거든. 내가 사랑하는 이들, 형님의 유지(遺志), 그리고 불쌍한 작은어머니와 형수도."

"몰라, 어려워."

소소가 장난하듯 손으로 자신의 머리칼을 헝클어뜨린다.

손권이 피식 웃었다.

"너는 모르는 게 좋아."

나중에… 아주 나중에… 강동이 평화로워지면 그때…….

그의 눈이 천천히 감겼다.

조조에게서 서신이 왔다. 어느 정도는 예상했던 일이다. 최후 통첩 겸 항복 권고에 관한 내용이리라.

손권은 멍하고 건조한 눈빛으로 조조의 서신을 읽어 내려갔다. 그곳에는 아주 짤막하게 이렇게 적혀 있었다.

〈항복하지 않으면 죽소.〉

마치 저잣거리의 무뢰한이 대충 갈겨 쓴 경고장 같은 느낌을 주는 서신이다. 그러나 그 짤막한 말에 담긴 의미가 얼마나 무거운 것인지는 재고할 필요도 없었다. 게다가 천하의 문재(文才)인 조조가 굳이 이렇게 써 내려갔다면 무언가 의미가 있으리라. 대살육도 망설이지 않겠다는 뜻일지도 몰랐다.

"으음……."

손권이 불편한 신음을 흘렸다. 불현듯 명치 언저리가 답답하여 구역질이 날 것 같았다. 선택은 두 가지였다. 항복하거나, 죽음을 각오하고 싸우거나.

"무슨 내용입니까?"

장소(張昭)가 물었다. 그는 동오의 원로격인 중신이었다.

"항복하지 않으면 죽음을 각오하라고 쓰여 있소."

"……."

손권의 말에 장소가 하얀 눈썹을 찌푸린다. 각오했던 일이지만 막상 현실로 닥쳐오자 비할 바 없이 심란하다. 장내의 다른 신하들도 수군 수군거리는 것이 느껴진다.

"어떻게 생각하십니까, 주공?"

"자포(子布:장소의 자)는 어떻게 생각하시오?"

손권이 반문했다. 그의 장형(長兄)인 손책이 죽기 전날 밤에 '내정은 장소와 의논하라' 라고 말했을 정도로 장소는 현명하고 식견이 있는 남 자였다. 손권도 물론 그를 신임했다.

"솔직하게 말씀드려도 되겠습니까?"

장소가 엄격하고 무거운 눈빛으로 손권을 바라보았다. 장내는 어느 샌가 숙연함이 느껴질 정도로 고요해져 있었다.

"물론이오."

"조조는 백만의 대군과 수많은 장수와 모사(謀士)들을 거느리고 있 습니다. 물론 그뿐이라면 목숨 걸고 저항해야 한다고 말씀드리겠습니 다. 하지만 조조에게는 명분이 있습니다. 천자를 옆에 끼고 저항하는 자는 역도(逆徒)의 무리로 몰아세우니 어리석은 백성들은 그저 그런 줄 로만 알고 있을 뿐입니다. 게다가 장강(長江)의 이점도 조조가 형주를 얻음으로써 그 의미가 퇴색해져 버리지 않았습니까. 어떻게 들으실는

지는 모르겠으나 저는 충심으로 조조에게 항복하는 것이 가장 나은 방
법이라고 생각합니다.”

항복이다. 장소는 명백히 항복을 권하고 있었다. 어디선가 마른침을
꿀꺽 삼키는 소리가 들려왔다. 설마 동오의 원로가 처음부터 항복을
권할 줄이라고는 생각도 못했던 것이다.

손권의 우미한 눈썹이 조금 찡그려진다. 교의의 손잡이에 올려진 그
의 손에 힘이 들어갔다.

“…그래서는 유종과 다를 바가 없지 않소.”

그의 여자같이 가늘고 맑은 목소리가 살짝 떨려서 흘러나왔다. 자신
에게 얼간이 같은 군주라는 유종과 똑같은 행동을 하란 말인가……?
머리 속이 참을 수 없이 뒤숭숭하다. 어딘가가 뒤틀린 것처럼.

“그렇습니다.”

장소가 침착하게 대답했다. 손권의 안색에 서린 은은한 노기는 짐작
했지만 여기서 물러날 수는 없었다. 이것은 개인의 안녕을 위한 것이
아니라 강동의 온 백성들을 위한 간언이었다.

“그런 어리석은 짓을 나보고 하라는 것이오? 설마 나로서는 조조와
의 전쟁을 치룰 수 없다고 생각하는 것이오?”

내가 나약해서……? 손권은 그 말을 목구멍으로 쓰게 집어삼키며
입술을 꾹 깨물었다.

“그런 것이 아닙니다. 전쟁이라는 방법에서 승산이 조금이라도 보였
다면 저는 추호의 망설임도 없이 주공께 전쟁을 간언해 드렸을 겁니다.
아니, 적어도 명분이라도 있었다면 옥쇄할 각오로 일전을 불사했을 겁
니다. 하지만 이 전쟁에서 전사하는 것은 충정(忠情) 어린 장렬한 용사

의 죽음이 아닌 그저 개죽음으로 비칠 뿐입니다. 천자라는 명분에 휘둘리는 어리석은 민초들의 눈에는."

"개죽음이라니… 말이 너무 심하시오, 자포."

손권이 무겁게 말했다. 여느 사람 같았다면 당장에라도 노여움을 폭발시켰을지도 몰랐지만, 손권은 유약한 건지 인내심이 강한 건지 그저 그렇게 말했을 뿐이었다.

"세상일에는 부득이한 경우도 있는 법입니다. 승산도, 명분도 없는 전쟁도 그 경우에 포함됩니다. 부디 현명하게 판단하셔서 강동의 백성들이 평안을 얻을 수 있게 하시기를."

"……."

강동의 백성들의 평안이라는 말이 손권의 가슴을 무겁게 짓눌렀다. 확실히 전쟁이 나면, 그리고 그 전쟁이 패배할 가능성이 큰 전쟁이라면 백성들의 피해는 말로 다 표현할 수 없을 것이다. 게다가 조조는 군마로 강동을 잔혹하게 짓밟는 것도 망설이지 않겠다는 의사가 담긴 서신을 보내오지 않았는가.

그러나 그렇다고 아버지와 형이 피땀을 흘려 일군 기업을 허무하게 놓쳐 버리고 싶지도 않았다. 그것은 용납이 되지 않는 일이었다. 저승에 가서 부형(父兄)을 볼 낯조차 없지 않은가. 문득 장형 손책의 말이 떠올랐다. 땅을 늘리지는 못하더라도 지키기라도 해라. 너라면 능히 할 수 있을 것이다, 라고 하던 말이. 무슨 일이 있다 해도 그 믿음을 저버리고 싶지는 않았다.

'형님…….'

장형이 있었다면 이런 문제쯤은 손쉽게 처리했을 것이다. 장형은 그 누구에게도, 그 어떤 압력에도 굴하지 않을 성격의 소유자였다. 설령 그 선택으로 강동 전체가 파멸의 수렁에 빠진다고 하더라도. 하지만 자신은… 형과 다르다. 나약하다. 소심하다. 능력도 없다.

손권은 부서질 듯이 아파오는 머리를 진정시키기라도 하듯 떨리는 손을 이마에 갔다대었다. 몸이 아픈 것이 아니다. 고통을 호소하는 것은 정신이었다. 영원히 풀리지 않을 난제가 눈앞에 직면한 것처럼 머리 속이 새하얘진다. 그의 뇌리는 오로지 갈등의 연속이었다.

"주공."

침묵을 깨고 입을 연 것은 회계(會稽)군 출신의 우번이었다. 역(易)에 정통한 것으로 꽤나 이름난 그는 망설이지 않고 거침없이 마음속의 말을 간언할 수 있는 성격이기도 했다.

"뭐요?"

손권이 물었다.

"저의 생각으로도 자포의 말이 지극히 옳습니다. 자포의 말은 천리(天理)에 합당한 것이니 주공께서는 항복하시는 것이 온당할 것입니다."

"…조조에게 항복하는 것이 하늘의 도리라는 거요?"

"분명 그리 말씀드렸습니다."

"……."

연속해서 두 명의 신하가 항복을 권하고 나서니 손권으로서는 기가 차서 말이 안 나올 지경이었다. 그것도 강동의 일급 모사라는 장소와 우번이 말이다. 정녕 항복이 옳은 것이란 말인가. 모두들 그리 생각한단 말인가……? 마치 홀로 난파선에서 표류하는 것처럼 마음이 쓸쓸하고 불안하다. 이 자리에 전쟁을 주장하는 자가 한 명만 있었어도 이렇지는 않았을 것이다. 모두가 백(白)이라고 주장하는 것은 얼핏 합당하게 보여도 어딘지 모르게 일말의 두려움이 치미는 일인 것이다.

"강동의 여섯 군의 평안을 위한 일입니다. 주공께서 항복하시면 강동의 백성들은 후대까지 주공의 이름을 칭송할 것입니다."

장소가 다시 손권에게 그렇게 말했을 때 누군가가 나직이 호통을 쳤다.

"제가 강하에 다녀온 사이에 여러 공(公)들께서는 항복 모의나 하고 있었구려!"

노숙이었다. 이곳으로 급하게 달려왔는지 그의 얼굴에는 땀방울이 주르르 흐르고 있었다. 그의 눈동자는 열기 어린 분으로 타오르고 있었다. 가슴이 참을 수 없이 덜컹거렸다. 유약한 손권이라면 여럿이서 항복을 주장한다면 그쪽으로 흔들릴 가능성이 많았기 때문이다. 어쩌면 늦지 않게 당도한 것은 하늘의 뜻일지도 모른다. 노숙은 흐트러진 숨결을 조금 진정시켰다.

"아아, 자경이로군."

노숙을 응시하는 손권의 눈빛에 반기는 기색이 어렸다. 이 남자라면 저들과는 다른 말을 할지도 모른다는 생각에서였다. 강하의 사신까지 자청했던 노숙이 아니던가.

"조조에게서 사신이 왔습니까?"

노숙이 손권에게 몇 발짝 다가가며 물었다.

"그렇소."

"뭐라고 하더이까?"

“항복하지 않으면 죽을 거라고.”

“과연… 그래서 저들이 항복을 주장하는 것이로군요.”

노숙이 알 만하다는 듯이 고개를 끄덕였다. 그들이 항복을 주장하는 번지르르한 이유야 어떻든 간에 한 가지는 확실했다. 자신들의 목숨을 아끼고 있다는 것을. 게다가 전쟁의 승산이 별로 없다는 것이 그것을 더욱 부채질했을 것이다. 부와 명예와 권력도 결국은 목숨이 있어야지만 존재하는 것일 테니까.

“자경은 어떻게 생각하시오?”

손권이 물었다. 그의 검고 깊은 눈동자에는 노숙의 답변에 대한 일말의 기대심이 숨기지 않고 드러나 있었다. 애초에 그는 표정을 숨기는 데 능숙한 남자는 아니었다.

노숙은 생각할 것도 없다는 듯이 바로 대답했다.

“항복은 절대로 아니 될 말입니다. 손 장군(손견)과 백부 공(公)을 거쳐 지금의 주공에게까지 이른 강동의 기업입니다. 그것을 위해 그동안 얼마나 많은 이들이 피를 흘렸어야 했습니까. 그들을 생각해서라도 항복은 말도 되지 않습니다.”

“그렇게 감상적으로만 판단할 일이 아니오, 이번 일은.”

장소가 끼어들었다. 그의 주름투성이의 이마가 살짝 찌푸려지는 것이 항복을 부정하는 노숙의 발언이 못마땅한 듯했다.

“감상적이라. 하… 감상적이라 하셨소?”

노숙이 황당한 듯 실소를 지었다. 이 노회한 늙은 여우가 끝끝내 주공에게 항복을 권할 생각이란 말인가. 그가 확고부동한 반전(反戰) 파라는 것은 알고 있었지만 적어도 손책이 살아 있을 때는 이렇게나 노골적으로 그런 생각을 들고 나온 적은 없었다. 필경 손권의 기량을 한없이 손책의 아래로 보고 있기에 그런 말을 쉽게 내뱉을 수 있는 것이리라. 하지만 그가 모르는 사실이 있었다. 손권도 결코 범상하기만 한 군주가 아님을.

"이보십시오, 자포."

노숙이 사냥을 하려는 승냥이처럼 안색을 차갑게 경직시켰다. 평소의 그의 부드러운 인상과는 상반되는 그 표정에 어떤 위화감이 풍겨왔다. 그의 말이 이어졌다.

"이 노숙 같은 사람이나 자포 같은 분이 항복하는 것과 여기 주공께서 항복하는 것이 얼마나 다른지는 왜 말하지 않으시오? 혹시 모르는 것이오?"

"무슨 의미요?"

장소가 눈을 가늘게 떴다.

"나 같은 사람이 항복해 봤자 딱히 크게 잃을 것은 없소이다. 오히려 항복의 대가로 벼슬이 높아지거나, 식읍이 늘어날 수도 있소. 하나 주공은 다르오. 만약 주공께서 항복하신다면 거의 모든 것을 잃게 되오. 피를 흘려서 얻었던 강동의 주(州), 군(郡)은 물론이고 그동안 쌓아 올렸던 모든 패업이 물거품이 되어버린다는 말이오. 기껏 항복의 대가라고 해봐야 알량한 후(侯)의 직과, 수레 한 대에 말 한 필, 시중들 자서넛뿐일 것이오. 삼 대에 걸쳐 강동에서 할거했던 대가가 고작 이거란 말이오. 게다가 그 소문은 들어보셨겠지. 조조가 유종을 죽였다는 소문 말이외다. 주공께서는 심지어 목숨까지 위험하실지도 모르오."

노숙의 말은 준엄했다.

장소의 안색이 대번에 하얗게 질린다. 쉽사리 반박의 말이 떠오르지 않는지 그는 쉽게 입을 열지 못했다. 그저 끙 하고 헛기침을 한 번 했을 뿐이다.

"항복하자고 하는 사람들의 말은 모두 자기만을 위한 발언일 뿐이니 절대 들으셔서는 안 됩니다. 주공께서는 강동의 대업을 이어가야만 합니다."

노숙이 결연한 음성으로 간언했다. 손권은 손등에 턱을 괴고 깊은 생각에 잠겨 있다. 텅 빈 허공 한곳을 응시하고 있는 그의 눈동자가 복잡한 색깔을 띠고 있다.

"말씀이 너무 지나치시오, 자경."

우번이 질책하듯 말했다.

"전혀 지나치지 않소."

"자경!"

분위기가 점차 살벌해졌다. 흐트러진 분위기를 수습한 것은 손권이었다.

"두 사람 다 그만 하시오."

크지 않은 목소리였지만 그 속에 담긴 어떤 엄격함에 노숙과 우번은 약속이라도 한 듯 입을 다물었다. 그러나 서로를 바라보는 시선은 곱지 않았다.

"너무나 중대한 일이니 며칠 더 생각해 보겠소. 그게 좋을 것 같소."

"제가 특별히 청하여 강하에서 제갈량을 데려왔습니다. 그를 만나보시죠. 그리고 나서 결정하시는 것도 좋을 듯싶습니다. 적어도 그는 강동의 어떤 이보다도 조조에 대해 잘 알고 있으니까 말입니다."

노숙이 말했다.

"제갈량이라면 와룡 선생이라 불리는 사람 말이오? 박망파와 장판교에서 조조군을 물리쳤다는……?"

손권이 눈을 동그랗게 떴다.

"예, 바로 그 사람입니다."

"흐음… 제갈량이라……."

손권이 혼잣말하듯 중얼거리며 고개를 끄덕였다.

"확실히 흥미있는 사람이오. 내일 한번 만나보기로 합시다."

제갈량은 사신의 자격으로 역관에서 머물고 있었다.

방으로 들어오자마자 그는 벽에 기대앉았다. 창백한 달빛이 열려진 창가에서 어스름히 비친다. 두 번째 느껴보는 강동의 낯선 바람이 뺨에 와 닿는다. 흩날리는 검은 머리칼과 함께 그의 입에서 작은 한숨이 새어 나왔다. 왜 자신이 강동으로 가는 사신 역할을 승낙했을까? 떠오르는 생각은 하나다. 아름답고 슬픈 눈동자를 가진 붉은 옷의 여인. 자신의 마음속에 짙은 적의와 살의만이 아닌 다른 강렬한 감정이 숨어 있다는 것을 느끼게 해준 그녀와의 만남을 자신은 고대하고 있었다. 분명하고 절실하게. 곧 벌어질 큰 전쟁 때문인지도 몰랐다. 전쟁이 패배로 끝난다면 그녀를 이 세상에서 더 이상 볼 수 없을지도 모른다.

"조조를 죽이면 돼."

제갈량이 중얼거렸다. 다른 사람이 듣는다면 그저 얼토당토않은 말쯤으로 생각하겠지만 그는 진심이었다. 한 번 진 상대에게 다시 지는 것은 그의 성격으로써는 도저히 용납될 수 없는 일이었다. 두 번이나 조조의 검 앞에 무릎을 꿇는다면 차라리 자진을 하는 것이 나으리라. 그것은 결연함이라기보다는 그에게 있어서 사람을 죽이는 것만큼이나 당연한 일이었다.

"……."

어쨌든 이번에는 동맹만 맺게 하면 끝나는 일이다. 제갈량은 조금도 이번 건에 대해서 걱정을 하고 있지 않았다. 어차피 조금의 기백이라도 있는 남자새끼라면 적에게 머리를 숙이는 멍청한 짓 따위는 하지 않을 테니까. 적어도 그는 그렇게 생각했다.

천천히 그의 눈이 감겼다.

곤란하다. 노숙은 난감하다는 듯 고개를 절레 저었다. 손권의 명으로 제갈량을 정청(政廳)으로 데리고 왔건만 손권은 아직 당상에 나와 있지 않았다. 그뿐 아니라 좌중의 신하들이라고는 오로지 항복을 주장하는 무리들뿐이었다. 이들이 유비의 사신인 제갈량을 어떻게 생각할지는 뻔한 일이었다. 이들의 눈에는 제갈량은 그저 전쟁을 부추기려 온 세객(說客)쯤으로밖에 보이지 않을 것이다. 그가 손권을 만나기 전에 기를 죽여놓아야 한다고 생각하고 있을지도 모른다. 그런 노숙의 추측은 맞아 들어갔다.

"강동의 이름없는 선비인 이 장소가 감히 선생에게 한마디 묻고 싶소."

먼저 입을 연 것은 항복론의 선두격인 장소였다. 그의 노안은 은은한 적의가 감돌고 있었다. 칼날처럼 날카로운 감각을 지닌 제갈량은 그것을 읽어낼 수 있었다. 항복이라도 생각하는 노인네인가. 제갈량의 입가에 가는 조소가 그려진다. 그 조소를 본 장소는 왠지 불쾌감이 가득 치밀었다.

"마음대로 하시오."

제갈량은 무덤덤했다. 그러고 보니 강동으로 떠나기 전에 방통이 이런 말을 한 적이 있었다. 동오의 문관들을 주의하라고. 그들은 분명 항복을 생각하고 자신을 세치 혀로써 괴롭힐지도 모른다는 말이었다. 하지만 제갈량의 생각은 달랐다. 이런 마지막 기개마저 버리려고 하는 무리를 조심할 이유는 조금도 없었다. 그의 눈동자는 얼어버린 돌처럼 조금의 흔들림도 동요도 없었다. 오히려 그 시선과 마주친 장소의 표정이 조금 딱딱하게 경직됐을 뿐이다. 그가 주름진 입술을 살짝 비틀며 입을 열었다.

"이 사람이 듣자 하니 유 황숙께서는 몸소 선생의 초려를 방문해서 선생을 얻고는 천하를 얻은 듯이 기뻐했다고 들었소. 그런데 땅 한 조각을 얻기는커녕 있던 땅도 조조에게 뺏기고 강하로 몸을 의탁하는 신세가 되었으니 이게 어찌 된 일이오?"

"말 그대로요. 지금은 분명 강하에서 남에게 몸을 의탁하고 있는 신세요. 그러나 나는 땅 한 조각이나 얻게 해주려고 황숙의 밑으로 들어간 것이 아니오. 그가 나에게 바란 것은 조조를 죽여달라는 것이었소."

제갈량이 대답했다.

"…조조를 말이오? 죽인다고요?"

너무나 황당한지 장소가 헛웃음을 터뜨렸다. 좌중에서도 순간 실소가 흘러나왔다. 조조의 목숨이 뉘 집 개 이름이던가. 군(郡) 하나 차지하게 해주는 것도 힘든 일인데 이건 그것과는 하늘과 땅만큼의 간극이 있었다. 차라리 하늘의 별을 칼로 베어오는 것이 쉬울 것이다.

"그렇소."

좌중의 그런 반응은 병아리 눈물만치도 신경 쓰지 않으면서 제갈량이 무심히 대답했다. 사람이 이렇게까지 무덤덤하기도 힘들 것이다. 장소도 약간 의외라는 표정이었다.

"선생의 능력이 대단하다는 것은 잘 알고 있소. 형주 사람들은 선생을 와룡이라 부르면서 우러러보았으며, 유 황숙께서 선생의 도움을 받아 드디어 웅지를 필 수 있게 되었다고 생각했소. 조조군에게서 위기에 빠진 형주를 지켜낼 수 있을 거라고 말이오. 그러나 현실은 어떻소이까. 조조군이 북소리를 한 번 울리자 유 황숙께서는 남으로, 남으로 달아나기에 바빴소이다. 뿐만 아니라 형주의 백성들을 평안케 하기는커녕 장판벌에서 조조군에게 무참히 살육을 당하게 하지 않았소? 그리고 결국은 강하에까지 쫓겨 와 한 몸 둘 땅도 제대로 없는 지경이외다. 이게 현실이오. 조조를 죽인다는 말과는 너무 동떨어져 있다고 생각하지 않소이까?"

그야말로 신랄한 비난이었다. 노숙은 놀람을 금치 못했다. 사신에게 이런 독설을 내뱉다니. 설마 여기 있는 이들이 다 작정을 하고 나온 것인가……? 그러나 그의 걱정과는 달리 제갈량은 조금도 달아오르지 않은 표정이었다.

"우습군."

제갈량이 차가운 코웃음을 흘렸다.

"무슨 의미요?"

"그냥 한마디로 당신은 무능하다, 라고 하면 될 것 가지고 번지르르

하게 살을 붙여 늘어놓는 것이 우습다는 말이오. 그렇지 않소? 나 같으
면 이렇게 말할 텐데."

제갈량이 가만히 손가락을 들어 장소를 가리켰다. 그가 입끝을 비틀
어 비릿한 미소를 지었다.

"당신은 겁쟁이다, 라고."

"뭐… 뭐요?"

순간 좌중이 술렁이고 장소의 얼굴이 벌겋게 달아올랐다. 설마 이렇
게 시정 무뢰배들처럼 무례한 말을 직설적으로 내뱉을 줄은 상상도 하
지 못했던 것이다. 너무 기가 차서 말문이 막힌 듯 장소는 불끈 쥔 주
먹을 부들부들 떨기만 할 뿐이었다.

"그리고 나는 무능력자가 아니오. 검으로 사람의 살과 뼈를 도려내
고 피를 흘리게 할 수 있소. 사내가 천하를 종횡하는 데는 그거면 충분
하지. 안 그렇소? 조조도 분명히 피를 흘리고 심장에 칼이 박히면 죽는
인간이니까. 하지만 당신은 겁쟁이요. 상대를 볼 수 있는 두 눈과 죽일
수 있는 두 손과 칼을 지녔는데도, 그럴 생각은 조금도 하지 않고 세치
혀나 굴리면서 항복을 권하는 것은 사내의 수치니까 말이오."

"모욕이 지나치시오!"

장소가 목소리를 높였다.

"모욕이 아니라 당신이 읊어댔던 현실이오. 하지만 나의 현실은 당
신의 말과는 다르오. 나는 서주에서 조조의 몸에 칼날을 박은 적이 있
고, 이번에도 그럴 것이오. 저번에는 당신의 혀같이 세치가 모자라서
죽이지 못했지만 이번에는 분명히 죽일 것이오. 내 목숨을 걸고."

"조조의 몸에 칼을……?"

장소의 눈이 가늘어졌다. 아무런 근거도 없는 소리를 입에 담다니. 조조는 상대할 자 없는 중원제일검(中原第一劍)이 아닌가. 그는 눈앞의 남자를 무례한 데다가 단순한 허풍쟁이로 단정 짓고 있었다. 만약 제갈량이 다름 아닌 그의 옛 주공이었던 손책을 죽인 것을 알았다면 놀라서 까무러쳤겠지만.

명백히 의심하는 눈초리에 제갈량은 그저 픽하고 웃었다. 의심 많은 노인네와 얘기하는 것은 역시 피곤한 일이다. 짜증날 정도로.

"조조를 죽인다는 망상과 같은 얘기는 여기서 그만 하십시다. 내가 알고 싶은 것은 당장의 조조군에 관한 일이오. 세간의 과장을 더했다고는 하지만 백만이라고까지 불리는 군사를 가지고 있고, 용맹하고 날랜 장수와 꾀가 많은 모사가 수도 없이 있는 조조가 공(公)이 있는 강하로 닥쳐오려고 하는데 공은 어떻게 생각하시오? 지켜낼 수 있다고 생각하시오?"

말문을 연 것은 또 다른 항복론자인 우번이었다. 그의 말은 제 발등에 떨어진 불을 제대로 수습할 능력도 없으면서 장소를 겁쟁이라고 질책하는 것을 꼬집는 발언이었다.

"더 생각해 볼 필요도 없는 질문이로군. 조조의 병사의 태반은 원소와 유표의 병사들을 긁어모은 것이오. 그런 개미 떼 같은 오합지졸을 두려워한다면 차라리 석자 꼬마 아이에게 목을 쳐달라고 비는 것이 낫겠소."

정말 우습지도 않은 인간들 천지로구만. 제갈량은 문득 손이 근질근질함을 느꼈다. 검이 있었다면 당장에라도 이자들 중 하나의 목을 날려 버렸을지도 모른다. 그런다면 정신을 차릴 테지. 가슴에서 치미는 명백한 살인 충동에 제갈량은 일부러 시선을 허공으로 비켰다.

"당양에서 싸움에서 패하고 강하에까지 쫓겨 한 몸 편안히 누일 곳도 없는 처지인 데다가 이제 강동의 명공(明公)에게 구해주기를 바라며 손을 벌리는 신세이면서 두렵지 않다고 하다니. 공은 정말 능청스럽고 거짓만을 입에 담는구려. 어찌 이런 사람과 같이 시국을 논할 수 있겠소?"

우번이 의도대로 걸려들었다는 듯 유수같이 제갈량을 공격했다. 그러나 제갈량은 물론 눈 하나 꿈쩍하지 않았다.

"두려워한다고? 두려워하는 이가 겨우 삼천도 안 되는 병력으로 당신들이 백만 운운하는 조조군과 물러서지 않고 싸웠겠소? 아군은 박망파에서는 불로써 조조군을 수없이 불태우고, 당양에서는 추격하는 적군에게 굴하지 않고 목숨을 바쳐 싸웠소. 조운은 단기 필마로 적진을 헤집고 들어가 적장 여럿과 수백의 적병을 베고, 황숙의 부인과 아들을 구해내기까지 했소. 그리고 나도 장판교에 홀로 서서 적장 셋을 베고 조조군의 추격을 막았소. 그런데 당신들은 어떻소? 수만이나 되는 군사와 험난한 장강까지 끼고 앉아 있으면서 조조에게 항복이나 하려는 생각뿐이지 않소. 이거야말로 두려움에 떨고 겁쟁이만이 할 수 있는 행동이 아니오. 나야말로 이런 자들과 시국을 논할 수 있겠소?"

"으음……."

우번의 말문이 막혔다. 깨질 듯이 날카롭게 마음을 찌르는 반박이다. 적어도 이번에는 자신이 잘못 들쑤셨다는 것을 인정하지 않을 수 없었다.

'제법이군.'

　노숙은 우려했던 마음을 슬그머니 풀었다. 강동으로 오는 길에 너무 과묵해서 걱정했는데 속내에 날카로운 언변을 가지고 있었던 것이다. 그러나 그는 몰랐다. 제갈량이 칼이 아니라 말로써 상대를 공격하는 것에 눈을 뜬 것은 얼마 되지 않았다는 것을. 그나마도 서당개 삼 년이면 풍월을 읊는다고 항상 논리 정연하게 주절주절 떠벌이고 다니는 방통의 곁에 있다 보니 무심결에 그의 언습에 영향을 받은 것이 컸다. 방통이 가끔 중얼거리던 ‘공명이 과거에 검 대신 서책을 택했다면 나를 능가했을지도 모른다’라는 말의 의미가 점점 드러나고 있는 것이다.

　물론 실은 지금도 제갈량이 검을 휘두르고 싶은 욕구에 시달리고 있다는 것을 안다면 노숙의 얼굴은 금방 사색이 될 터였지만.

　“선생은 장의와 소진을 본받아 우리 동오를 달래러 오셨소?”

　이번에는 시체처럼 삐쩍 마른 남자가 입을 열었다. 보질(步騭)이라는 동오의 모사였다.

　“장의와 소진이 다 무엇이오. 어차피 달래러 온 것도 아니니 그 이들 이름은 거론할 것도 없소. 당신은 활활 타오르는 불길에 손을 맡기고, 섬뜩하게 다가오는 예리한 칼날에 목을 내미시오? 날카로운 적의를 갖고 짓쳐들어오는 적군이 불길과 칼날과 다를 게 무엇이오. 당연한 일을 일부러 달래고 깨우치게 할 정도로 나는 한가하지 않소. 나는 그저 기다릴 뿐이오. 어차피 당신들의 주공과 조조를 칠 약조를 맺을 것은 뻔한 사실이니까.”

　“…….”

　보질의 말도 제갈량을 곤란하게 하지는 못했다. 오히려 돌 씹은 낯빛으로 하릴없이 물러나는 수밖에 없었다.

정말 여간내기가 아니다. 정청에 모인 '항복론' 쪽 막료들은 어떻게 하면 이 건방진 외팔이 사내를 곤혹에 처하게 할지 하는 고민에 머리 속을 굴리고 있었다.

"선생은 조조를 어떤 인물이라고 생각하시오?"

설종(薛宗)이 뜬금없이 그런 질문을 던졌다. 만일 천인공노할 역적이라고 하면 조조를 추켜세우고, 한의 충직한 승상이라고 한다면 조조를 깎아내려 조금이라도 꼬투리를 잡아 물어뜯겠다는 의도였다. 그러나 그 외의 답변도 있다는 사실을 설종은 미처 감안하지 못했다. 특히 제갈량이라면 그런 답변이 틀림없이 나올 것이라는 것도.

"나만큼이나 재수없고, 나만큼이나 오만한 데다가, 나만큼이나 악랄하고 흉한 검을 잘 쓰는 남자요. 나 같으면 죽어도 그런 남자에게는 무릎을 꿇지 않겠소. 차라리 혀를 빼물고 자진을 하고 말지."

제갈량이 다분히 도발적인 말을 내뱉었다. 하지만 그것이 의도된 도발이 아닌 조조에 대한 진심이라는 것을 짐작하는 이는 아무도 없었다.

천하에 조조를 저렇게까지 얘기할 수 있는 남자가 어디 있단 말인가. 설종이 그의 의외의 답변에 조금 당황하더니 이윽고 정신을 차린 듯 반박했다.

"선생의 말은 틀린 것 같소. 조조는 천하의 삼 분지 이(三分之二)를 가지고 있을 뿐 아니라 현명한 정치로 세상 민심까지 얻고 있소. 그런 조조를 어떻게 그렇게 악랄하게 얘기한단 말이오?"

"나는 그가 천하의 삼 분지 이를 가지고 있든, 세상 민심을 얻든지 간에 아무 상관이 없소. 내가 상관이 있는 것은 그가 인간적으로 아주 대단히 재수없는 남자라는 것이오."

"그런 말이 어디 있소. 자고로 천하대계는……."

"전장에서 천하대계를 생각하시오? 전장에는 오직 죽어야 하는 적과 살아야 하는 자신뿐이오. 그리고 조조는 적이오. 당신들같이 겁 많은 사람들의 적이 아닐는지는 모르지만 나에겐 적이오. 나는 그를 진심으로 증오하고 또 죽일 것이오. 오직 그것만 생각하고 있소."

제갈량이 설종의 말을 끊었다. 그의 날카로운 칼로 몸을 도려내는 듯한 언사에 설종은 뜨끔했다. 말의 내용보다도 그의 기세에 질린 설종은 뭐라고 얘기해야 할지 고민했으나 쉽게 생각나지 않았다.

그때 누군가가 나섰다.

"공의 말은 이치를 벗어난 데다가 거의 어거지나 다름없소. 새삼 입에 담을 필요도 없겠지만 굳이 묻고 싶은 것이 있소이다. 공은 대체 어떤 경전을 공부하셨소?"

입을 연 자는 엄준이라는 사람이었다. 그는 어렸을 때부터 글깨나 읽은 선비로서 거칠고 건방진 제갈량의 말이 마음에 들지 않았다. 그래서 경전을 가지고 트집을 잡아 한 방 먹여줄 심산이었다.

"당신은 이신을 아시오?"

제갈량이 묘한 미소를 띠며 반문했다.

엄준이 뭐 그런 것을 묻느냐는 표정으로 제갈량을 바라보았다.

"물론이오. 불패의 명장인 조조의 세 번째 명검을 모르면 누구를 안단 말이오."

"그거 잘됐군. 마침 그가 한 말이 내 생각과 같아 인용하고 싶었거든. 이건 황숙의 예전 군사였던 서서 원직에게 직접 전해 들은 말이오."

서서는 여남에서 두 번이나 조조군을 격퇴한 일로 강동에서도 잘 알려진 모사였다. 그녀가 직접 얘기해 주었다던 이신의 말이 궁금한지 엄준을 비롯한 막료들의 시선이 제갈량에게 고정된다.

제갈량이 천천히 입을 열었다.

"그는 당신이 말한 그 잘난 경전이나 붙잡고 읽어대는 서생들을 싫어한다고 했소. 그들은 입으로만 세상의 도리를 읊조리고 있을 뿐이라고. 정작 세상의 모든 일은 땀에 젖은 손을 뻗지 않으면 돌아가지 않으니 어리석은 짓이라고 했소. 산속에 들어가 산나물이나 뜯어 먹으며 빌어먹을 경전의 글귀나 시문을 중얼거리면 딱 어울릴 거라고 말이오. 내 생각도 그렇소. 이런 난세에 책장이나 뒤적이고 남의 글귀나 따서 쓰느니 차라리 닭의 모가지를 따겠소."

"그런……."

너무나 신랄한 반격에 엄준의 안색이 새하얗게 질렸다. 과도하게 분한지 그는 몸을 부들부들 떨며 제대로 말을 하지도 못했다. 그를 대신해 장소가 다시 입을 열려고 할 때였다. 정청의 입구에서 남자의 굵직한 목소리가 들려왔다.

"그대들은 타국의 사신에게 너무 무례한 것이 아니오?"

"공복(公覆:황개의 자)."

노숙이 반가운 표정을 지었다.

딱 보기에도 다부진 체구에 움푹 들어간 광대뼈가 강인한 인상을 주는 노인이었다. 그가 바로 손씨 삼 대를 섬겨온 맹장인 황개(黃蓋)였다. 그는 완강한 주전론자(主戰論者)로서 그것이 노숙이 그를 반기는 이유였다. 항복론을 주장하는 이들에게 둘러싸여 있는 상황에서 주전론자는 가뭄의 단비 같은 존재가 아니겠는가.

"주공께서 곧 오신다고 하시니 사신께서는 조금만 기다려 주시오. 그리고 여러분도 입씨름은 그만두시오. 그것은 사신을 대하는 예(禮)가 아니오."

황개가 말했다.

그제야 제갈량에게 연이어 질문을 던지던 막료들이 헛기침을 하며 슬며시 시선을 돌렸다. 일부러 황개의 말을 무시하면서까지 제갈량을 계속 상대하기가 조금 껄끄러웠기 때문이다. 황개는 오랜 중신이자 무장(武將)들의 대표 격이라고 할 수 있는 장수가 아니던가.

"동오에도 제법 쓸 만한 남자가 있군."

제갈량이 황개의 몸을 훑으며 혼잣말처럼 중얼거렸다. 나이가 적지 않아 보였지만 전신이 잘 단련되어 있다. 무엇보다 눈빛이 잘 벼른 칼처럼 날카롭게 살아 있었다. 결국에는 이런 남자가 활약하게 될 것이다, 전쟁터에서.

"동오에도 쓸 만한 남자는 많소이다."

황개가 빙글 웃어 보였다. 이 외팔이 남자에 대한 소문은 무성하게 들어보았다. 특히 장판교에서 혼자서 적장 셋을 베고 적군을 틀어막은 무용은 실로 놀랄 만한 일이었다. 지금 보니 과연 명불허전이다. 살아 있는 검이라고 표현해야 옳을까. 그는 언제든 상대를 벨 준비가 되어 있는 그런 분위기를 풍겼다.

"쓸 만한 여자도 하나 있지."

제갈량이 지금까지와는 다른 눈빛으로 말했다.

"……."

주유를 얘기하는 것이리라. 황개는 수긍이라도 하는 듯 고개를 끄덕였다. 동오의 귀재. 그녀를 뺀다면 이번 조조와의 전쟁은 얘기할 수도 없을 것이다. 주유가 머물던 파양(鄱陽)에서 출발했다는 소식은 전해 들었다. 어쩌면 그녀가 도착하는 순간이 손권이 결정을 내리는 순간이 될지도 몰랐다.

그때 누군가가 말했다.

"주공께서 당도하셨습니다."

손권은 정말로 소문대로의 남자였다. 제갈량은 순간 자신의 눈을 의심했다. 튀어나온 목울대와 밋밋한 가슴만 아니었다면 여자라고 착각해 버렸을지도 모른다. 이건 단순히 곱상한 정도가 아니라 무슨 절색의 미녀라도 앞에다 데려놓은 것 같지 않은가.

'손가의 처녀……'

제갈량은 솔직히 믿을 수 없었다. 그 손책과 같은 뱃속에서 나온 형제가 이리도 다르다니. 달라도 이렇게 다를 수가 있는가. 과연, 동오의 막료들이 주구줄창 왜 그리 항복을 주장하는지 알 것도 같았다. 저런 군주에게 생사가 걸린 전쟁을 맡긴다는 것은 분명 어딘가 꺼림칙한 일이리라.

"선생이 공명이오?"

손권은 목소리마저도 얇고 청아했다. 제갈량은 속으로 실소를 금치 못했다. 만약 동성을 좋아하는 이들이라면 그에게 아주 환장을 할 것이다.

"그렇소, 명공."

"흐음."

손권이 깊은 시선으로 제갈량을 이리저리 살폈다. 독특한 외모만큼이나 심상치 않은 분위기를 풍기는 남자라는 것이 손권이 생각한 그의 첫인상이었다. 속내를 짐작하기 힘든 무심한 표정은 그의 기량이 녹록하지 않음을 짐작케 했다.

"선생은 나에게 무슨 가르침을 해줄 수 있소?"

손권이 물었다. 여러 가지 의미가 담긴 질문이었다. 어떤 것이든 좋았다. 조조가 닥쳐올 지금의 상황에 대한 것이라면. 그리고 손권은 아마도 자신이 전쟁을 벌여야만 하는 이유를 말할지 모른다고 생각했다. 어쨌든 저 남자는 조조에 대한 대항마로 자신과 손을 잡으러 온 것이 아니던가.

"가르침이라……."

제갈량이 말꼬리를 흐리며 힐끔 주위를 둘러보았다. 스치듯 노숙과 시선이 마주쳤을 때 그가 당부하던 말이 생각났다. 조조의 세력을 깎으면 깎되 절대로 부풀려 얘기하지는 말라던 말이었다. 아마도 소심한 주공을 걱정해서 한 말일 것이다.

제갈량이 생각을 정한 듯 시선을 다시 손권에게로 향했다. 제갈량의 눈동자는 기묘한 색을 띠고 있었다. 그가 툭 던지듯이 한마디를 내뱉었다.

"내가 명공에게 할 수 있는 가르침은 한 가지밖에 없소."

"그게 뭐요?"

손권이 호기심 어린 눈초리를 지었다.

"…사내는 절대로 적에게 무릎을 꿇지도 고개를 숙이지도 않는다."

제갈량의 목소리는 조용한 정청 안에서 기분 나쁠 정도로 깨끗하게 들려왔다.

"왜 그런 말을 하셨습니까?"

노숙이 죽은 사람처럼 창백한 얼굴빛으로 물었다.

제갈량이 그 말을 한 후 손권은 한마디 말도 없이 정청을 나가 버렸다. 좌중의 '주전론'을 주장하는 막료들이 모두 당황했던 것은 물론이다. 기분이라도 크게 상하지 않았다면 그 손권이 저런 행동을 보일 리 없는 것이다. 얼핏 시선에 스친 손권의 표정은 굉장히 어두웠던 것 같다.

"문제라도 있소? 난 할 말을 했을 뿐이오."

제갈량이 대수롭지 않다는 듯한 투로 대답했다. 손권이 갑자기 나가 버린 것에 그는 아무런 신경도 쓰이지 않는 모양이었다.

"있습니다. 주공께서 화가 나셔서 선생과 대화도 안 하고 그냥 나가 버리시지 않았습니까. 그것이 이번 동맹에 지장이 되리라고는 생각하지 않으십니까? 선생께서는 좀 더 신중히 말하셔야 했습니다."

노숙이 열기 어린 목소리로 말했다. 그는 어두운 초조감에 젖어 있었다. 제갈량의 경솔한 행동도 문제였지만, 자신이 미리 손권의 성격에 대해 자세히 말해 주지 않은 것도 실수였다. 왜 좀 더 신중히 준비하지 않았는가. 노숙은 자책감이 들었다.

"그럴 리가."

제갈량이 말했다.

"네?"

“당신의 주공은 나에게 화가 난 것이 아니오. 자신에게 화가 난 것
이지.”

“그게 무슨 말씀입니까?”

노숙은 영문 모를 표정이다. 어째서 그런 해석이 가능하단 말인가.
어떻게 생각해 보아도 그것은 무례한 사신의 말에 대한 노여움이었다.

제갈량이 옛 기억을 상기시키는 듯한 눈으로 역관의 천장을 응시했
다. 아무런 무늬도 색깔도 없는 하얀 천장이 왠지 공허한 느낌을 준다.
천천히 그의 입이 열렸다.

“나는 그의 망형(亡兄:세상을 떠난 형)을 만난 적이 있소.”

“망형이라면… 백부 공 말입니까?”

제갈량이 살짝 고개를 끄덕였다. 그의 시선이 다시 노숙을 향했다.
취한 눈처럼 여러 가지 감정으로 축축한 눈이다. 그가 다시 말했다.

“당신의 주공은 지금 자신의 망형을 생각하고 있을 것이오. 그가 살
아 있었다면 틀림없이 오늘의 나하고 같은 말을 했을 테니까.”

“……”

노숙은 침묵했다.

강동(江東)의 붉은 꽃

"무슨 고민을 하고 있느냐?"

정원에 나왔다가 우연히 손권이 어두운 안색으로 서성이는 것을 본 오국태(吳國太)가 물었다. 그녀는 죽은 손견의 두 번째 부인이었다.

"대수롭지 않은 일입니다."

손권이 그녀의 시선을 피하며 말했다.

"대수롭지 않은 것이라니. 하지만 네 안색은 그게 아니구나. 솔직히 말해 보거라."

오국태가 달래듯 말했다. 그녀는 손책과는 달리 유약한 성정을 지닌 손권을 항상 걱정하고 있었다. 그가 강동의 주인이 된다고 했을 때 적잖이 우려했을 정도로.

"……."

“말해 보라니까.”

오국태의 재촉에 손권이 어쩔 수 없다는 듯 천천히 입을 열었다.

“지금 조조가 형주에 대군을 이끌고 이르러 있는데 이곳 강동을 노리고 있습니다. 그에 신하들에게 대책을 구해봤는데 대부분의 이들이 전쟁을 하면 모든 것을 잃을 거라고 하고, 항복을 해야 모든 게 평안할 수 있다고 합니다. 그러나 삼 대나 이어진 기업이기에 쉽게 내줄 수도 없는 노릇입니다. 그렇다고 맞서 싸우자니 결국 이기지 못하고 쓸데없는 피만 흘릴까 두렵습니다. 그래서 고민하고 있었습니다.”

“으음…….”

오국태가 고개를 끄덕였다. 동오가 그런 위급에 처했다니.

그녀가 인상을 찌푸리며 말했다.

“공근은 뭐라고 하더냐?”

“네?”

“공근과는 상의를 해보지 않은 것이냐?”

“…….”

손권이 침묵하며 눈을 빠르게 깜박였다. 왜 잊고 있었던 거지……? 그녀를 말이다.

“너는 네 형의 유언도 잊었느냐. 군사(軍事)는 주유와 상의하고 내정은 장소와 의논하라던 유언 말이다.”

“…기억합니다. 당장 공근을 불러올려야겠습니다.”

손권의 눈이 묘한 빛을 띠었다.

시상(柴桑)은 제법 오랜만이다.

별로 변한 것은 없었다. 흙의 냄새도, 하늘의 색깔도 그대로다. 발에 와 닿는 작은 돌의 감촉마저도 생생히 옛 감각을 되살린다. 그러나 시간은 흘렀다. 심상치 않은 바람이 사람들의 마음을 사납게 흩뜨려 놓고 있었다. 그것이 여실히 느껴졌다.

"……."

주유는 다리에서 잠시 멈춰 섰다. 그 밑으로 조르르 작은 냇물이 흘렀다. 그 냇물이 몇 년 전의 기억 하나를 상기시킨다. 적벽(赤壁)에서 다시 만나자고 했던 이신의 말을.

'설마.'

그녀의 매혹적인 짙은 눈썹이 살짝 찌푸려졌다.

그는 승상이 천하를 가지는 것을 원치 않는다고 했다. 분명 그 말은 진심이었다.

그렇다면…….

"적벽이라."

주유의 머리 속이 복잡하게 돌아가기 시작했다.

"너무 늦으셨습니다, 주랑(周娘)."

노숙은 정말로 아쉽다는 얼굴이었다. 주전론과 항복론의 갈등으로 강동은 항로를 잃은 배처럼 표류하고 있다. 그리고 우유부단한 손권은 결론을 쉽게 내리지 못하고 있었다. 이럴 때 만약 주유가 있었다면 손권이 전쟁 쪽으로 마음을 돌릴 가능성은 분명 더 높아졌을 것이다. 누가 뭐라고 해도 그녀는 죽은 손책이 가장 믿고 의지하던 친우이자 수

하가 아니던가.

"불안하신가요?"

주유가 물었다. 그녀는 여느 때와 변함없는 얼음장 같은 표정이다. 전혀 속내를 짐작할 수 없는.

"그렇습니다, 말로 표현할 수 없을 정도로."

"늦어서 미안해요."

"……."

순간적으로 노숙은 이 아가씨가 오늘 뭔가 잘못 먹었나 하는 생각이 들었다. 평상시의 주유라면 그런 말은 하지 않았을 것이다. 어떤 감정의 변화라도 있는 것일까? 그는 의문 어린 눈초리로 주유를 바라보았다.

그녀의 희고 가는 손가락이 가만히 모아져 깍지를 낀다.

"공론은 어떤가요?"

"대부분의 사람들이 전쟁을 하면 다 죽을 거라 하고, 항복을 하면 평안을 지킬 수 있다고들 합니다. 주전(主戰)을 주장하는 자들은 일부의 무장(武將)들 뿐입니다."

"자경께서는 어떻게 생각하시는지요."

"저는 절대로 조조에게 몸을 굽혀서는 안 된다고 봅니다. 설령 죽는 한이 있더라도."

노숙이 주저없이 답했다.

"그렇군요."

주유가 고개를 끄덕였다. 그녀의 눈꺼풀이 내려가 우수(憂愁)가 깃들은 눈동자를 조금 가렸다. 그 시선은 약간 기묘한 느낌을 자아냈다.

"주랑께서는 어떻게 생각하십니까? 물론……."

…주전이겠지요. 노숙이 말끝을 흐렸다. 그녀의 무언가를 단정 짓는다는 것이 무의미하다는 생각이 들었기 때문이다.

"마음은 정해두었습니다. 때로는 섶을 지고 불구덩이에 들어가야만 하는 때도 있겠지요. 내일쯤 주공께 말씀드려 볼 생각입니다."

주유가 대답했다. 설령 하늘이 무너진다고 해도 강동을 가만히 앉아서 잃을 수는 없다. 강동을 지켜줘, 공근. 그것이 죽은 손책의 마지막 부탁이자 유언이었다.

"주랑께서 그리 나서주신다니 적잖이 안심이 되는군요."

노숙이 오랜만에 기분 좋아 보이는 미소를 지었다. 주유가 나선다면 손권도 반드시 전쟁을 택할 것이다. 그는 그렇게 믿었다.

"아, 강하의 유비에게서 사신이 와 있습니다. 혹시 만나보시겠습니까?"

문득 생각난 듯 노숙이 말했다. 이 전쟁을 승리로 이끌자면 유비와의 긴밀한 협력은 꼭 필요할 것이다. 동지는 없고 적밖에 없는 상황이 아닌가. 그러자면 유비의 사신을 주유가 미리 만나두는 것도 좋지 않을까 하는 생각에서 꺼낸 말이었다. 전쟁이 벌어진다면 강동의 원수(元帥)는 분명 주유가 될 테니까.

"어떤 사람이죠?"

주유가 깍지를 풀며 물었다.

"와룡이라 불리는 제갈량입니다."

"……."

갑작스레 주유의 눈이 크게 떠졌다. 그 눈동자에 떠올라 있는 감정은 명백한 동요였다. 그녀의 반응을 보고 노숙은 놀란 기색을 감출 수 없었다. 그는 맹세코 단 한 번도 주유가 저렇게 동요하는 것을 본 적이 없었기 때문이다.

"주랑, 왜……."

"방금 뭐라고 하셨죠?"

노숙의 말을 끊듯이 주유가 물었다.

"제갈량이라고… 했습니다만……."

더듬더듬 대답한 노숙은 곧 자신의 귀를 의심해야 했다.

"왜 지금에야 그것을 말하시죠, 그가 왔다는 것을?"

놀랄 정도로 솔직하게 주유는 자신의 감정을 드러내고 있었다. 평상시와는 전혀 다른 그 모습에 노숙은 몇 번이고 눈을 빠르게 깜박였다. 그가 머리를 긁적였다.

"저는 그저……."

"어디 있는지 가르쳐 주세요. 당장 만나러 가야겠어요."

열기 어린 그녀의 눈동자를 보며 노숙은 이건 분명 꿈일 거라고 스스로를 납득시켰다.

땀이 나고 심장 박동이 조금씩 빨라졌다. 멈추지 않고 달린 데에 대한 대가처럼 호흡이 거칠어졌다. 그러나 주유는 발걸음을 늦추지 않았다. 머리 속으로는 수없이 그 남자를 떠올리고 있었다. 마지막에 자신에게 사랑의 고백을 했던 외팔이 남자를. 몇 년이 지났지만 그의 인상이 잊혀지지가 않는다. 잊어버릴 리가 없다. 그와 겪었던 복잡한 시간들이 주마등처럼 눈앞을 스쳐 갔다.

탁!

주유의 손이 급하게 역관의 문을 열어젖힌다.

"늦었어, 주(周) 아가씨."

순간, 언젠가 보았던 아늑한 풍경처럼 제갈량의 목소리가 들려왔다. 그는 역관 마루에 앉아 있었다. 땅거미가 꿈결처럼 그의 뒤에서 젖어들고 있었다. 변함없이 검은 옷이다. 그는 입가에 눈처럼 하얗고 시원한 미소를 띠고 있었다.

"……."

주유는 말없이 천천히 제갈량에게 다가갔다. 그 발걸음은 어딘지 위태로워 보였다. 그녀의 눈은 깜박이지도 않고 그를 빤히 응시하고 있었다.

제갈량에게 이르렀을 때 그녀의 붉은 입술이 조그맣게 열렸다.

"바보… 공근이야."

이윽고 그녀의 고개가 숙여지더니 제갈량의 검은 머리칼에 입을 맞췄다. 그녀의 촉촉한 숨소리가 가까이에서 들려왔다. 제갈량은 가슴이 치미는 열기로 뜨거워지는 것을 느꼈다. 심장이 급하고 빠르게 뛰었다. 살인을 했을 때와는 전혀 다른 흥분이었다. 그리고 그것을 느끼게 할 수 있는 것은 오직 이 여인뿐이었다.

"그래… 공근."

제갈량의 손이 가만히 주유의 하얀 목을 꼭 끌어안았다. 그녀의 목은 비에 젖은 것처럼 차가웠다. 그의 손에 더욱 힘이 들어간다. 붉은 꽃처럼 아름다운 적의(赤衣)에서 여인의 아득한 향취가 풍겨왔다. 그의 시선이 찬찬히 그녀의 눈동자와 마주친다. 빨려 들어갈 것같이 우수에 젖은 눈이다. 언제 보아도 지나치게 매혹적인 눈이었다.

"왜 이리 늦었어… 나는……."

주유가 원망스럽다는 듯이 말했다. 외로웠다. 슬픔을 위로해 줄 이가 없었기에 외로웠다.

꿈을 꾸었다. 수십 번도, 수백 번도 넘게 꿈속에서 그를 보았다. 강풍에 흔들리는 뱃속에서, 붉게 일어나는 불길과 화살의 빗속에서 그를 보았다. 그러나 아무리 손을 뻗어도 닿지 않았다.

"잊어버렸다고 생각했어."

제갈량의 입에서 마음과는 다른 말이 흘러나왔다. 몇 년 동안이나 만나지 못했지만, 처음 눈을 마주쳤을 때 어린 시절의 향수처럼 아득하고 포근한 느낌에 젖어들었다. 분명 어디선가 그녀를 계속 만난 것 같은 기분이 들었다. 단지 느낌뿐일까. 그렇지는 않은 것 같았다.

"잊어버리지 않아. 절대로……."

주유가 솔직하게 말했다. 피부에 닿는 그녀의 숨결이 따뜻하고 부드러웠다. 그녀의 팔이 제갈량의 허리를 부드럽게 감싸 안았다.

"…고마워."

그녀의 말을 듣는 순간, 그녀도 자신과 같은 감정의 공유를 하고 있었다는 확신이 들었다. 제갈량의 목소리가 저도 모르게 떨려서 흘러나왔다.

이런 감정… 익숙지 않다.

어째서… 나 따위를 기억해 주는 거지……?

"공명……?"

주유가 놀란 눈으로 제갈량을 바라보았다.

그의 눈가에서 소리없는 한줄기 눈물이 맺혀 흘렀다. 여전히 아무런 감정의 색깔도 떠오르지 않은 무심한 표정. 눈물은 그의 의지와는 상관없이 흐르는 듯 보였다. 그것이 더욱 그녀의 감정을 자극했다. 그것은 살아오며 단 한 번도 본 적이 없는 그런 눈물이었다. 왜 우는 걸까? 그녀의 눈동자가 흔들렸다.

"우는 거야……?"

"아니."

"…울지 마."

"울지 않아."

제갈량은 눈을 감았다. 젖은 속눈썹이 조금 떨렸다.

그리고 그것을 바라보는 그녀의 시선도 떨렸다.

"대답을… 듣길 원해?"

언제인가 제갈량이 했던 사랑의 고백에 대한 대답을 말하는 것이었다.

잠시 동안 침묵이 감돌았다. 황량하고 차가운 바람 소리가 귓속을 휘감고 돌았다. 그녀는 마른침을 삼켰다. 긴장된 가슴이 멈출 수 없이 덜컹거렸다.

영원 같던 시간은 제갈량이 눈을 뜨며 입을 여는 순간 다시 흘러갔다.

"원하지만… 두려워, 나는……."

"……."

들어서는 안 될 대답을 들은 것처럼 주유의 눈에 놀람이 떠오른다. 그는 두렵다고 말했다. 두렵다고……. 자신이 부담스럽다고 말하는 것일까, 아니면 거절에 대한 두려움일까. 그 의문은 이어진 그의 말이 대답해 주었다.

"나는… 당신을 책임지지 못할 것 같아."

가슴 한구석이 심하게 흔들렸다. 기저가 뒤틀리듯이 머리 속이 어지러웠다. 주유는 여러 가지 감정으로 타오르는 시선을 제갈량의 눈 가까이에 가져갔다. 검고 깊은 눈동자가 그를 똑바로 응시하고 있다.

"아니, 들어."

그녀의 목소리는 피로한 음성처럼 가늘게 갈라져 있었다.

"공근."

"난… 공명 당신을 사랑해. 그런 것 같아. 아니, 확실해."

그녀의 뺨 근처가 부끄러운 듯 붉어져 있었다. 그러나 그녀는 열망 어린 시선으로 제갈량을 응시하는 것을 멈추지 않았다. 여인의 몸으로써 그것이 얼마나 용기를 낸 것인지 그도 잘 알고 있으리라. 그래서인지 변함없던 그의 시선이 조금 떨렸다.

"나도 사랑해. 하지만……."

"말하지 마. 그냥… 안아줘."

그녀의 부드러운 붉은 입술이 살며시 그의 입에 닿았다.

잘 가, 순결한 나.

그녀는 머리 속으로 또 하나의 자신을 떠나보냈다.

제갈량은 더 이상은 타오르는 욕망을 참지 못했다. 주유를 안아 들고 그는 급하게 방 안으로 들어갔다. 그의 손이 절박하고 거칠게 그녀의 옷을 벗겼다. 그녀는 저항하지 않았다. 그녀의 우수에 젖은 눈빛이 왠지 더 깊어 보였다. 그 눈동자를 응시했을 때 그의 움직임이 멈췄다.

"……."

제갈량은 몇 번이고 흥분된 가쁜 호흡을 내쉬었다.

언제인가 보았던 눈처럼 하얗고 매끈한 피부가 여과없이 눈앞에 펼쳐져 있었다. 처지지 않은 젊은 젖가슴과 가냘픈 허리, 탄력있는 흰 엉덩이에서 다리까지 이어지는 늘씬하고 매혹적인 육체의 곡선. 그것은 금방이라도 손을 뻗어 보듬어주고 싶은 여인의 고혹적인 나체였다. 그리고 그때와는 다른 격렬한 흥분이 그의 온 감각을 짓누르고 있었다. 그때 그녀를 안았다면 단지 계약을 빙자한 겁탈에 불과했겠지만, 지금은 아니었다. 그녀도 그것을 원하고 있다. 그러나 이유를 알 수 없는 두려움이 제갈량의 손길을 가로막고 있었다.

"…멈추지 마."

뭐가 불안한 거야……? 주유의 표정이 흐려졌다. 모든 부끄러움을 무릅쓰고 자신은 그에게 안아달라고 말했다. 하지만 그는 명백히 갈등하고 있었다.

"미안해……."

제갈량이 신음하듯 중얼거렸다. 그의 눈빛은 정욕에 젖어 있었지만, 동시에 어떤 망설임에 흔들리고 있었다.

"뭐가……? 이런 건 당신답지 않아."

"나는 더러워. 수없이 많은 창기(娼妓)들을 안았어. 겁탈한 여자들도 있어. 나는… 당신을 안을 자격이 있다는 생각이 들지 않아. 당신은 좋은 여자야. 나 같은 놈의 손에 닿기에는 너무나……."

제갈량이 그녀의 시선을 피했다. 내가 감히 그녀의 순결을 가질 자격이 있을까……? 자신이 안아버리면 그녀가 금방이라도 잿빛으로 더럽게 물들 것 같다. 순결하고 아름다운 진홍(眞紅)의 꽃이 더러운 발에 밟혀 버릴 것 같다. 그것은 그대로 망설임이 되어 그에게 돌아왔다.

"피하지 말고 내 눈을 봐, 공명."

주유가 말했다.

"……."

"제발."

"공근……."

그녀가 애원하듯 말하자 서서히 제갈량의 시선이 다시 그녀의 눈에 고정된다. 그 눈은 매우 슬퍼 보였다. 금방이라도 비원(悲願)에 찬 눈물을 주르르 흘려버릴 것같이.

"날 사랑해?"

그녀가 물었다.

"응."

"그렇다면 그런 것은 상관하지 마. 나는 신경 쓰지 않아. 당신이 예전에 몇 명의 여자들과 잤던지 말이야. 지금 당신이 나를 사랑하고 내가 당신을 사랑한다는 것만이 내게는 중요해."

"……."

"제발, 나를… 더 이상 부끄럽게 만들지 마……."

기어코 그녀의 눈시울이 젖어들며 눈물이 흘러내렸다.

그녀의 눈물을 본 제갈량의 심장이 폭발할 듯이 쿵쾅거렸다. 그의 떨리는 손길이 천천히 그녀의 뺨을 매만졌다. 한없이 상기된 뺨을 그의 손이 몇 번이고 쓰다듬는다. 그의 목울대가 격렬하게 떨렸다.

"…도망치고 싶다고 생각했어."

제갈량의 목소리가 떨려서 흘러나왔다.

"공명……."

"당신을 본 순간 어디 먼 곳으로 당신과 함께 도망치고 싶다고 생각했어. 난… 나는… 누군가와 나의 죽음이 처음으로 두려워졌던 거야. 당신을 잃고는 살 수 없을 것 같아서, 당신을 남겨놓고 먼저 죽기가 두려워서……. 지금의 나는 내가 그렇게 비웃던 바보들이나 마찬가지야. 이런 바보가 조조의 목에 칼날을 겨눌 수 있을 것 같아……? 조조에게서 검을 뽑을 수 있을 것 같아……?"

제갈량은 자신의 심정을 솔직히 고백했다. 긴장된 목이 바짝바짝 말라왔다. 그녀는 자신을 이상한 감정에 휘말리게 한다. 지금도 예외는 아니었다.

"이해해… 이해할 수 있어."

주유가 두 팔을 앞으로 뻗어 제갈량을 꼭 끌어안았다. 사내의 탄탄한 가슴에 순백의 나체를 묻으며 그녀가 속삭였다.

"나도 두려워. 이대로 북방의 거센 풍랑에 휩쓸려 버리는 것은 아닌지."

"……."

"그러나 설령 이길 수 없는 전쟁이라고 해도 난 당신을 믿어. 당신도 나를 믿어줘. 나의 가가(哥哥). 당신도 나도 절대로 죽지 않아."

그녀의 입에서 흘러나온 가가라는 말이 축축하게 제갈량의 뇌리에 스며들었다. 그녀의 말이 무슨 의미인지 잘 알고 있었다. 눈물에 젖어 있은 그녀의 눈동자는 따스한 빛이 서려 있었다.

제갈량은 참을 수 없는 유혹에 잠식된 듯 주유의 눈꺼풀에 입을 맞추었다. 그의 손이 그녀의 가슴을 부드럽게 어루만졌다. 따스하고 보드라운 가슴의 감촉이 손끝에 와 닿았다. 그녀의 몸이 가늘게 떨리는 것이 느껴졌다.

그가 안개처럼 희미한 미소를 띠었다.

"그랬지… 나는 천하무적이었어."

"영원히 그럴 거야."

주유가 화답하듯 부드러운 미소를 머금었다.

'나는 그녀를 사랑한다. 진심으로 그녀를 사랑한다.'

…그리고 지금부터 그녀를 안을 것이다.

제갈량은 마음속의 무거운 족쇄를 끊어버린 듯한 기분이었다.

*　　　　*　　　　*

"불안해, 불안해."

방통이 쓰게 술잔을 들이키며 혀를 챘다.

일어날 일은 일어난다. 그것은 남녀 관계에서도 마찬가지다. 아마 지금쯤 주유와 제갈량이 같이 하룻밤을 보내고 있을지도 모르는 일이다. 그리고 그 일은 아마 세상에서 가장 믿을 수 없는 일 중 하나라고 해도 과언이 아니었다. 아무리 기묘하고 복잡한 인연이라도 그것보다 복잡하고 기묘할 수는 없을 것이다. 자신이 비록 그 일에 일조했다고 는 하지만 역시 신기한 것만은 어쩔 수 없었다. 우스울 정도로 안 어울 리는 한 쌍이었으니까.

"…역시 선생도 불안하십니까. 그런 것이었군요."

유비가 침울한 안색으로 중얼거렸다. 그는 술병을 들어 올려 마지막 한 방울까지 남김없이 꿀꺽꿀꺽 삼켜 버렸다. 벌써 세 병째였다. 제갈 량 때문에 유비가 주당(酒黨)이 되어버리는 것은 아닐까 하는 황당한 생각마저 들 정도였다.

"아, 그런 것이 아니오라……."

방통이 머리를 긁적였다. 자신이 사신으로 보낸 제갈량이 불안하다 는 뜻으로 말했다고 생각하는 모양이었다.

"그럼 뭐란 말입니까?"

"세상의 절세가인들이 점점 제 주인을 찾아가는 것 같아서 말입니 다. 수화폐월(羞花閉月) 초선은 여포를 따라 자진했고, 대교는 비록 지 금은 죽었지만 예전에 좋은 임자를 만났으며, 견 부인은 조비에게 재 가(再嫁)했으니, 남은 것은 서서와 주유뿐인데 이번에 주유가 임자를 만나게 생겼으니 어찌 아쉽고 불안하지 않겠습니까. 사나이가 세상에 태어났으면 절세가인을 한 번쯤 안아보고 싶은 것은 인지상정인 법이 아니겠습니까? 그런데 차마 친누이 같은 원직은 안을 스 없으니 남은 그녀는 주유뿐이었는데… 그 녀석한테……."

"선생……."

유비가 어이없다는 표정을 지었다. 겨우 걱정을 하는 것이 그거였단 말인가……? 목숨과 운명을 건 큰 전쟁을 앞에 두고 있는 이 상황에서 말이다.

"…슬픈 밤입니다. 그 녀석만은 축하하기 싫어요."

방통이 정말로 서글프다는 표정으로 술잔을 기울이는 것을 유비는 멍한 눈으로 내내 바라보았다.

*　　　*　　　*

"맹세해요."

갑작스레 바뀐 그녀의 말투에 적응이 안 되는지 제갈량이 얼떨떨한 표정을 지었다. 어느새 옷매무새를 단정히 가다듬은 주유가 진지한 눈빛으로 자신을 응시하고 있었다.

"무엇을 말이… 오?

왠지 그래야 할 것만 같아 제갈량도 말투를 바꾸었다. 창틈으로 아침의 붉은 기운이 점점 떠오르고 있었다. 그는 손을 뻗어 상의를 걸치며 그녀를 바라보았다.

"영원히 저만을 사랑하겠다고 맹세하세요, 가가."

처음으로 정을 준 남자였다. 영원히 떠나보내기 싫은 남자이기도 했다. 비록 혼인은 올리지 않았지만 주유는 그를 정혼자처럼 존중했다. 그리고 그도 자신을 존중하고 있었다. 그들은 더 이상 함부로 말을 내뱉기가 뭣한 그런 관계였다.

"영원히 맹세할 수 있소, 주 소저."

제갈량이 고개를 끄덕였다. 그의 말이 진심이라는 것을 짐작하는 것은 어렵지 않았다. 그는 좋은 성격은 아니었지만 솔직한 남자였다. 그리고 간밤의 정사(情事)에서 그에게 받은 다른 느낌은 섬세한 배려였다. 그는 부드러웠고 조심스러웠다. 마치 서로 간의 속마음이라도 통하는 것처럼 느껴졌다.

"그냥 공근이라고 해주세요."

"알았소, 공근."

"그럼 됐어요. 저는 가가를 믿으니까."

그제야 주유가 입가에 미소를 띠었다. 그녀가 말을 이었다.

"가가는 좋은 사람이에요."

"물론… 당신도."

제갈량이 어울리지 않는 부드러운 눈초리로 주유를 바라보았다. 언제인가 그녀의 검이 되겠다고 말했었다. 그리고 무슨 일이 있더라도 그녀를 지켜줄 것이다. 설령 이 한 목숨이 다하더라도.

그 의지가 전달된 듯 주유가 미묘한 표정을 지었다.

"공(公)은 공이고 사(私)는 사. 확실히 해둘 것이 있어요. 몇 가지 질문을 드려도 될까요?"

그녀가 말했다.

"물론이오."

"유 황숙의 병력이 얼마나 되죠?"

"기존의 군대가 이천, 그리고 강하의 유기의 군대가 삼천. 도합 오천 정도로 알고 있소."

"흐음."

주유가 생각에 잠긴 눈으로 시선을 허공으로 돌렸다. 생각보다 적은 병력은 아니다. 충분히 도움이 될 전력을 보유하고 있었다. 게다가 유비의 밑에는 좋은 장수들이 적지 않게 있었다. 조조에게 대항하기 위해서 유비와 손을 잡는 것은 어쩌면 당연한 일일지도 몰랐다.

"동오의 군사는 모두 긁어모아 봐야 사만이에요. 대충 삼만오천 정도라고 생각하면 될 거예요."

강동은 애초에 인구가 많은 지역이 아니었다. 그나마도 서주의 대학살과 중원에서 계속되는 전란으로 남쪽으로 이주하는 인구가 늘어나서 이 정도였다.

"조조군은 십만이라고 방통이 그러더군."

"대충 그 정도일 거예요. 이번에 형주에서 얻은 군사를 빼면."

"지금은 어떻단 말이오?"

"적어도 십사만은 되겠지요."

"…대단하군."

제갈량이 솔직한 감탄을 터뜨렸다. 상상도 할 수 없을 정도의 수치였다. 저러한 군사를 거느릴 수 있는 조조라는 남자는 역시 대단했다. 진심으로 인정할 만한 가치가 있는 남자였다.

"대단하지요. 하지만 지금 우리는 그 대단한 남자를 때려잡으려고 하는 거예요."

주유가 농담처럼 말했다.

"재밌을 것 같소."

"그렇다면 다행이지만."

주유가 픽 웃었다. 제갈량은 완전히 평정을 찾은 듯했다. 그는 그런 남자였다. 사나운 북풍을 상대로 한 걸음도 물러서지 않고 칼자국을 남길 수 있는.

"가가의 잘난 친구는 어떤 방법이 있다고 했죠?"

박망파의 일을 전해 들었을 때 제갈량의 작품이 아니라는 것쯤은 단번에 짐작할 수 있었다. 그녀가 아는 제갈량은 그런 군략과는 거리가 먼 남자였다. 그렇다면 결론은 하나밖에 없었다. 봉추라 불리는 방통 사원.

"글쎄, 아직은. 그는 아무 말도 하지 않았소."

"고민 중인가 보군요. 제가 생각하기에는 승산은 일 할 정도라고 봅니다. 적어도 지금은."

"사나이는 일 할에 목숨을 걸 수 있소."

제갈량이 어깨를 으쓱했다.

"어련하시겠어요."

주유가 실소를 흘렸다.

적어도 한 가지는 확실했다. 냉혈녀(冷血女)라고까지 불리는 그녀의 미소를 이렇게 자주 볼 수 있는 사람은 제갈량 그밖에는 없다는 것. 물론 그 반대도 마찬가지였다.

"어쨌든 간에 일단은 주공을 완전히 설득하는 것이 우선이에요."

"자신있소?"

"예전부터 형을 잘 따르는 분이셨죠. 백부(伯符)가 강동을 지키라고 유언을 남겼으면 제가 아니더라도 그대로 따를 분입니다."

"후."

제갈량이 낮게 웃었다. 동오의 가신들은 모두 옛 향수에 젖어 있어 보였다. 손책을 그리워하며 저도 모르게 손책과 지금의 주공을 비교하게 된다. 그것이 손권에게는 극심한 부담감이 되어 돌아올 것은 분명

했다. 그러나 어쩌면 그들이 옛 주공을 그리워하는 것은 손권이 손책을 그대로 답습하려고 하기 때문일지도 몰랐다.

"왜 웃으시죠?"

주유가 눈을 동그랗게 떴다.

"당신의 주공이 죽은 형의 망령에서 벗어나려면 이번 전쟁을 승리로 이끄는 수밖에는 없소."

"……."

"그러면 그는 대붕(大鵬)이 되어 수만 리 창공으로 날아오를지도 모르오. 적어도 그는 사람들이 생각하는 것만큼 약해 빠진 인물은 아니니까."

"눈썰미가 날카로우시군요. 겨우 한 번에 그렇게까지 읽어내시다니."

주유가 어딘가 흐린 표정을 지었다. 손권에 대한 우려감 때문일까.

그녀가 막 말을 이으려고 할 때였다.

문밖에서 한 남자의 목소리가 들려왔다.

"실례하겠습니다, 선생."

노숙이었다. 그가 아침 일찍부터 제갈량이 묵고 있는 역관으로 찾아온 이유는 간단했다. 대체 전날 저녁에 주유가 급히 제갈량에게 달려간 연유가 궁금해서 참을 수가 없었던 것이다. 단순히 동맹의 일이었다면 손권을 설득한 후에도 가능할 터였다. 그렇다면 사적인 사정이라는 것인데 그는 그게 무엇인지 호기심이 동했다.

"자경… 이군요."

주유가 조그맣게 중얼거렸다. 그녀는 당혹스런 표정이다. 설마 노숙이 이른 아침부터 찾아올 줄은 몰랐던 것이다. 왠지 모르게 실소가 흘러나왔다. 저 노숙이 얼마나 궁금했으면 아침부터 촐랑거리며 이리로 달려온단 말인가. 어쩌면 간밤에 끙끙거리며 오만 가지 상상을 다했을지도 모른다.

"괜찮겠소?"

"아아, 상관없어요."

제갈량의 말에 주유가 순순히 고개를 끄덕였다. 노숙이라면 괜찮을 것이다. 신중하고 입이 무거운 남자이니. 그리고 이 정도에 부끄러워하며 손을 놓아버릴 정도라면 이 위험한 사랑은 처음부터 시작하지도 않았을 것이다.

"들어오시오."

끼익.

문이 열렸다. 그리고…….

노숙의 눈이 더할 나위 없이 휘둥그레졌다.

"주, 주, 주, 주… 주랑……?!"

벼락이라도 맞은 듯 멍한 표정으로 노숙은 그대로 얼어붙었다.

…남녀가 이른 아침부터 한 방에 함께 있다.

…주랑은 어제저녁에 제갈량을 찾아갔다.

…그렇다면 지금까지 쭉 함께 있었을 가능성이 높다.

그렇다면 결론은……?

"……."

노숙의 시선이 무심결에 주유를 향한다.

그녀의 얼굴은 부끄러운 듯 약간 붉어져 있었다. 그러면서도 그의 반응이 우스운지 손으로 입가를 가리고 연신 웃음을 터뜨리고 있었다. 정말이지 맹세하건데 노숙은 한 번도 그녀의 그런 웃음을 본 적이 없었다.

"어디 아프시오?"

제갈량이 태연한 표정으로 물었다. 그의 지극히 평범한 데다가 재수 없게까지 보이는 안면이 그날따라 더 심하게 노숙을 자극했다. 절세가인과 까마귀 같은 남자…….

"오… 맙소사… 신이시여……."

강동 제일의 귀재이자 미녀인 그녀에게 이런 시련을 내리시다니…….

노숙은 눈을 감싸 쥐며 그 자리에 풀썩 주저앉고 말았다.

손권은 최후의 결정을 하기 위해 주유를 정청으로 불렀다. 그녀라면 다른 사람과는 다른 조언을 해줄 수 있을 거라는 믿음 때문이었다. 살아 있을 적에 손책은 항상 그녀와 상의했다. 그리고 죽어서도 그녀에게 군사(軍事)를 부탁하는 유언을 남겼다. 물론 손권도 손가의 세력이 이 정도로 커지는 데 결정적인 공을 세운 공신(功臣)인 그녀를 의지하고 있었다.

"오랜만이오, 공근."

손권이 말했다.

"무양하시지는… 않은 것 같군요."

주유가 속으로 쓴웃음을 흘렸다. 손권은 평소에도 창백한 안색이었지만 지금은 고민과 피로에 찌든 듯 굉장히 지쳐 보이는 얼굴이었다.

원인이라면 물론 조조일 테지만.

"아아… 보는 대로요. 무엇 때문인지는 굳이 말할 필요도 없겠지만."

"아직 결정을 내리시지 못했나 보군요."

"막료들의 주장이 엇갈려 쉽게 결단을 내릴 수 없었소. 그래서 공근을 불렀소. 오늘 결정을 내리기 위해서."

주유가 납득한다는 듯 고개를 끄덕였다.

"공근의 생각을 듣고 싶소."

"다른 길은 없습니다. 오직 전쟁뿐."

그녀가 칼로 잘라내듯이 예리한 목소리로 대답했다. 그녀의 분위기는 마치 차가운 얼음 같았다.

"어째서 전쟁밖에는 없다는 말이오?"

장소가 나섰다. 제아무리 주유의 말이라고는 하지만 항복론을 대표하는 사람으로서 나서지 않을 수 없었던 것이다.

대답은 한 치의 머뭇거림도 없이 나왔다.

"항복은 어리석고 나약한 선비 같은 부류나 할 수 있는 생각입니다. 삼 대에 이어진 기업의 중함은 물론이거니와 이길 수 있는 전쟁을 피하는 것만큼 어리석은 짓은 없습니다."

"이길 수 있단 말이오?"

손권이 급하게 물었다.

"물론입니다. 조조는 천하를 가지려는 야망에만 급급해 네 가지 실수를 범하고 있습니다."

그녀의 대답은 이번에도 별다른 망설임없이 흘러나왔다. 그 태연한 태도에 항복을 주장하던 막료들은 돌을 씹은 듯 어두운 안색이 되었다.

"그것이 무엇이오?"

"조조는 서북쪽을 아직 평정하지 않아 마등(馬騰)과 한수(韓遂)가 배후의 근심거리로 남아 있는데도 거의 전 병력을 남쪽에 쏟아 부었으니 이것이 첫째입니다. 조조군의 대부분은 중원의 군사라 수전(水戰)에 익숙지 못한데도 배에 의지해 싸워야 하는 것이 둘째이며, 지금은 군마(軍馬)를 먹이고 재우는 풀이 부족한 겨울철인데 무리해서 군사를 움직인 것이 셋째입니다. 그리고 조조의 군사들은 이곳의 풍토와 기후가 맞지 않아 필시 병을 얻을 것이니 이것이 넷째입니다."

"……"

주유가 강한 시선으로 손권의 눈을 응시했다. 무언의 대화를 나누듯 그들의 시선은 그렇게 한동안이나 허공에서 얽혀 있다.

"제게는 확신이 있습니다. 제게 군권(軍權)을 주신다면 조조의 군대를 무찔러 보이겠습니다."

속이 훤히 들여다 보이는 입바른 말이나 허풍이 아니라고 생각한 것은 그녀의 진지하고 솔직한 눈빛 때문이었다. 그곳에는 전쟁에 대한 두려움도 우려도 존재하지 않았다. 그것은 분명했다. 불현듯 장형의 심정이 이해가 갔다. 왜 그녀를 그토록 믿고 신임했는지.

"좋소."

손권이 의외로 순순히 고개를 끄덕였다. 그의 표정은 평상시의 안정을 찾고 있었다.

"난 공근을 믿소."

"주공! 하오나……"

장소가 사색이 되어 앞으로 나섰으나 손권의 의지는 단호했다.

"앞으로 항복을 얘기하는 이들이 있다면 극형에 처하겠소."

조용하지만 어떤 엄격함이 배어 있은 목소리로 손권이 말했다.

그리고 그것으로 동오의 결단은 내려졌다.

전화(戰火)의 서막(序幕)

"당신의 입김은 역시 대단하오."

"글쎄요. 주공은 이미 마음속으로 전쟁을 염두에 두신 듯합니다. 아마 제가 항복을 주장했어도 전쟁으로 결정을 내리셨을 겁니다."

"후, 그렇소?"

제갈량이 가는 미소를 흘렸다. 그의 손에는 술잔이 들려 있었다. 전쟁을 앞두고 그것도 타국에서 음주를 한다는 것은 금기에 가까운 일이었지만, 그는 물론 그런 것을 상관할 남자가 아니었다.

그가 말을 이었다.

"어쨌든 이제 정말로 전쟁이 시작됐구려."

"어디서부터 시작해야 할지 모르겠어요."

주유가 복잡한 눈으로 탁자에 올려진 지도를 만지작거렸다. 애초에 전쟁의 목적은 시간 끌기였다. 대군을 상대로 결정적인 타격을 준다는 것은 불가능에 가까웠다. 그저 봄이 될 때까지 버티면 적은 알아서 물러날 것이다. 그러나 그것도 쉽지 않았다.

"병사 한 명 죽이는 데에서부터 시작하면 되오."

"그리고 조조의 목으로 끝나겠군요."

"물론."

"……"

주유가 작게 한숨을 내쉬며 이마를 감싸 쥐었다. 그렇게만 된다면 얼마나 좋을까.

그녀가 조금 사이를 두고 입을 열었다.

"일단은 삼강구(三江口)로 가지요."

*　　　　*　　　　*

"손권은 전쟁 쪽으로 가닥을 잡은 것 같습니다."

순유의 보고에 조조가 다소 의외라는 표정을 지었다.

"의외로 기가 센 처녀로군."

그의 어울리지 않는 농담에 좌중에서 작은 웃음이 터져 나왔다.

힘의 차이는 명백. 유종처럼 유약한 군주로 알려진 손권이라면 혹시 강동을 들어 바치지 않을까 하는 기대를 했던 것은 사실이었다. 그러나 역시 삼 대를 이어온 기업을 공짜로 내줄 정도로 유약하지는 않은 모양이었다.

"글쎄요. 날개를 접은 대붕일지도 모르는 일입니다만."

이신이 묘한 어조로 말했다.

조조가 그를 바라보았다.

"손권을 본 적이 있나?"

"없습니다. 하지만 호랑이에게서 개의 새끼가 나오지는 않는 법입니다."

"나올 수도 있지. 원소의 자식들은 죄다 아둔했거든."

"…그렇긴 하군요."

이신은 순순히 수긍했다. 지독히도 자식 복이 없었던 원소와 그 반대인 손견이 대비되어 떠오른 것은 어쩌면 당연하리라. 그는 흘긋 시선을 돌려 바닥을 바라보며 다시 침묵했다. 지독히도 우울한 전쟁이다. 시야에 무언가 짙은 안개라도 낀 것처럼 답답했다. 이 승리를 확신하는 위세등등한 대군 중 몇이나 살아남을 수 있을까. 그것은 분명 잔혹한 가정이었다. 그러나 이 전쟁은 져야만 했다.

"이번 원정에서는 그대답지 않게 조용하군. 육전(陸戰)이 아니라서 활약할 기회가 없어 그런가?"

조조가 물었다.

"생각해 둔 책략은 있습니다. 다만 지금은 말할 계제가 아닐 뿐입니다. 게다가 수군을 총괄하는 것은 제가 아니지 않습니까."

당신을 파멸로 이끌 책략이지. 이신이 눈을 가늘게 떴다.

"책략이라……."

조조가 혼잣말처럼 중얼거렸다. 이신이 간언을 해서 어긋난 적은 단 한 번도 없었다. 그 세 번째 명검이 이번에는 극도로 말을 아끼고 있었다. 간언할 필요도 없는 전쟁이라는 걸까, 아니면……

"대사마의 조언이라면 저는 언제든지 진지하게 들을 준비가 되어 있습니다만."

채모가 능글맞은 웃음을 머금으며 말했다. 조조의 공신이자 제일이라는 칭호를 지닌 명장에게 잘 보일 기회라고 생각했던 것이다. 그러나 돌아오는 대답은 쌀쌀했다.

"그대는 첫 번째 싸움을 반드시 질 것이오."

"……."

순간, 좌중의 모든 이들이 당혹스럽다는 표정을 지었다. 싸움을 앞둔 장수에게 이게 무슨 악담이란 말인가? 그것도 아군에게 말이다. 채모의 얼굴이 순식간에 딱딱하게 굳어버렸다. 상대가 이신만 아니었다면 험한 소리가 나갔을 것이다.

"말이 너무 심하십니다, 대사마."

순유가 급히 수습을 하려는 듯이 끼어들었지만 분위기는 냉랭했다. 이신은 장수가 하지 말아야 할 말을 입에 담고 만 것이다.

"심하지 않습니다. 채 도독(都督)이 조언을 원한다기에 한마디 했을 뿐입니다."

"상공."

장료가 이신의 옷소매를 잡으며 말렸지만 이신은 말을 멈추지 않았다.

"채 도독으로는 이번 전쟁을 봄까지 끝낼 수 없습니다. 차라리 강동으로 자객을 보내 손권을 암살하느니만 못할 것입니다."

"대사마!"

채모가 더 이상 참지 못하고 소리쳤다. 심각한 모욕이었다. 형주에서도 명문가이자 권력의 중심이었던 그가 언제 이런 소리를 들어봤겠는가.

'이상하다.'

정욱이 고개를 갸웃했다. 평소에 이신은 저렇게 과한 말을 할 성격이 아니었다. 설마 정말로 채모로는 전쟁을 제때 끝내지 못할 거라고 생각하는 것인가? 게다가 이상하게 조용한 조조도 마음에 걸렸다. 조조는 그저 미묘한 눈길로 그들을 바라볼 뿐이었다.

"모욕이라고 생각하시오? 미안하지만 그대로서는 주유를 상대할 수 없소."

"상공, 제발 그만 하시지요."

상공이 오늘 아침에 유난히 신경이 날카로웠던가……? 장료는 걱정스런 표정으로 이신을 응시했다.

"그게 그대의 생각이었나."

채모가 무어라 화를 내기 전에 조조가 먼저 입을 열었다. 그는 입가에 야릇한 냉소를 띠고 있었다.

"미안하지만 이번 전쟁, 그대의 손까지 넘어가지는 않을 것 같은데. 그대의 이번 판단은 좀 감정적이군."

"그렇게만 된다면 좋겠지만… 승상은 반드시 저를 다시 찾게 될 것입니다."

이신이 대답했다. 그는 확고하고 진지한 눈빛이었다. 그 눈빛을 조조는 그저 차갑게 받아넘긴다.

"그럴 일은 없습니다! 이 채모, 적군을 보기 좋게 격파해 보이겠나이다!"

채모가 시뻘게진 안색으로 기세 좋게 소리쳤다. 금방이라도 군을 이끌고 적진으로 짓쳐 나갈 기세였다.

"…죽지만 않으면 다행이겠지."

이신의 조그만 중얼거림은 다행히 곁에 있던 장료에게밖에 들리지 않았다.

"오늘 말씀이 너무 과하셨습니다, 상공. 왜 그런 말씀을……."

회의가 파하자마자 장료가 아까의 일을 꺼냈다. 심정을 짐작하지 못하는 것은 아니었다. 저항하지도 않고 항복한 형주의 막료들을 이신은 달갑게 여기지 않았다. 그런 그들에게 수군의 통수권이 넘어갔으니 기분이 좋지 않을 수도 있었다. 그러나 그렇다고 해도 오늘 말은 너무 지나친 감이 있었다.

"글쎄요."

미소를 짓는 이신을 보며 그녀는 자신의 짐작이 틀렸음을 느꼈다. 홧김에 내뱉은 말이라면 저런 표정은 지을 수 없을 테니까.

"상공."

장료가 재촉하듯 이신을 불렀다.

그제야 이신의 입이 천천히 열렸다.

"별다른 이유는 없습니다. 그저 제가 그렇게 생각했기 때문입니다."

"솔직하게 말씀해 주세요."

"그게 진심입니다. 다만……."

이신이 먼눈으로 허공을 응시했다.

"승상의 속내를 알고 싶었던 것도 사실입니다."

“속내요?”

장료가 눈을 동그랗게 뜨며 물었다.

“아직은 채모를 믿고 계시는 것 같더군요, 아직은.”

이신의 목소리는 잔잔했다.

*　　　*　　　*

“생각대로 잘된 모양입니다.”

방통이 즐거운 미소를 지었다.

동오의 대군이 삼강구로 이동하고 있다는 보고가 있었다. 결국 손권은 항전을 택한 것이다. 예상대로이긴 했지만 콧노래라도 흥얼거리고 싶은 심정이었다. 동오가 저항을 하지 않으면 모든 계책은 물거품이 되어버리기 때문이다.

“십 년 감수한 기분입니다.”

유비가 한숨을 내쉬었다. 진심이었다. 그간 얼마나 제갈량 때문에 잠을 제대로 이루지 못했던가. 어쨌든 일단 한 고비는 넘긴 셈이었다.

“유기 공자에게 사신을 보내야겠습니다.”

방통이 입을 열었다.

“어떤?”

“전군을 이끌고 번구(樊口)로 나와달라고 말입니다.”

유비가 놀란 눈으로 방통을 바라보았다.

“전군이요? 강하를 버린다는 겁니까?”

“더 이상 강하를 지키는 의미는 없습니다. 어차피 이제 물러설 곳도 없습니다. 배수진이나 마찬가지라는 말이죠. 번구라면 동오와 긴밀히 연계를 이루어 조조군과 한바탕 싸움을 벌이기에 적합한 곳입니다."

"흠… 그렇군요."

유비가 납득이 간다는 듯 고개를 끄덕였다. 설령 이해가 가지 않더라도 방통의 제안을 막을 생각은 없었다. 지금까지 방통의 말을 들어 제대로 안 된 일은 하나도 없기 때문이다. 실로 봉추라는 명성에 걸맞는 남자였다.

유비가 탁자 위에서 몸을 방통에게 조금 들이밀며 물었다.

"무언가 좋은 계책이라도 있으신 모양입니다만?"

"그런 건 없습니다."

너무나 당연하다는 듯이 나오는 방통의 대답에 유비가 황당하다는 표정을 지었다. 상대할 계책도 없으면서 싸우러 간단 말인가?

"무슨……?"

"지금부터 생각해야겠지요. 우선 조조군의 전력을 파악한 다음에 말입니다."

단순히 숫자로만 지레짐작하는 것과 직접 적군과 부딪쳐 보는 것은 명백한 차이가 있다. 전초전(前哨戰)에서조차 동오가 쉽게 패퇴한다면 그 싸움은 더욱 볼 것도 없을 것이다. 물론 방통은 주유가 첫 번째 전투부터 패하리라고는 생각하지도 않았지만.

"선생… 너무 여유가 있으셔도 저는 불안합니다."

"여유가 아니라 당연한 수순입니다. 그리고 이번 전쟁은 조조군을 일거에 끝장내지 않으면 황숙에게는 이기지 않느니만 못합니다."

…형주를 얻기 위해서는 말이다. 문제는 과연 그런 방법이 있느냐는

것이었지만.

방통이 흑선(黑扇)을 세게 움켜쥐었다.

＊　　　　＊　　　　＊

채모는 악에 받쳐 있었다. 이신에게 들은 악담 때문이었다. 질 거라
고……? 주유에게 상대가 안 된다고……? 대체 무슨 이유로 그런 망발
을 늘어놓는 것인가. 절대로 이겨 보일 테다. 이겨서 그 제 잘난 멋에
사는 젊은 녀석의 콧대를 철저하게 눌러 버릴 테다. 채모는 몇 번이고
속으로 그렇게 중얼거렸다.

"도독, 좀 진정하시지요."

장윤이 그런 채모의 기색을 읽었는지 그렇게 말했다. 군을 지휘하는
자가 마음이 흐트러져 있으면 그것만큼 위험한 일도 없다. 그것도 이
렇게 중요한 첫 번째 전투에.

"제놈이 아무리 잘났든 간에 내가 이겨 버리면 될 일이 아닌가."

채모가 이를 악물었다. 한 번도 지지 않았다고? 만약 그 녀석이 수전
을 겪었다면 한낱 물고기 밥이 되어버렸을 것이다.

"도독……."

"배를 더 빨리 몰아라!"

채모가 소리쳤다. 그의 명령에 배들의 속도가 더 높아졌다.

군을 선두에서 지휘하는 것은 그를 비롯한 형주에서 항복한 장수들
이었다. 조조는 일부러 원래 자신이 데리고 있던 장수들을 후군으로
돌렸다. 그들이 수전에 능숙하지 않은 탓도 있었지만, 지휘 계통을 좀

더 확고하고 일사불란하게 하기 위해서였다. 형주의 장수끼리는 의사가 잘 소통될 테니까.

"서두르는 것 같네요."

후군의 작은 전선(戰船)에 타고 있던 장료가 말했다.

"자멸입니다."

이신이 대답했다. 중원에서 내려온 병사들은 배 위에서 균형조차 제대로 못 잡고 있는데 속도를 더욱 높이는 것은 어리석은 짓이다. 싸우기도 전에 병사들을 지치게 해서 어쩌겠단 말인가. 아무래도 채모는 자신의 도발에 넘어가 급하게 승리를 탐하는 듯했다.

"질 겁니다, 반드시."

이신이 중얼거렸다.

"적이 다가옵니다."

곁에 있던 병사 하나가 위기감 어린 목소리로 고했다. 대단한 규모의 적에게 내심 겁을 집어먹고 있는 것이리라.

"당황하지 마라. 별거 아니다."

오군(吳軍)의 선봉을 맞고 있는 감녕(甘寧)이 태연자약하게 말했다. 그는 칠 척은 되어 보이는 대단한 장신에 햇볕에 그을린 듯 검게 탄 피부를 가진 용맹한 사내였다. 그의 오른손에는 커다란 철궁(鐵弓)이 들려 있었다. 수전에서 가장 중요한 것은 무어라 해도 활이었다. 원거리에서 빠르게 배를 이동하며 활로 기선을 잡은 뒤, 배를 붙여 창칼로 적을 제압하는 것이 기본이었다. 그는 태사자만큼의 명궁은 아니었지만 더욱 파괴력있는 활을 쏠 수는 있었다.

“시위를 메겨라.”

감녕이 명령했다.

배 끝에 도열한 궁수들이 일제히 화살을 시위에 메겼다. 풍랑에 흔들리는 배 위에서도 그들은 쉽게 몸이 흔들리지 않았다. 역시 물에 익숙한 군사들이라고 할 만했다.

서서히 조조군과의 거리가 좁혀졌다.

“활은 쏠 줄 아나?”

“아니. 세상에 한 손으로 활을 당길 수 있는 사람이 있다던가?”

감녕의 물음에 제갈량이 차가운 웃음을 흘렸다. 뻔한 사실을 물어보다니. 재밌는 사내이거나 혹은 자신처럼 재수없는 사내이거나 둘 중 하나일 것이다.

“잘하는 게 뭔가?”

“칼부림.”

제갈량이 허리의 검집을 만지작거리며 대답했다.

“호오, 기대해도 괜찮겠지?”

“방해는 되지 않아.”

“그 말 믿겠네.”

감녕이 철궁에 시위를 메기며 말했다. 그의 눈이 날카롭게 떠졌다.

“죽어라.”

그가 쏘아 올린 화살이 대기를 가르며 쏜살같이 적선을 향해 날아갔다.

“젠장!”

채모가 분통 어린 신음을 터뜨렸다. 선봉으로 보낸 채훈의 부대가 활과 쇠뇌의 빗속에서 어지러이 무너지고 있었다. 특별히 형주의 병사들을 골라 보냈는데도 동오의 병사들을 당해내지 못하는 것이다. 형주의 병사가 이럴진데 청주병(靑州兵)을 비롯한 북방의 병사들은 어떻겠는가. 그야말로 사막에 풀어놓은 거북이처럼 답답한 지경이었다.

"모두 진형을 유지하라!"

그가 목이 터져라 소리쳤지만 이런 상황에서 명령이 제대로 전달될 리는 만무했다. 그가 취했던 일자진(一字陣)의 한 축은 이미 무너진 지 오래였다. 게다가 이미 무너진 진형을 수전에 능숙하지도 않은 병사들이 다시 갖춘다는 것은 불가능에 가까웠다.

흐트러진 진형을 몰아붙이듯이 오군은 좌익과 우익에서 한꺼번에 치고 들어왔다. 선두에 선 배에는 한당과 장흠의 깃발이 나부끼고 있었다.

그들의 맹렬한 돌격에 결국 조조군의 선두의 진형은 완전히 와해되고 말았다.

"뭐 하는 거야."

조조의 표정이 차갑게 얼어붙었다.

특별히 적의 책략에 걸린 것도 아니다. 그저 정직할 정도로 정면으로 충돌했을 뿐이었다. 그야말로 힘과 힘의 대결이 아닌가. 그런데도 아군은 밀리고 있었다. 아군 병사의 역량이 상대에 비해 현저히 떨어진다고밖에는 볼 수 없었다. 육지에서 최고의 강병(强兵)도 강에서는 한낱 오합지졸에 불과해 버리는 것이다.

“물러나야 하지 않을까요?”

허저가 물었다.

앞에 꽉 들어찬 아군의 배로 인해 돕고 싶어도 앞으로 나아갈 수가 없었다. 그렇다고 가만히 있다간 선두부터 차례로 적의 공격에 무너져 버릴 것이다.

“아니, 좀 더.”

조조가 고개를 저었다. 겨우 이 정도에 물러나 버린다면 전투를 시작한 의미가 없지 않은가. 게다가 병력면에서는 아군이 몇 배나 많았다. 설령 피해를 좀 입는다 하더라도 적에게 피해를 입힐 수 있다면 그것이 더 나았다.

“승상의 말씀이 옳습니다.”

순유의 생각도 그러했다. 겨우 첫 번째 부딪침에서 기선을 제압당한 판이다. 어차피 적군도 똑같은 인간. 병력이 많으니 장기전으로 갈수록 아군이 유리했다.

“북을 더 울리고 병사를 독려하라.”

조조가 힘주어 말했다.

‘착각하고 있다.’

이신은 선두가 무너져 사기가 완전히 꺾였는데도 물러나지 않는 본대를 보고 그렇게 생각했다. 육전이라면 병력의 인해 공세로 적을 결국에는 쓰러뜨릴 수 있을지 몰라도 해전은 아니었다. 중요한 것은 병력의 수가 아니라 전선(戰船)의 수였다. 부서지거나 침몰한 전선을 다시 제조하는 데에는 오랜 시간이 든다. 재정비하는 데 일 년이나 그 이상의 시간이 필요할지도 몰랐다. 그러나 그런 싸움 배보다 더 귀한 것은 수군에 어느 정도 능숙한 형주의 군사들이었다. 싸움 배는 장인들을 불러 얼마든지 제조가 가능하지만, 수군에 능숙한 군사는 오 년이나 십 년이 걸려도 제대로 얻지 못할 귀한 해전의 핵심이었다. 조조는 지금 그 전력들을 죽이고 있는 것이다.

그러나 이각이 지난 후 이신은 자신이 오판했음을 인정해야 했다.

점점 형세가 뒤바뀌어 가고 있었다. 확실히 조조군이 밀리고는 있었지만 오군도 조조군의 엄청난 수에 지친 기색이 역력했다. 그만큼 조조군의 병력은 그의 예상을 뛰어넘을 만큼 대단한 것이었다. 어쩌면 먼저 물러나야 하는 것은 오군 쪽이 될지도 몰랐다.

"…관도에서는 이런 병력을 이긴 건가요?"

장료가 질린다는 표정으로 말했다. 당시에는 전쟁의 위급함에 제대로 체감하지 못했지만 후방에서 바라본 십만 대군의 위력은 상상을 초월했다. 상공은 이런 대군을 상대로 승리를 이끌어냈단 말인가.

"어쩌면 채모가 이겨 버릴지도 모르겠군요."

이신이 야릇한 표정을 지었다. 어처구니없다는 실소가 그의 입가에 배어 있었다. 별다른 전술도 없이 그냥 정면으로 부딪쳐서 적을 이렇게 몰아붙일 수 있다니. 지금까지 전쟁터에서 자신이 목숨을 걸고 시도했던 전술들이 왠지 허무하게 느껴질 정도였다.

"설마요… 상공께서 틀리실 리는 없으니까요."

겉으로는 그렇게 말하면서도 장료는 잔뜩 불안한 안색이었다. 회의 석상에서 이미 대놓고 그런 말을 했는데 만약 채모가 승리한다면 그녀의 상공은 이도저도 못할 처지에 놓이게 될 것이다. 그녀는 이신이 채

모 같은 남자에게 고개 숙여 사과하는 일 따위가 생기는 것을 용납할
수 없었다.

"뭐, 주랑이 손 놓고 가만히 있을 아가씨도 아니긴 하지만 말입니
다."

이신이 눈을 찡긋해 보였다. 자신이 채모에게 사과해야 하는 일 따
위는 문제도 아니었다. 문제는 오군이 정말로 이번 싸움에서 채모에게
무너져 버리는 일이었다. 그런 상황이 오면 새로이 대책을 강구해야
할지도 몰랐다.

'잘해 보십시오.'

이신은 처음으로 적군의 승리를 빌었다.

"주(周) 도독!"

황개가 다급한 목소리로 소리쳤다. 그는 갑자기 찾아온 감모(感冒)
탓에 전방이 아닌 본진에서 주유를 보좌하고 있었다. 몸이 근질근질거
리는지 그는 연신 주먹을 쥐었다가 풀었다 하고 있었다.

"으음……."

주유가 고운 아미를 찡그렸다. 분명 전투 불능으로 만든 적선의 수
가 더 많음에도 아군은 애를 먹고 있었다. 끝없이 몰려드는 적선 때문
이었다. 역시 정공법은 처음부터 무리였던 것인가. 만약 이대로 물러
난다면 적은 단숨에 상륙하기 위해 밀어붙일 것이다. 육지에서의 싸움
이라면 승패를 생각해 볼 필요도 없었다. 어떻게든 여기에서 적을 저
지해야 했다.

"어찌해야 합니까?"

황개가 다시 물었다.

주유가 몇 번 미간을 찌푸리며 고민하더니 입을 열었다.

"유인하지요."

"뭐를?"

"적의 지휘선을."

"……."

이런 상황에서 승세를 단숨에 결정짓는 방법은 적의 지휘선을 침몰시키는 방법밖에는 없었다. 주유는 그러기 위해서 어떤 위험이라도 감수할 생각이었다.

"어떻게 말입니까?"

황개가 감이 잡히지 않는다는 듯이 그렇게 물었다. 말이야 쉽다지만 적의 지휘선을 유인한다는 것이 어디 쉽게 가능한 일이라던가? 그것도 이렇게 적과 부딪쳐 충돌해 있는 상황에서.

"선두를 바꿉니다. 적을 유인하기 위해서는 군침 도는 먹잇감을 던져 줘야 하는 법이니까요."

"예?"

"이 누선(樓船)을 선두로 합니다. 그리고 뒤로 조금씩 물러나도록 하지요. 한 십여 리쯤 물러났을 때 다시 공세로 전환해 적의 지휘선을 섬멸시키는 겁니다."

"이 배를 선두로요……?!"

황개가 눈을 크게 떴다. 아군의 지휘선인 이 배가 무너지면 아군은 말 그대로 끝이었다. 그런 위험을 감수하고서라도 적의 지휘선을 유인하겠다는 말인가……?

"그렇습니다. 당장 명령을 하달해 주세요, 시간이 없으니."

주유가 말했다. 그녀는 천천히 곁에 놓아두었던 철금을 집어 들었다.

"하지만……."

"무슨 수를 써서라도 이겨야 합니다."

주유가 강한 어조로 말하자 어쩔 수 없다는 듯 황개도 고개를 끄덕였다.

"알겠습니다."

적의 변화를 먼저 알아차린 것은 장윤이었다.

그가 눈을 부릅떴다.

"저건……?"

커다란 누선에 주(周)라고 써진 붉은 군기(軍旗)가 바람에 나부끼고 있었다. 의심할 바 없이 동오의 대도독인 주유를 상징하는 깃발이었다. 그렇다면 저 누선은 적의 지휘선이라는 말이었다.

"좋아."

채모가 득의만면한 웃음을 흘렸다. 얼마나 전투에 목이 탔으면 적의 지휘선이 직접 공격하러 앞으로 나온단 말인가. 확실했다. 적은 궁지에 몰려 있는 것이다.

"우리도 앞으로 나간다."

채모가 기세 좋게 말했다.

"도독?"

"적을 무찌르는 데에는 이제 한 발이다. 적의 지휘선은 우리가 무너뜨린다."

채모는 음흉한 미소를 띠며 주유를 떠올렸다. 단 한 번도 만나본 적
은 없지만 소문은 귀가 따갑게 들었다. 강동 제일의 미녀라지? 승자가
패자의 모든 것을 차지하는 것은 당연한 권리다. 물론 그 건방지고 아
리따운 주씨(周氏) 계집도 말이다. 배 안에서 그년을 겁탈한들 조조는
신경 쓰지 않을 것이다. 채모의 가슴은 승리를 얻기도 전에 육욕에 불
타올랐다. 적선에서 나부끼는 '주(周)'라는 붉은 기가 요염하게 유혹
하는 주유의 몸짓처럼 느껴졌다.

"하지만 도독, 너무 서두르는 것 아닙니까?"

"승세는 우리에게 있다. 그렇다면 더욱 공격을 거듭해 승리를 얻어
내야 하는 것은 당연하다. 게다가 우리가 앞에 선다면 군사들의 사기
도 무섭게 상승할 것이 아닌가?"

채모가 장윤의 말을 일축했다. 어디까지나 채모는 주장, 장윤은 부
장이었다. 다소의 불만이 있더라도 장윤은 채모의 말을 따르는 수밖에
는 없었다.

"…알았습니다."

장윤이 입끝을 쓰게 비틀었다.

'걸려들었다.'

주유가 차분히 호흡을 가다듬었다. 예상대로 적의 지휘선이 앞으로
나왔다. 그러나 아직은 얕았다. 그녀는 의심을 받지 않을 만큼 천천히
배를 뒤로 물렸다. 적선은 자신을 쫓는 데만 급급해서 유인당하는 줄
도 모르고 앞으로 나오고 있었다.

형세가 변했다. 우익과 좌익인 장흠과 한당은 그대로 적과 교전하고 가운데 본진만 조금씩 퇴각하자, 중앙이 움푹 들어간 정(丁)자 형태가 된 것이다. 마치 육전의 학익진처럼. 게다가 적은 아직도 그것을 눈치 채지 못하고 있었다.

"도독."

황개가 긴장된 침을 꿀꺽 삼켰다. 적은 믿기지 않을 정도로 간단히 주유의 책략에 걸려들었다. 아마 조조가 직접 지휘하는 군대는 아닌 것 같았다.

"조금만 더."

주유가 눈을 빠르게 깜빡였다.

"…조금만 더요."

쉬이익!

적선에서 화살 수십 대가 날아와 아군 병사들의 몸통에 꽂혔다. 재빨리 간(干)으로 화살을 막은 병사들도 있었지만, 개중에는 급소를 맞아 비명도 지르지 못하고 즉사하는 병사들도 있었다. 이미 배 위는 병사들이 홍건하게 흘린 피로 범벅이 되어 있었다.

"도독……."

황개가 재촉하는 듯한 눈빛으로 주유를 바라보았다. 이미 아군 지휘선의 병사들은 계속된 교전으로 그 수가 상당히 줄어 있었다. 이런 병력으로 과연 적의 지휘선을 섬멸시킬 수 있을는지도 의문이었다.

"조금만요."

주유가 입술을 깨물었다. 그사이에도 화살 한 대가 날아와 그녀가 서 있는 옆 벽에 박혔지만 그녀는 눈도 깜빡이지 않았다. 충분히 끌어

들였다고 생각하는가. 그런 확신이 있었다면 지체없이 돌격 명령을 내렸을 것이다. 하지만 더 이상 적을 끌어들이는 것은 위험했다. 결국 그녀는 참지 못하고 소리쳤다.

"신호를 하세요!"

순간, 북이 요란하게 울리고 흑색 기가 올라갔다.

그리고 신중하게 물러서던 오군은 다시 공세로 전환했다.

"뭔가……?"

채모가 떨떠름한 표정을 지었다. 오군의 지휘선에 검은 기가 올라갔다. 그러자 갑자기 오군이 폭풍처럼 밀어닥치기 시작했다. 방금까지 처참하게 쫓기는 후미에 지나지 않았던 주유의 전선이 어느새 예리한 칼날 같은 선봉으로 변해 버린 것이다. 갑작스러운 반격에 조조군이 당황한 것은 당연했다.

"적이……!"

장윤이 안색을 일그러뜨렸다. 빠른 속도로 적의 지휘선은 그가 지휘하는 배와의 거리를 좁히고 있었다. 생사결단이라도 낼 심산인 듯했다. 그제야 장윤은 오군의 비상식적인 퇴각이 의도적이었다는 것을 눈치 챘다. 내내 꺼림칙했던 것이 현실로 닥쳐왔던 것이다.

"건방진 년!"

채모가 살기등등한 목소리로 소리쳤다. 평상시의 그였다면 이런 수작에 넘어가지 않을 수 있었는지도 모르지만, 이신에 의해 격분한 상태였던 그는 공을 세우는 데에만 혈안이 되어서 그만 실수를 저지르고만 것이다.

“물러나야 합니다!”

장윤이 외쳤다.

그러나 채모는 단호하게 고개를 저었다.

“틀려! 여기서 물러나면 전군이 무너진다. 여기서는 정면으로 부딪쳐야 한다.”

“…….”

확실히 그 말은 맞았다. 장윤도 그것을 알았다. 그렇기 때문에 아무런 말도 하지 않았다. 하지만 이곳에서 적선과 정면으로 충돌하는 것도 위험천만한 일이었다.

“무슨 일이 있어도 저 배를 섬멸시켜라!”

채모가 검을 높이 치켜들었다.

“배를 붙여요.”

주유가 조용히 말했다. 그녀는 흔들리는 배 안에서도 균형을 잃지 않고 차가운 눈으로 적의 지휘선을 바라보고 있었다. 그녀의 오른손이 검집을 만지작거렸다.

“도독, 하지만…….”

황개가 머뭇거렸다. 이 배에 탄 병사로는 적의 지휘선을 섬멸시키기에는 부족했다. 그러나 저 눈은 흡사 사냥감을 노리는 매의 눈 같았다. 대체 그녀는 무슨 생각을 하고 있단 말인가……?

“완전히 붙일 필요는 없어요. 제가 건너갈 수 있을 만큼만… 그 정도면 됩니다.”

“…네?”

황개가 황당하다는 듯 고개를 절레 저었다. 자신의 귀가 틀리지 않았다면 그녀는 혼자서 적선으로 건너가겠다고 말하고 있었다. 세상 어디에서도 이런 전술은 듣지도 보지도 못했다.

"머뭇거릴 시간이 없어요."

주유의 눈은 진지했다. 진짜로 적선에 건너갈 작정인 것이다.

왠지 그러지 않으면 안 될 것 같은 기분에 황개는 고개를 끄덕이고 말았다.

"적의 지휘선 가까이 다가가라!"

서서히 주유의 전선이 적의 지휘선에 다가갔다. 거리가 점점 좁혀짐에 따라 아주 끔찍한 기세로 적선에서 화살이 날아들었다. 아군도 혼신의 힘을 다해 응사를 했지만 점점 적의 화살에 적중되어 쓰러져 가는 병사가 늘어났다. 황개는 주먹을 움켜쥐고 안색을 검게 일그러뜨렸다.

"됐어요."

아주 잠시 주유와 눈이 마주쳤다고 생각한 순간, 그녀가 맹렬한 속도로 뱃머리를 향해 달려가고 있었다. 믿을 수 없는 빠른 속도였다. 바람에 그녀의 머리칼이 흩날렸다. 그리고 어떠한 동요도 없이 그녀의 몸이 배 끝에서 높이 치솟아올랐다.

"도… 도둑……!"

황개가 경악한 눈으로 신음성을 내뱉었다. 아직도 적의 지휘선까지 족히 십여 장(丈)은 되어 보였다. 그 먼 거리를 주유는 아무런 망설임 없이 뛰어오른 것이다. 적군도 어이가 없는지 화살을 쏘는 것마저 잊어버린 듯 화살도 날아오지 않았다.

'빠, 빠진다……?!'

목구멍이 타오르는 듯한 끔찍한 우려감이 황개를 사로잡았다. 그녀의 가냘픈 몸은 푸른 바다 위 허공에 떠 있었다. 그녀의 눈은 하늘을 향해 있었다. 왜 갑자기 그런 생각이 들었는지는 모른다. 불현듯 황개는 그녀가 지금 어떤 표정을 짓고 있을까 하는 궁금증이 치밀어 올랐다. 급박한 두려움 속에서 그는 충혈된 눈동자를 들어 푸른 바다를 가로지르는 그녀의 하얀 다리를 꼼짝 않고 응시했다.

금방이라도 바다 속으로 무너질 듯 위태로운 그녀의 붉은 윤곽은 빠르게 허공을 스쳐 갔다. 그녀의 다리는 조금의 무게도 느끼지 않는 것 같았다.

"저, 저… 저런……."

황개는 말을 잇지 못했다. 멍한 눈으로 돌처럼 굳은 채 그는 서 있었다. 꼼짝도 할 수 없었다. 그의 떨리는 눈동자는 적선의 현두(舷頭)에 착지한 주유의 하얀 다리를 비추고 있었다.

이건… 말도 안 돼……. 그것이 이곳에 있는 모두의 심정이었다.

시간이 멈춘 것처럼 사위는 조용했다. 천천히 주유의 손이 검집을 떨어뜨리고 투박하게 빛나는 칼날을 뽑아 드는 것을 그들은 그저 멍하니 지켜보고 있었다.

"막아!"

비명처럼 토하는 채모의 외침이 모두를 환상에서 깨뜨렸다.

"……."

주유의 묘한 시선이 눈동자에 와 닿는 순간 채모는 소름이 한없이 끼치는 것을 느꼈다. 그 눈은 깊은 수심에 차 있는 것 같기도 하고, 슬

품에 금방이라도 눈물을 흘릴 것 같기도 한 그런 눈이었다. 어떻게 전쟁터에서 그런 눈을 할 수 있는지 채모는 절대로 믿을 수 없었다. …저년은 미친년이야. 그는 몸을 부들 떨며 한 발짝 뒤로 물러섰다.

파앗!

선혈이 높이 튀었다. 소름 끼칠 정도로 빠르고 날카로운 칼부림으로 주유는 순식간에 조조군 둘을 쓰러뜨렸다. 그녀의 몸이 빠르고 거칠게 앞으로 다가왔다. 화살이 몇 대 날아갔지만 그녀의 옷자락에 스치지도 못했다. 바닥에 박힌 화살만이 기괴한 소리를 창출했다. 녹아 없어진 그림자의 윤곽처럼 마치 그녀는 이 세상에 존재하지 않는 것 같았다. 아무도 그녀에게서 피를 볼 수 없었다.

"뭐, 뭐 하는가……!"

채모가 소리를 질렀다. 그의 명령이 아니더라도 병사들이 급박하게 주유에게 달려들어 창칼을 휘둘렀지만 그녀의 칼날이 번뜩인다고 생각했을 때 그들은 시체가 되어 바닥을 굴렀다. 믿을 수 없다. 눈앞에서 벌어지는 일을 믿을 수 없었다. 이것이 현실이라는 말인가……?

"젠장……."

장윤이 이를 뿌드득 깨물며 창을 들고 주유에게 달려들었다. 저럴 리가 없다. 인간이 저렇게 강할 리가 없다. 그는 혼신의 힘을 다해 그녀를 향해 창날을 찔렀다. 바람이 찢어질 듯이 울렸다. 그러나 그것이 그가 이승에서 한 마지막 공격이 될 줄이야.

비검(秘劍). 미몽(迷夢).

처음 그를 엄습한 것은 생전 처음 느껴보는 종말의 느낌이었다. 창날은 분명 그녀의 복부를 관통하고 지나갔지만 손끝에서는 아무런 느낌도 전해지지 않았다. 그저 허공을 찢은 듯이 허했다. 그리고 그녀의 윤곽이 서서히 흐릿해지는가 했더니 어느새 눈앞으로 다가왔다.

잔상……. 장윤은 신음했다. 그밖에는 어찌할 도리가 없었다.

그녀가 오른팔을 앞으로 뻗었다. 붉은 옷소매에 쌓인 가느다란 팔이, 피가 묻어 검붉어진 칼날을 치켜들었다. 차고 축축한 검의 바람이 얼굴을 감싸왔다. 시간이라도 멈춘 듯이 그 모든 것이 똑똑하게 보였다. 칼날이 피부에 와 닿는 선득하고 싸늘한 느낌까지도. 장윤은 두 눈을 감았다.

마지막으로 그는 칼날의 숨소리를 들었다. 긴 시간은 아니었다. 곧 내장이 온통 터져 버리는 듯한 극심한 격통과 함께 그의 의식은 검게 가라앉았다.

"장, 장윤……."

채모가 믿을 수 없다는 듯 경악한 눈을 떴다. 목이 잘린 장윤의 시체가 바닥에 쓰러질 때까지도 그는 이 모든 것을 믿을 수 없었다. 주유는 그의 상상 이상으로 아름다웠지만 이미 그녀는 그의 눈에는 악귀로밖에 비치지 않았다. 독한 술에라도 취한 것같이 정신이 어질했다. 그의 몸이 덜덜 떨렸다. 툭하고 그의 손에서 검이 떨어졌다.

"당신은… 살아 있을 수 없어."

그녀가 조그맣게 중얼거렸다.

그리고 서서히 다가왔다.

채모는 극심한 공포 속에서 깨달았다. 사마의가 웃으면서 사람을 죽일 수 있다면, 그녀는 슬픈 눈으로 사람을 벨 수 있다는 것을. 그걸 미리 알았다면 그녀를 적으로 돌리지 않았을 것이다. 절대로…….

쉬익.

칼날의 그림자가 그의 목을 향해 떨어졌다.

*　　　*　　　*

조조군은 서전(緒戰)에서 패했다.

채모와 장윤이라는 수군의 지휘관을 잃은 조조군은 더 이상 싸움을 지탱해 나갈 수 없었던 것이다. 어쩔 수 없이 조조군은 군사를 물리는 수밖에 없었다. 피해는 심각한 편이 아니었지만 형주의 군사들과 장수들을 잃은 것은 뼈아팠다. 수전의 묘리(妙理)를 깨우치는 것은 글이나 읽어가지고는 될 일이 아니다. 거기에 무엇보다 중요할 전투 경험을 가진 상장(上將)이 조조 밑에는 단 한 사람도 없다고 해도 과언이 아니었다.

"이신, 그대는 전쟁에 나갈 지휘관에게 악담을 퍼부었어. 그대의 말대로 되니까 기분이 좋은가?"

조조가 싸늘하게 말했다. 이신이 진중(陣中)에서 금기라고 할 수 있는 패배를 입에 담은 것 때문에 화가 난 것이 아니었다. 결국 이신의 말대로 이루어졌다는 것이 그는 참을 수 없었다. 불쾌했다. 적어도 이번에는 그렇게 되서는 아니 되었다.

"질 수밖에 없다고 생각했습니다."

이신이 침착하게 말을 받았다.

"어째서?"

"중원에서 온 병사들이 대부분인데 그들은 수전에 능숙하지 못하며,

형주의 병사들마저 오랫동안 조련이 되지 않았는데 어떻게 전투에서 승리할 수 있겠습니까? 게다가 적에게 익숙한 지형에서 급하게 몰아붙이는 것은 좋지 않은 일입니다. 병사가 많다고 꼭 승리하는 것은 아님을 승상께서도 잘 아시지 않습니까."

"……."

조조가 얼굴의 경직을 조금 누그러뜨렸다. 평소의 냉정을 되찾은 것이다. 어쩌면 여남, 박망파에 이은 연달은 패배에 너무 신경이 날카로워 있었는지도 모른다. 그것을 인지한 그는 흐트러졌던 기분을 다시 추슬렀다.

"어떻게 해야 한다고 생각하는가."

조조가 입을 열었다. 그는 교의 깊숙이 몸을 묻고 손등에 턱을 괴었다.

"일단은 수채(水寨)를 세워야 합니다. 그래야 적의 기습에 대비할 수 있습니다."

"수채라… 세울 줄 아는가?"

"조금 정도는."

이신이 속으로 쓴웃음을 지었다. 살아생전에 수채까지 세우게 되다니. 못할 것은 없지만 그리 괜찮은 기분은 아니었다.

"그대에게 맡기겠네."

채모와 장윤이 모두 죽은 후 딱히 수군을 맡길 만한 장수가 없었다. 그렇다면 차라리 이신에게 일임하는 것이 다른 장수에게 맡기는 것보다 낫다고 판단한 것이다.

"적벽(赤壁)에 진지를 내리는 것이 좋다고 생각합니다만."

이신은 어쩐지 숨이 막힐 것 같았다. 그는 입을 벌려 길게 숨을 내뱉었다.

"이곳의 지형을 알고 있는가?"

조조는 의외라는 표정이었다. 형주 출신은 아닐 텐데.

"대충 둘러보았습니다. 적벽은 파구(巴口) 위에 있는, 붉은 절벽을 등진 장강 북쪽의 강변입니다."

그런가, 하고 조조는 작게 중얼거렸다. 그의 눈은 묘한 감정의 빛깔을 띠고 있다. 붉은 절벽이라는 것이 왠지 모를 기이한 위화감을 창출했다. 신경을 무겁게 짓누르는 듯한 그런 느낌이 들었다.

"적벽이라……."

"달갑지 않으십니까?"

"아니, 그곳으로 하지."

조조가 말했다. 참을 수 없는 조소가 흘러나왔다. 스스로를 향한 조소였다. 자신은 그 강력한 여포도, 원소도 결국 멸망에 이르게 했다. 그런데 겨우 이런 전쟁 따위에 이상한 감정에 사로잡히고 멈칫거리는 거란 말인가. 상대는 이십 년도 더 어린 애송이였다. 용납할 수 없었다. 자신의 감정이 많은 나이라는 허울로 변명의 무덤을 파는 것 따위는 용납할 수 없는 일이었다. 그의 눈에서 어떤 열기가 타올랐다.

달아올랐군. 이신은 눈을 가늘게 떴다. 어쩌면 드디어 손권을 자신의 적수로 인정한 건지도 몰랐다. 그가 아는 평소의 조조는 오만하지만, 그 어떤 약한 상대에게도 망설임없이 전력을 다한 칼날을 꽂아 넣는 남자였다. 그것이 조조의 무서운 점이었다.

"오늘 싸움에서 드러났지만 급하게 도모할 수는 없습니다. 물론 그것은 동오 쪽도 마찬가지입니다. 설혹 형주에서 한 해를 보내야 하는 일이 생길지라도 서둘러서는 안 됩니다. 더 괴로운 것은 동오입니다. 전쟁이란 어차피 인내심 싸움이 아니겠습니까."

이신이 생각을 정리하고는 나직한 목소리로 말했다. 얼핏 보기에는 지극히 타당해 보이는 조언이었다. 실제로 그렇기도 했다. 서둘러서는 안 된다. 만약 조조가 승부를 서둔다면 자신의 계산에서 어긋나게 된다. 주유에게 생각할 시간을 주어야만 했다. 그녀가 조조를 파멸시킬 화공(火攻)의 계책을 떠올려야 했다.

"대사마의 말이 지극히 합당하다고 생각합니다. 최악의 경우 지금의 군세를 어느 정도 돌려보내더라도 새로 얻은 형주에서 한 해를 날 수 있습니다. 오늘 드러난 동오의 군세는 한 번에 허물 수 있는 것이 아니었습니다. 게다가 채모와 장윤이라는 수전에 능한 장수들까지 잃지 않았습니까? 신중하게 책략을 세워 적을 도모하는 것이 좋을 것입니다."

정욱이 이신의 생각에 동조하고 나섰다. 다른 장수들도 수긍하는 눈치였다.

"그러도록 하지."

대답하는 조조의 음성에는 짙은 어둠이 깔려 있었다.

*　　　　*　　　　*

"표정이 좋지 않아 보이오."

적어도 서전을 승리로 장식한 지휘관의 표정으로는 브이지 않았다. 가늘게 찡그린 이마가 쉽게 펴지지 않는다. 제갈량은 가만히 손을 내밀어 주유의 머리칼을 쓰다듬었다.

“이대로는 안 돼요.”

주유의 듣기 좋은 고음의 목소리는 은은한 수심으로 차 있었다. 채모를 죽임으로서 간신히 승리하기는 했지만 그녀는 확실히 깨달을 수 있었다. 계속해서 이러한 소모전으로 나아가면 패하는 것은 명백하게 동오라는 것을. 병력은 물론 군량, 물자까지도 상대와는 비교도 되지 않았다. 적이 물러날 때까지 굳게 지킨다는 것은 지금 상황에서는 미봉책(彌縫策)에 지나지 않는다. 무언가 결정적 타격을 줄 수 있는 다른 대책을 강구하지 않는다면 전황은 어두워질 수밖에 없었다.

“무엇이 말이오?”

제갈량이 물었다.

“생각보다 더 대단합니다, 조조의 군세가. 뭔가 대책을 찾지 않으면 안 되겠어요.”

“음…….”

제갈량은 침묵했다. 전술과 군략에는 무지하니 딱히 할 말이 없었기 때문이다.

주유는 깊은 생각에 잠긴 눈이다. 그의 손이 머리칼을 지나 하얀 뒷목을 매만졌지만 그녀는 반응하지 않았다. 가끔 작은 한숨을 내뱉을 뿐이다.

“어려운가 보오.”

“솔직히 한 가지 방법밖에는 없는 것 같습니다. 그런데 그 방법에는 여러 문제가 있어요. 그것이 고민입니다.”

주유가 제갈량의 품에 안기듯이 몸을 기댔다. 머리 속이 조각조각

난 듯 어지러웠다. 불안했다. 황량한 겨울 들판을 혼자서 방황하는 듯한 기분이 들었다.

"그것이 뭐요?"

"…화공."

제갈량의 물음에 주유가 조용히 대답했다. 그녀는 피곤에 젖은 듯 천천히 눈을 감았다. 곧게 뻗은 속눈썹이 가늘게 떨렸다. 그는 그녀를 무릎에 눕혔다. 그의 손길이 조심스럽게 그녀의 눈가로 늘어뜨려진 흑색 머리칼을 쓸어 올렸다. 그리고 곧 조용해졌다. 그녀는 그대로 잠이 들었다. 그녀의 따뜻하고 작은 숨소리만이 귓가에 울려온다.

제갈량은 고개를 숙여 그녀의 이마에 살짝 입을 맞췄다. 얼마나 마음 고생이 심했을까. 천하의 조조에게 나라의 운명을 걸고 일개 아녀자의 몸으로 대항해야 하다니. 차라리 절벽 아래로 몸을 날리는 것이 더 편안한 일일지도 몰랐다.

제갈량은 그녀의 잠을 깨우지 않으려고 앉은 채로 미동도 하지 않았다. 그는 눈을 감고 별을 세었다. 고혹적인 붉은빛을 발하는 별이었다. 하나, 둘, 셋……. 천을 넘게 헤아렸을 때 다리에서 그녀의 움직임이 느껴졌다.

"……."

주유는 잠에서 덜 깬 듯한 멍한 눈동자를 조용히 들어 올렸다. 그녀의 시선과 마주쳤을 때, 그는 깊고 매혹적인 흑빛 눈동자에 몸이 빨려 들어가는 것 같았다. 그리고 어떤 갈망이 고개를 들었다. 스스로도 어이없을 만큼 갑작스런 욕정이었다. 그는 낮게 숨을 내뱉었다. 그의 손이 천천히 그녀의 윗옷을 풀어헤쳤다. 그녀는 그의 움직임을 제지하지 않았다. 곧 우윳빛의 뽀얀 가슴이 공기 중에 노출되었다. 그의 손길이 그녀의 가슴에 이르렀을 때 그녀의 입이 열렸다.

"꿈을 꾸었어요."

잔잔한 물결 같은 목소리였다. 그것이 제갈량의 욕정을 가라앉혔다. 주유의 가슴을 애무하던 손짓을 멈추며 그가 물었다.

"어떤 꿈이오?"

"언제나 같은 꿈이에요."

그녀가 두 손을 내밀어 가슴에 올려진 제갈량의 손을 조심스레 부여잡았다. 차갑다. 그녀는 슬픈 듯한 눈을 가늘게 떴다. 그녀의 말이 이어졌다.

"가가(哥哥)가 피투성이가 돼요."

"내 피요?"

"…모르겠어요."

주유가 그의 하나밖에 없는 손을 더 힘껏 부여잡았다.

"닿지 않았어요."

"……."

"닿지 않았어요."

그녀가 반복하듯 중얼거렸다. 아무리 손을 뻗어도 닿지 않았다. 피투성이가 된 그의 몸을 끌어안고 싶었다. 그러나 그는 점점 멀어져 갔다. 그것이 그녀의 가슴을 슬프게 했다.

"걱정하지 마시오. 나는 존재하니까… 잡을 수 있소."

제갈량은 자신이 꾸었던 꿈을 떠올렸다. 붉은 옷의 그녀가 피로 범벅이 되는 꿈을.

"네… 하지만 차가워요, 가가의 손은."

주유가 속삭이듯 중얼거렸다.

제갈량은 대답하지 않았다. 그저 입끝을 조금 움직여 의미 모를 미
소를 지었을 뿐이다.

＊　　　　＊　　　　＊

유비군은 번구에 진을 쳤다.

정오(正午) 경, 수십 리쯤 떨어진 곳에서 조조군과 동오군의 한차례
큰 전투가 벌어졌지만 유비군은 움직이지 않았다. 그러기는커녕 배 한
척도 띄우지 않았다. 성격 급한 장비가 불만 어린 표정으로 유비에게
무어라 말해 보았지만 유비는 군사를 움직이지 않았다. 방통이 군사를
움직이지 말 것을 조언했기 때문이었다. 하지만 실은 유비도 마음속으
로는 불만을 가지고 있었다. 손권과 손을 잡자고 열렬히 말했던 것은
다름 아닌 방통이 아니었던가. 그런데 군사는 움직이지 말라니… 손권
혼자서 조조를 상대하란 말인가? 이해가 가지 않는 처사였다.

"왜 군을 움직이지 말라 하십니까? 오늘은 주유가 간신히 승리했지
만 다음에는……."

유비가 방통에게 물었다. 그들은 유비의 막사에서 마주 앉아 있었
다. 막사에는 촛불 하나만이 외로이 일렁거리고 있었다.

"아군은 일만도 되지 않습니다. 게다가 수전에 능숙하지도 않죠. 여
기서 다수의 피해라도 입어버리면 큰 손실입니다. 아군 병력은 따로
긴히 쓸 때가 있습니다."

방통의 대답에 유비가 어이없다는 표정을 지었다.

"아니, 조조와의 전쟁보다 더 중요한 곳이라니……. 그런 곳이 대체 어디 있답니까?"

"조조를 물리치는 것도 중요하지만 땅을 얻는 것 역시 중요합니다. 아무런 병력 없이 땅을 얻을 수 없는 것 아니겠습니까."

방통이 차분한 어조로 답했다. 유비는 제대로 모르고 있었다. 전쟁에서 이겨도 정작 형주를 차지할 여력이 남아 있지 않다면 어차피 무용지물이라는 것을. 전쟁에 가담한다 해도 그 모든 것에 신경 써야 할 처지라는 것을 말이다.

"그렇다면 어째서 손권과 손을 잡은 것입니까? 어차피 가담해서 돕지도 않을 거라면."

"아군 병력이 여기서 주둔함으로써 만일의 사태를 대비할 수 있습니다. 게다가 강동에는 제갈량을 보내지 않았습니까. 그 녀석이라면 충분합니다, 강동의 전력에 보탬이 되는 것은."

"……."

유비는 쓰게 입꼬리를 비틀었다. 병력을 아끼고 싶은 심정은 충분히 이해했다. 하지만 손을 잡고 정작 도움을 주지 않는다면 어떻게 동맹국이라고 행세를 한단 말인가. 게다가 어차피 손권이 무너지면 아군의 운명은 파멸이라는 것은 뻔한 사실일진데.

그런 유비의 탐탁지 않은 기색을 눈치 챘는지 방통이 입을 열었다.

"아군을 움직이지 않겠다는 뜻이 아닙니다. 주유가 승기를 잡는다면 아군을 움직여 혼란에 빠진 조조군을 섬멸하고 퇴로를 끊을 것입니다."

"그 승기가 어떻게 온답니까? 적은 십오만입니다. 솔즈한 심정으로 저도 아군 병사들을 아끼고 싶지만, 원래 위태로울 때는 서로 외로운 이들끼리 합심해야 하는 법입니다. 그렇지 않습니까?"

이런 전쟁에서 승기가 올 때까지 기다린다는 말이 어디 있는가. 영영 오지 않을 승기를 기다리느니, 창칼을 한 번이라도 부딪쳐 적에게 피해를 주는 것이 옳았다. 그것이 현실적이었다.

"죄송하지만 황숙."

방통이 어떻게 설명해야 할지 곤란해하는 사람처럼 잠시 말을 끊고 시선을 허공으로 향한 채 눈동자를 굴렸다. 그는 부채를 간지작거리던 손의 움직임을 완전히 멈췄다. 그가 고개를 한차례 갸웃거리더니 다시 입을 열었다.

"오늘 본 조조의 전력은 생각보다 더 대단한 것이었습니다. 아마 주유도 그것을 느꼈을 겁니다."

"그렇게 대단한 적을 상대로 병력을 움직이지 않겠다는 것입니까?"

유비가 추궁하듯 물었다.

방통은 그의 그런 반응을 이미 생각해 두었다는 듯 머뭇거림 없이 답했다.

"그래서 주유는 아마 지금쯤 조조에게 결정적인 타격을 줄 책략을 생각하고 있을 겁니다. 정직한 방법으로 수비만 해서는 승산이 없다는 것을 몸으로 느꼈을 테니까요."

"그런 방법이 있답니까?"

유비가 무심결에 마른침을 꿀걱 삼켰다.

"아마… 화공일 겁니다."

방통이 애매한 표정을 지으며 대답했다.

"화공? 적의 배에 불을 지른다는 것입니까?"

"그렇습니다. 날씨는 건조한 겨울인데다가 적은 수가 많고 이쪽은 수가 적으니 불을 지르는 것이 제일입니다. 다만……."

방통이 말끝을 흐렸다. 그렇게 나올 것은 조조도, 이신도 예측하고 있을 것이다. 자신과 주유가 떠올리는 생각을 전쟁의 명수(名手)들인 그들이 짐작하지 못할 리가 없었다. 그러나 분명 허점은 있었다. 그들은 수군을 다루는 것에 익숙하지 않고, 병사의 수가 많다는 것에서 방심을 하고 있었다. 그것을 이용해야 했다.

"무엇입니까?"

유비가 물었다.

"화공을 사용하기에는 몇 가지 문제점이 있습니다. 과연 주랑이 그 문제를 해결할 수 있을는지… 그것이 관건이겠군요."

"선생께서 주유에게 도움을 주시면 되지 않겠습니까?"

"불가합니다. 저도 어떻게 해야 할지 모르겠습니다. 그림은 대충 그려지는데 결정적인 무언가가 빠진 상황입니다. 무언가……."

방통이 한숨을 쉬었다.

시간이 지체되기 전에 빨리 떠올려야 한다. 빨리.

*   *   *

…왜 이 모양이지?

이신은 옆 머리로 설핏 스치는 현기증을 느꼈다. 그는 손을 들어 옆

머리를 매만졌다. 찌릿한 통증이 느껴진다. 고통보다는 어떤 짜증이 올라왔다. 그는 피곤으로 지쳐 있었다. 어차피 손권의 승리로 끝날 대전쟁의 업(業)을 혼자서 지탱하는 듯이 무거웠다. 그의 몸이 옆으로 비틀렸다. 평상시와 달리 그의 등은 약간 굽어 있다. 그의 신경질 섞인 시선이 서서히 어느 한곳을 응시한다. 정확히는 피처럼 붉은 절벽에.

“……”

이신은 고개를 갸웃했다. 마치 꿈속에서 한 번 보았던 꿈결 속의 장소 같다. 악몽인지는 잘 기억이 나지 않는다. 하지만 몸에 새겨진 흉터처럼 시선에 스쳐 가는 광경이 익숙하다. 그는 신을 벗고 맨발로 발치의 흙바닥에 주저앉았다. 이럴 때면 담배 생각이 간절하다. 그의 허전한 손가락이 빈 허공을 몇 번이고 그었다.

적벽의 강변은 이미 조조의 병사들로 가득했다. 수채를 내린 것이다. 어딜 가도 무장하지 않은 평복 차림의 병사들을 발견할 수 있었다. 첫 전투의 패배에도 그들의 표정은 그리 어둡지 않았다. 오히려 밝다고 해도 좋았다. 승리가 예견되는 군대의 진영에 있다는 것은 그런 것이다. 생존 가능성이 높아지니까.

문득 한적한 서주가 그립다. 지금 그곳이라면 아직 잠에서 깨어나지도 않고 아내의 품에서 단꿈에 젖어 있었을 것이다. 이신은 가는 실소를 흘렸다.

문득 그의 목이 살짝 들렸다.

“거기.”

이신의 말이 누군가의 발걸음을 끊었다. 이곳은 적벽의 끝이다. 가파른 붉은 절벽으로 막혀 있는 막다른 곳. 더 나아가지도, 오르지도 못하는 그런 곳이었다.

그곳에 한 사람이 있었다. 체구로 보아 여인이다.

"탈영입니까?"

이신의 시선이 여인의 오른쪽 허리에 걸린 장검에 걸려 있다.

"……."

천천히 여인이 몸을 돌렸다.

순간, 이신의 눈이 조금 동요한다. 여인은 취색(翠色)의 경장에 얼굴을 반쯤 가리는 얇은 흰 면사를 쓰고 있었다. 언뜻 보이는 얼굴이 제법 미색이다. 그러나 그의 시선을 끈 것은 면사 속에서 은은히 비치는 그녀의 도발적인 눈빛이었다. 음탕한 도발과는 거리가 먼, 어떤 내면을 자극하는 시선이다. 면사 아래로 드러난 병적으로 흰 피부가 진홍의 입술과 어우러져 기묘한 분위기를 풍겼다.

"어디, 여자를 병사로 쓰는 군대도 있다던가요?"

그녀의 목소리는 약간 쉰 듯이 맑지 않았다. 목 안에 안개가 낀 것 같은 목소리였다.

"여자도 여자 나름이겠지요."

이신이 말했다.

"무슨 의미죠?"

"말 그대로."

"……."

여인이 입가를 조금 비틀어 웃었다. 이를 조금도 드러내 보이지 않는 묘한 기분이 드는 웃음이었다.

"시험해 보겠어요?"

“아니. 전 검도 없습니다만.”

이신이 손을 내저었다. 그는 다리를 쭉 뻗어 손으로 돌을 지탱했다. 금방이라도 흙바닥에 풀썩 누워버릴 것 같은 몸짓이다. 눈앞의 여인만 없었다면 그랬을지도 모른다. 그의 안색은 꽤나 피곤해 보였다.

“밤일이라도 한 거예요?”

절대로 다 큰 여인이 입에 담을 만한 말은 아니었지만 그녀의 입에서 나오니 묘하게 어울렸다.

“…재밌는 분이로군요.”

이신이 쓴웃음을 지었다. 그는 길게 한숨을 내쉬었다. 몇 번이고 반복해서.

그녀는 그런 그를 빤히 쳐다보았다. 입은 열지 않는다. 둘 다.

그렇게 시간이 조금 흘러갔다.

침묵을 견디지 못하고 먼저 말문을 연 것은 이신 쪽이었다.

“어디로 가죠?”

“주인을 찾으러.”

“주인?”

“사내는 자신을 알아주는 주인을 위하여 죽는다고 하죠. 저는 여자지만 그 말이 맘에 들어요.”

그녀의 목소리에는 열정이 있었다. 아니, 열정이라기 보다는 의무감일지도 모른다. 삶의 방향을 결정한 사람에게서 느껴지는 그 어떤 것이 그녀에게서 느껴졌다.

“그것이 아가씨의 신념입니까?”

이신이 물었다.

"신념이라… 뭐, 그렇게 생각하셔도 상관없어요. 하지만 그냥 제 삶의 방식이라고 해두죠."

"……."

얘기는 길게 이어지지 않았다. 그녀의 말이 끝나자 다시 침묵이 감돌았다. 어색하지 않은 자연스런 침묵이었다.

그녀가 천천히 다가와 이신의 옆에 앉았다. 어디선가 많이 본 걸음 걸이 같다는 생각이 문득 그의 뇌리를 스쳤다. 그녀는 무릎을 팔 사이에 끼고 웅크렸다. 무릎 위에 살짝 턱을 괴며 그녀는 강을 바라보았다.

강한 바람에 물결이 세차게 일었다. 이곳에 와서 느낀 거지만 장강의 물결은 한시도 잠잠한 때가 없었다. 한겨울의 강이라서 그런 걸까.

그렇게 오랫동안 그들은 나란히 강을 바라보고 있었다.

이 큰 강이 조금만 지나면 불에 탄 배들과 시체들로 가득 덮이게 된다는 것을 말해 준다면 누구나 얼토당토않은 소리로 생각할 것이다. 그러나 분명 닥쳐올 현실이다. 그것은 느낌이었다. 너무나 잘 알기에 오히려 무감각해진 그런 느낌이었다. 전쟁은 사람을 무감각하게 만든다. 아니, 그렇다기보다는 내성이 생겨난다고 보는 게 옳을까. 갖은 상처에 대한 내성처럼, 이 전장이라는 곳에서 동료의 죽음을 슬퍼하는 것보다 먼저 드는 생각은 어떻게 하면 살아남을까 하는 생각이었다.

"…뭐죠?"

그녀의 목소리가 이신의 상념을 깨었다.

"뭐라고 했죠?"

이신이 고개를 돌렸다. 여인은 여전히 멍하니 강 쪽을 응시하고 있다.

그녀의 입술이 작게 달싹거렸다.

"대협(大俠)의 이름을 물어봤어요."

"아아."

이신은 고개를 끄덕이며 잠시 생각하는 듯한 시선으로 여인을 응시했다.

"이름을 가르쳐 주는 것은 일도 아니지만 왠지 아가씨에게는 망설여지게 되는군요."

"왜죠?"

"언젠가는 적이 될 것 같아서."

"……."

여인의 입가에 다시 설핏 미소가 그려진다. 여전히 이가 드러나지 않는 그런 미소였다. 조소인지 즐거워서 웃는 것인지 구분하기 힘든 느낌을 가진. 서서히 그녀가 고개를 돌려 이신을 빤히 바라보았다. 불현듯 이신은 면사 속의 그녀의 맨 눈동자를 보고 싶었다. 그녀의 도발적인 시선은 그의 그런 충동을 불러일으키기에 충분했다.

"뭐가 두렵나요, 대협 같은 사람이."

"모든 게 두렵지요. 삶의 무게도 겨우겨우 지탱하는 저 같은 남자에게는."

이신이 눈을 가늘게 떴다.

"이해할 수 없어요. 제가 아직 젊어서 그런 걸까요?"

여인이 가만히 손을 뻗어 작은 돌 하나를 집어 든다. 굳은살이 깊게 박인 손바닥이 이신의 시선을 붙잡는다. 하긴 여인의 몸으로 검을 다룬다는 것이 얼마나 힘든 일인지는 이미 알고 있지 않은가.

그녀가 다시 말했다.

"인생이 끝나는 것은 죽을 때뿐이잖아요. 죽음을 두려워하지 않는다면 인생에서 두려워할 것은 아무것도 없다고 그렇게 생각했어요. 지금도 물론이고."

"……."

이신은 굳이 반박하지 않았다. 그녀가 말한 대로 삶의 방식일 뿐이다. 그리고 사람마다 그들 각각에 어울리는 삶의 방식이 존재한다. 그렇게 살아가는 것이 인간이다. 모두의 삶의 방식이 똑같다면 대립 따위는 일어나지 않을 것이다.

그녀도 이신이 입을 열지 않는 이유를 짐작했는지 그에 대해서 더 무어라 말을 하지 않았다.

"아이들이 아무렇게나 던진 돌에 죄없는 개구리가 맞아 죽는다고 하더군요."

여인이 손에 들린 작은 돌을 강을 향해 던졌다. 날아간 돌과 부딪친 강물이 작게 튀었다. 푸른 물방울의 파편이 허공으로 솟아올랐다.

"전 그 말이 맘에 들어요. 참 절묘한 비유 아닌가요? 그럴듯한 명분으로 치장한 제후들의 단순한 땅 넓히기 전쟁에 희생되는 힘없는 백성들."

"…세상은 어쩔 수 없는 약육강식이니까."

이신이 중얼거렸다.

"그래요. 그래서 돌에 맞아 죽는 개구리가 되기보다는 개구리를 죽이는 인간이 되어야지요. 그런데 말이에요."

하얀 면사에 싸인 여인의 눈빛이 조금 변했다. 이신은 그것을 느낄 수 있었다. 시선이 약간 부드러워진 듯했다.

"대협이라면 대답해 줄 수 있을 것 같아요. 한 가지 궁금한 게 있거든요."

"뭐죠?"

"약육강식의 법칙에 따라 모든 약한 것들을 짓밟고 맨 위에 군림한 인간은 어떤 기분일까요?"

"……."

그녀의 물음을 들은 이신이 무심결에 손가락으로 바닥의 흙을 긁었다. 그의 시선은 진지하다.

"맨 위에 군림하고 싶습니까?"

"아뇨, 그런 건 아니에요. 그저 궁금해서. 무엇보다……."

그녀가 설핏 왼쪽 눈을 찡긋해 보이는 것이 느껴졌다. 그녀의 말이 이어졌다.

"대협이 모시는 주인은 맨 위에 군림한 분이잖아요. 그래서."

"황제 폐하를 얘기하고 싶은 겁니까, 아니면 조 승상을 얘기하고 싶은 겁니까?"

이신의 눈동자가 무겁게 가라앉았다. 그의 예상외의 반응에 그녀는 조금 동요한 듯 보였다. 그녀가 지칭한 주인이라는 사람은 당연하고도 뻔한 해답이었다고 생각했기 때문이다.

"어째서 그렇게 반문할 수 있으시죠? 어차피 누군지는……."

뻔한 것이 아니냐는 말을 그녀는 입 밖으로 내뱉지 않았다.

"미안하지만 저는 승상의 신하가 아니라 한(漢)의 신하입니다만."

"하아… 이제야 대협이 누군지 확실히 짐작할 수 있겠군요."

그녀가 의미 모를 작은 한숨을 내쉬며 말했다.

"그렇게들 말하더군요. 대사마 이신 공(公)은 실은 황제 폐하의 정부(情夫)라고."

"……."

"화나셨어요……?"

눈치를 보는 듯한 조심스러운 그녀의 말에 이신이 갑자기 손을 뻗어 그녀의 손목을 움켜쥐었다. 갑작스런 그의 행동에 그녀는 그저 멍한 표정을 지었을 뿐이다. 물론 살기가 조금이라도 있었다면 눈 깜짝할 사이에 검을 뽑아 들었겠지만.

"그럴 리가."

이신이 어색한 미소를 지어 보였다.

"…표정은 그렇지 않은데요."

"화난 것이 아니라 황당해서 그렇습니다. 그런 소문이 이런 남쪽 지방까지 퍼졌다면 필경 세상 모든 이들이 그렇게 알고 있다는 것인데… 이거 참 조 승상의 세 번째 명검의 처지가 곤란하게 됐군요."

그는 속으로 쓴웃음을 지었다. 황실이 무슨 원조 교제의 천국인가. 십 년도 넘게 까마득하게 어린아이를 상대로 그런 마음을 가질 정도로 그는 여자가 궁하지 않았다. 하지만 세상에서는 어떻게 생각할까. 여자 황제를 어떻게 해서 정권을 제 마음대로 주물러 보자는 획책쯤으로 생각할지도 모른다. 물론 그것은 최악의 가정이었지만. 어쨌든 마음에 들지는 않는 풍문이었다.

"어떻든 간에 아가씨의 방명(芳名)을 들어야겠군요. 그래야 공평하니까."

이신이 부드러운 몸짓으로 잡은 그녀의 손목을 풀어주며 말했다.

"그냥 연(延)이라 불러주세요."

"연……."

머리 속에 문득 스치는 생각이 있었지만 이신은 내색하지 않았다. 하지만 그의 안색은 다소 동요한 듯 보였다.

그가 알았다는 듯이 고개를 끄덕여 보이며 다시 입을 열었다.

"그래요, 연 아가씨. 그렇게 부르겠습니다. 어쨌든 아가씨가 이곳 적벽으로 오게 된 것은 무슨 이유인지 듣고 싶군요. 여기는 위험한 전쟁터가 아닙니까?"

"추궁하시는 건가요?"

연(延)이 묘한 표정을 지었다.

"어떻게 생각하셔도 좋습니다. 다만 저는 궁금해서 꺼낸 물음이라고 말하고 싶군요."

"번구로 올라가는 길에 잠깐 들렀어요. 십만 대군의 위용을 직접 보고 싶어서. 다시는 못 볼지도 모르는 장관(壯觀)이 아니던가요?"

"번구라면 유 황숙에게 가는 길이군요."

"그래요."

그녀가 순순히 긍정했다.

말직이라도 얻어보려고요, 조그만 목소리로 그녀가 덧붙인다.

기운없어 보이는 그 모습에 이신은 무심결에 웃음이 툭 터져 나왔다. 이 연이라는 여인이 자신이 아는 그이가 맞다면 앞으로 이 여인의 이름을 모르는 사람은 없을 것이다. 그 두 괴리된 현실이 대비되면 왠지 웃음을 참을 수 없었다.

“…왜 웃으시죠? 아무리 이 전쟁에서 대협이 있는 측이 이길 확률이 구 할이라고 해도 전쟁은……."

“모르는 거지요."

이신이 연의 말을 끊었다. 처음으로 그녀의 뺨이 붉게 상기된다. 민망했으리라. 제일의 전쟁 명인(名人)에게 전쟁에 대해 설교를 늘어놓은 셈이니.

“하지만 저는 알고 있습니다."

“아무리 대협이라도 단정은……."

“동오와 유 황숙의 연합군이 이길 확률이 십 할."

“…네?"

처음에는 농담이라고 생각했다. 하지만 곧 그녀는 의아한 시선을 이신에게 던질 수밖에 없었다. 그의 표정은 너무나 진지했기 때문이다.

“긴한 부탁이 하나 있습니다."

이신이 정색을 하고 말했다. 그는 몸을 움직여 그녀 가까이로 다가가 앉았다. 숨소리 한 가닥까지 들릴 정도의 거리에서 그가 품에서 무언가를 꺼냈다. 대사마의 은인(銀印)이었다. 청록의 인수(印綬)가 달린 그 은인은 아무나 소유할 수 있는 물건이 아니었다.

“갑자기 무슨……?"

연은 어리둥절한 표정을 지었다. 갑자기 은인을 꺼내 들다니. 무슨 연유로……?

“번구에 가기 전에 주랑(周娘)에게 먼저 들러주세요. 그녀에게 꼭 전해야 할 말이 있습니다."

이신이 은인을 그녀의 손 안에 쥐어주었다. 이런 급박한 전시(戰時)

에 적에게 함부로 사람을 쓴다면 간세(間細)로 오인받을 수도 있다. 게다가 그것이 책략의 대가(大家)로 알려진 이신 그라면 말할 나위도 없으리라. 그렇기 때문에 그는 중빙으로서 은인을 꺼내 든 것이다. 무엇보다 주유라면 간세인지 아닌지 정도는 짐작할 수 있을 거라는 확신이 있었지만.

"저는 아직 뭐가 뭔지 모르겠어요. 대협은 동오(東吳)의 적이잖아요. 근데 어째서 주유에게 말을 전해달라는 거지요? 이해할 수가 없군요, 진실로."

"거기에는 설명드릴 수 없는 복잡한 사정이 있습니다. 다만 한 가지 확실한 것이라면 연 아가씨가 선택할 주공에게는 득이 되면 됐지, 해가 되지 않는 일이라는 겁니다."

"그렇게 말하셔도……."

"제발 부탁드립니다. 어쩌면 여기서 우리가 서로 만난 것은 운명일지도 모릅니다. 진실로 말입니다."

그렇지 않아도 주유에게 연락할 방법이 없어서 곤란스럽던 참이었다. 강동으로 사람을 보내는 것은 힘든 일이 아니었지만, 믿음직한 사람을 구하기란 거의 불가능했다. 혹시라도 이야기가 새어나간다면 반역으로 몰려 바로 참수형에 처해질지도 모르는 일이다. 그러나 이 연이라는 아가씨라면… 가능한 일이었다.

간절하기까지 한 그의 시선에 연은 무심결에 고개를 끄덕이고 말았다.

"뭐라고 전해주면 되죠?"

"선(船)은 연환(連環)으로 묶을 테니, 주랑은 고육(苦肉)으로 답하라,

정도면 되겠군요."

"……."

대체 무슨 말이야……? 어쩌면 은근한 밀어(密語)일지도 모른다고 그녀는 생각했다. 그러나 사실은 아주 노골적인 의미라는 것을 그녀는 짐작하지 못했다.

"기억하셨습니까?"

이신이 물었다.

"아… 네. 기억력은 그럭저럭 좋은 편이니까요. 선은 연환으로 묶을 테니, 주랑은 고육으로 답하라……. 이렇게만 전해주면 되나요?"

"영민하시군요."

그녀가 틀림없이 외워 보이자 이신이 가는 미소를 지었다.

그가 덧붙였다.

"이곳은 위험하니 강 아래쪽으로 내려가 강동으로 향하면 될 겁니다."

"그럴게요."

"감사합니다. 절대 이 은(恩)은 잊지 않겠습니다."

잠시 말을 멈추고 이신이 그녀의 귓가에 대고 조그맣게 무어라 속삭였다.

순간, 연의 얼굴이 얼어붙었다. 면사 밑으로 드러난 그녀의 하얀 뺨이 파르르 떨렸다. 그녀가 뭐라 말하려는 듯 입술을 움직였지만 이신이 가만히 그녀의 입에 손가락을 갖다대었다.

"연 아가씨가 제 정체를 알아맞히었으니 저도 똑같이 답례해 드려야 예의겠지요."

“…….”

위(魏)씨 성(姓)의 연이라는 이름을 가진 아름다운 아가씨.

파랗게 질린 연의 뇌리에 몇 번이고 그의 목소리가 메아리쳤다.

연환(連環)과 고육(苦肉)의 결박

이백팔 년의 열두 번째 달.

조조와 주유의 적벽에서의 대치는 의외로 오랜 시일이 지나도록 계속되고 있었다. 그동안 몇 번의 무력 충돌은 있었지만 특별히 대규모의 전투가 벌어진 적은 없었다. 무언가 망설임이 있는 것처럼 그들은 쉽게 군사를 내지 못했다. 주유의 심정이라면 간단했다. 조조의 세력이 워낙 대단하기 때문에 쉽사리 군사를 내지 못하는 것이었다. 수비하기조차 벅찬 이런 상황에서는 자칫 한 번 실수에 돌이킬 수 없는 패망의 길을 건너갈 수도 있기 때문에.

그러나 조조는 달랐다. 또 다른 이유가 그의 발목을 잡고 있었다. 진중(陣中)에 때 아닌 역병이 크게 돌아 여러 관리와 병사들이 목숨을 잃었던 것이다. 단순한 풍토병으로 생각하기에는 힘들 정도로 역병은 빠

르게 조조의 진영을 휩쓸었다. 치유가 힘들 정도로 강력한 역병이었
다.

그렇게 그들은 장강을 맞대고 위태로운 대치를 벌이고 있었다.

그리고 그런 전세(戰勢)에 변화를 일으킬 새로운 바람이 불어온 것
도 열두 번째 달이었다.

＊　　　＊　　　＊

"그러니까……."

연(延)은 흰 면사로 덮인 이마를 살짝 찡그렸다. 얼결에 이신의 부탁
을 허락하긴 했지만, 이렇게 귀찮은 일인 줄 알았다면 절대로 승낙하지
않았을 것이다. 절대로.

그녀가 작은 한숨을 내쉬며 말을 이었다.

"저는 주 도독을 꼭 만나뵈어야 한다니까요."

"도독은 아무나 뵈올 수 없다고 하지 않았소."

병사가 답답하다는 듯한 목소리로 말했다.

"꼭 전해 드릴 말이 있다니까요."

"뭐라고. 해도 아니 되오. 신분도 분명치 않은 사람을 진지(陣地)에
들일 수도 없을뿐더러 나한테는 그런 권한도 없소이다."

"그러면 주 도독께 드릴 중한 말이 있다고 고하기라도 해달라니까
요."

"괜히 그런 말로 도독의 심기를 불편하게 했다가는 나만 목이 달아
난단 말이오."

"아아, 정말……."

연이 갑갑하다는 듯 입술을 깨물었다. 벌써 이게 몇 번째의 실랑이란 말인가. 주유를 만나기는커녕 오군의 진지 안에도 들어가지 못하니 난감하기 그지없었다. 성질 같아서는 검으로 경비병을 확 베어버리고 들어가고 싶었지만, 그랬다가는 영영 수습 불능이었다.

"당신… 혹시 진지를 정찰하려는 조조의 세작이 아니오?"

의심스러운 눈으로 쳐다보는 병사를 연은 정말로 베어버리고 싶었다. 부들부들 떨리는 그녀의 손이 금방이라도 검파(劍把)로 떨어져 버릴 것 같다.

"아니에요!"

연이 날카로운 음성으로 그렇게 내뱉자 병사는 순간 움찔했다. 그녀의 목소리에는 일말의 살의가 배어 있었기 때문이다.

"흐음……."

그래도 병사는 턱수염을 매만지며 의심스러운 눈길을 풀지 않는다.

질린다는 듯이 연은 고개를 푹 숙였다. 조조의 진지는 워낙 넓어서인지 이렇게 경계가 심하지는 않았는데. 그야말로 판단 실수였다.

"안 돌아가시오?"

병사가 물었다.

"…못 돌아가요."

물론 이대로 포기할 수는 없다. 연은 흘끔 주변을 돌아보았다. 강행 돌파라면 언제든 할 수 있었지만 그 결말은 장담할 수 없었다. 그렇다고 이신에게서 받은 은인을 보여줄 수도 없었다. 이런 일개 병사가 그게 무엇을 의미하는지 알 턱이 없는 것이다. 대체 어떻게 해야…….

그녀가 골머리를 썩이고 있던 그때였다.

"소저가 귀인(貴人)인가요?"

정말로 뜬금없었다. 그렇게밖에는 생각할 수 없었다. 경비병도, 연도 모두.

언제 나타났는지 키가 훤칠한 서생 같은 사내가 연에게 그렇게 물었다. 사내는 전쟁터에는 어울리지 않는 남루한 백의를 입고 있었다. 연은 자신의 감각을 속이고 나타난 사내가 믿기지 않았다. 특별히 기척을 숨기고 다가온 것 같지는 않았다. 귀신같이 존재감이 없어 보이는 분위기 때문일까. 아니면 골똘히 생각에 빠져 특별히 주변에 주의를 기울이지 않았기 때문일까. 어찌 됐든 심상치 않아 보이는 사내인 것만은 확실했다.

"태사(太史) 장군……?"

연보다 먼저 반응을 보인 것은 병사 쪽이었다. 태사자를 두어 번 본 적이 있는 그는 한눈에 태사자를 알아볼 수 있었던 것이다.

"미안하지만 이쪽은 내 손님인 것 같네. 반 각(半角)만 자리를 비켜 주겠는가?"

"아… 물론입니다."

병사가 황급히 자리를 피한다. 돌아서며 그는 생각했다. 저 여자, 태사 장군의 정부(情婦)였나……?

물론 그의 그런 생각을 알았다면 연은 뒷수습이고 뭐고 간에 당장에 그를 베어버렸겠지만.

"들으셨다시피 저는 태사자라고 합니다."

태사자가 그녀에게 한 걸음 다가가며 익숙해 보이는 미소를 띠었다.

"다시 한 번 묻겠습니다. 소저가 귀인인가요?"

"……."

동래(東萊)의 태사자. 소문보다도 더 엉뚱한 사내다. 연은 황당하다는 표정으로 태사자를 응시했다.

"무슨 말씀이신지……."

"실은 오늘 북에서 귀인이 방문할 거라는 점괘가 나와서 지금까지 기다리고 있는 중이었습니다. 근데 아무래도 소저 같다는 느낌인지라……."

"점괘요……?"

연이 기가 차다는 듯이 고개를 갸웃했다. 태사자가 얼마나 대단한 점성술사인지를 모르는 그녀로서는 자연 어이가 없을 만도 했다. 강동에서도 둘째가라면 서러울 장수(將帥)가 그런 취미가 있다니. 어쨌든 덕분에 그럭저럭 일이 잘 풀리기는 했지만.

"그렇습니다만."

태사자가 미소를 거두지 않고 그녀를 응시했다.

"아… 뭐, 그런 것은 잘 모르겠지만 주 도독에게 중요한 용건이 있는 사람이긴 합니다."

연이 말했다.

"주랑에게?"

"네."

"과연……."

무언가 알겠다는 듯이 태사자가 고개를 끄덕였다.

"따라오시죠. 안내해 드리겠습니다."

"네……?"

"주랑께 안내해 드리겠습니다."

"……."

연은 급히 머리 속에서 태사자에 대한 인상을 수정했다. 그는 뭔가 말이 통하는 후련하고 시원시원한 남자였다. 역시 쪼잔한 말단 병사하고는 달라도 무언가 달랐다.

"화통한 대협이시군요."

연이 특유의 입술만 움직여 이를 드러내 보이지 않는 미소를 지었다.

"주랑, 손님입니다."

주유를 처음 만나는 사람은 두 가지에 놀라게 된다. 하나는 고혹적인 외모였고, 또 하나는 우수(憂愁)에 젖은 눈동자였다. 연도 예외는 아니었다. 왠지 스스로가 초라하게 느껴지는 그녀의 아름다운 외모에 연은 혀를 내둘렀다. 이런 여인을 얻는 남자란 대체 누굴까? 그녀는 그 궁금증이 얼마나 최악의 것인지를 아직은 깨닫지 못하고 있었다.

"손님이요?"

주유의 눈동자가 가만히 움직여 연 쪽을 향한다. 태사자가 진중에서 실언을 할 사람이 아님을 알고 있는 그녀는 그와 같이 온 여인이 누구인지 진심으로 궁금했다.

"다름이 아니라 북에서 온 귀인이시지요."

태사자가 빙글 미소 지었다.

"어떤?"

주유가 물었다.

"저도 잘은 모릅니다. 다만……."

"그런 거 아니라니까요."

연이 상기된 얼굴로 태사자의 말을 끊었다. 그녀는 정색을 하고 주유를 바라보았다.

"단도직입적으로 말씀드려도 될까요?"

연은 이런 곳까지 와서 '대명이 자자하신 주 도독을 뵈어 정말로 영광…' 하는 식의 격식이고 뭐고 따지는 것은 질색인 성격이었다. 게다가 상대도 그런 것을 신경 쓰는 성격 같아 보이지는 않았으니.

"좋을 대로."

주유가 고개를 끄덕였다.

"저는 대사마 이 공의 부탁을 받고 왔어요. 그의 말을 전해 드리려고요."

그녀의 조그마한 한마디가 순식간에 주변에 진하고 깊은 충격을 주었다. 마치 약속이라도 한 듯한 침묵이 그들을 내리눌렀다.

놀란 눈으로 한동안 얼어붙어 있던 주유가 퍼뜩 정신을 차린 듯 서둘러 물었다.

"이 공이 뭐라고 했죠?"

"선(船)은 연환(連環)으로 묶을 테니, 주랑은 고육(苦肉)으로 답하라고요. 분명 그리 전해달라고 했습니다."

"고육책……."

쾅.

저도 모르게 주유가 앞에 놓여진 나무 탁자를 세게 내려쳤다. 막혔던 머리 속이 훤히 뚫리는 기분이다. 왜 그 생각을 못했을까. 그녀는 흥분된 숨을 몇 번이고 몰아쉬었다.

"함정일지도 모릅니다."

태사자가 입을 열었다. 적장에게서 나온 계책이다. 그런 생각이 드는 것은 당연했다. 간세를 이용한 이중 책략은 이신에게는 아주 쉬운 일일 테니까.

"아닙니다. 서주에서 본 이 공의 눈은 진심이었어요."

주유의 대답은 망설임없이 나왔다. 그녀에게는 확신 어린 느낌이 있었다. 자신을 죽일 작정이었다면 서주에서 죽였을 것이다. 그리고 그보다 더 운명적인 어떤 사슬을 그녀는 느끼고 있었다.

"내일 당장 조조군의 수채(水寨)를 확인해야겠어요."

"연환… 말입니까?"

"그렇습니다."

조조군의 배가 묶여 있다면 이신의 말은 거짓이 아닐 것이다. 물론 상대를 안심시키기 위한 책략일 수도 있음을 부정할 수는 없었지만 주유는 이신의 진심을 의심치 않았다. 그는 굳이 그런 술수를 쓸 남자가 아니었다.

"대체… 무슨 얘기들을 하시는 거죠?"

연이 영문을 모르겠다는 표정을 지었다. 배를 묶는 거랑, 고육이랑 대체 무슨 관계가 있단 말인가.

"이 공에게 전해주세요."

주유가 말했다.

"네?"

"감사하다고."

연은 처음으로 주유의 미소를 보았다. 그것은 소름 끼치도록 매혹적인 그런 미소였다. 그녀는 그제야 주유가 왜 잘 웃지 않는지 이유를 짐작할 수 있었다.

＊　　　　＊　　　　＊

"허도에서 의자(醫者)를 보내달라고 순문약(荀文若：순욱)에게 말해 봐야겠소."

조조의 안색은 평소보다 더 싸늘하게 가라앉아 있었다. 전혀 생각지도 못했던 일이 남정(南征)의 발목을 잡고 있었기 때문이다. 어느 정도 풍토병에 시달릴 것은 예상했지만 이토록 창연할 줄은 생각지도 못했던 것이다. 병 때문에 자연히 군사들의 사기는 떨어져 간다. 그렇다고 며칠 사이에 쉽게 부술 수 있는 상대도 아니었다. 지금 그의 처지는 상당히 곤혹스러운 상황이었다.

"승상의 말씀이 옳습니다."

말을 하는 장합의 얼굴은 핼쑥해져 있었다. 그도 역병에 걸려 심하게 시달린 지 오래되지 않았던 것이다. 까딱하면 목숨까지 잃을 뻔한 상황이었다. 그와 같은 강골(強骨)도 그럴진데 다른 이들은 말할 필요도 없었다. 역병으로 목숨을 잃는 이가 부지기수였다.

"그것도 중요하지만 원인을 알아 제거하는 것이 무엇보다 중요합니다."

이신이 입을 열었다.

순간, 모두의 시선이 그에게 집중된다.

"그대는 원인을 안단 말인가?"

조조가 물었다.

"어느 정도 짐작은 할 수 있습니다."

이신이 대수롭지 않다는 투로 대답했다. 그는 장내의 가라앉은 분위기와는 어울리지 않는 안온한 얼굴이었다. 하지만 어색하게 느껴지지는 않았다.

"말해 보게."

"그럼."

이신은 생각을 정리하듯이 눈을 한 번 깊게 감았다가 떴다. 물론 그는 의학에 정통하지는 않았다. 법조문을 줄줄 외듯이 늘어놓을 능력은 없었다. 그러나 이건 그런 것과는 다른 문제다. 이런 광대한 역병의 원인을 짐작하는 것은 추측으로도 충분히 가능했다.

그의 입이 천천히 열렸다.

"지금 돌고 있는 역병에는 뚜렷한 질서가 있습니다. 북방에서 온 병사들에게만 역병이 크게 유행하고, 이곳 형주의 병사들에게는 역병이 거의 돌지 않는다는 것입니다. 그렇다면 어떤 결론을 도출할 수 있겠습니까."

이신이 질문을 던지듯이 시선으로 좌중을 한차례 훑는다. 가운데로 한 걸음 나서며 그가 단정 짓는 듯한 목소리로 말을 이었다.

"간단합니다. 이 역병은 본디 전염성이 그리 강하지 않다는 것입니다. 게다가 원래 겨울에는 역병이 잘 돌지 않는 법 아닙니까? 그런데도 이렇게 크게 역병이 돈다는 것은 근본적인 원인이 있다는 말입니다."

"그게 무엇입니까?"

치밀어 오르는 궁금증을 참지 못하고 순유가 급히 물었다. 적어도 지금까지의 가정은 다 그럴듯한 말이었다. 그렇다면 정말로 역병의 원인을 밝혀낼지도 모른다, 저 남자라면.

"사람에게는 기본적으로 병마(病魔)에 대한 내성이 있습니다. 그 내성이 약해지면 병마가 몸에 침투해 갉아먹는 것이지요. 이번 역병도 그렇습니다. 정상인이라면 걸리지 않을 병도 내성이 약해진 상태이기 때문에 크게 성행하는 것입니다. 특히 북방의 병사들에게."

"익숙지 않은 물과 기후 때문에 북방의 병사들의 몸이 허약해졌다는 말입니까? 설혹 그렇다면 원인을 밝힌들 아무 소용도 없는 것이 아닙니까."

순유는 역시 눈썰미가 예리했다. 그의 지적은 정확했고, 본디 위(魏)의 식자(識者)들 사이에서 이번 원정의 문제로 지적했던 점들 중 한 가지이기도 했다. 그러나 먼 원정 길에서 그 정도를 각오하는 것은 당연하지 않은가.

"물론 그것도 이유입니다. 하지만 근본적인 문제가 될 수는 없습니다."

이신이 미리 생각이라도 해둔 것처럼 망설임없이 대답했다.

"그렇다면 무엇이란 말입니까?"

"바로 장강."

이신이 시선을 조조에게로 돌렸다. 이제는 익숙한 조조의 서늘한 눈동자가 그의 눈에 들어왔다. 그의 입가가 슬쩍 위로 비틀렸다.

"이런 대하(大河)의 물은 풍랑에 한시도 잠잠하지 않은 법입니다. 숙련된 뱃사공이라도 평정을 유지하기가 어려운데 하물며 물에 익숙지 못한 북방의 병사들이야 말할 나위가 있겠습니까? 풍랑이 두들기는 배의 떨림을 견디지 못하고 뱃멀미로 이어지는 것이 당연할 것입니다. 뱃멀미에 의한 계속된 토악질은 몸을 심하게 약하게 만들고, 결국 역병을 견디지 못하는 것입니다. 그것이 가장 큰 원인입니다."

"으음……."

대부분의 막료들은 수긍을 하는 눈치였다. 거침없는 언변만큼이나 이치에 닿는 말이었기 때문이다. 그러나 조조의 표정은 여전히 변하지 않았다.

"그대가 말한 원인은 잘 들었네. 그런데 그대가 처음 말한 대로 원인은 어떻게 제거한단 말인가?"

이번 전장은 강이다. 원인을 제거한다고 강에서 싸우지 않을 수도 없는 노릇이 아닌가. 조조는 그 점을 말하고 있었다.

"좋은 지적이십니다."

이신은 싱긋 웃어 보였다. 드디어 조조를 옭아맬 사슬이 천천히 움직이기 시작했다. 아무리 벗어나려 노력해 봐도 벗어날 수 없는 결박의 사슬이. 그것은 그의 살을 찢고 뼈를 으스러뜨릴 것이다.

"원인을 안다고 해도 제거하지 않으면 아무런 의미가 없겠죠. 그러나 저도 명색이 승상의 세 번째 명검. 그 정도 대비책은 생각해 두었습니다. 물론 쓰실지, 안 쓰실지는 승상의 마음이지만."

"듣고 싶군."

조조가 눈을 가늘게 뜨고 이신을 바라보았다.

"배를 수십 척씩 굵은 쇠사슬로 묶는 것입니다. 배 고물과 뱃머리를 쉽게 풀리지 않을 정도로 단단하게 말입니다. 그러면 그 묶음은 그대로 하나의 커다란 전선(戰船)이 되는 것과 다름이 없을 것입니다. 그리고 그 전선은 어떤 풍랑에도 쉽게 흔들리지 않고 북방의 병사들에게 평온을 가져다줄 것입니다. 활을 평지에서처럼 당길 수도 있고, 뱃멀미도 쉽게 찾아오지 않을 테니 병사들의 사기가 크게 상승하는 것은 당연할 테죠. 이것이 바로 연환지계(連環之計)입니다.”

“…….”

잠시 기묘한 침묵이 감돌았다.

이신이 자신이 무언가 말실수를 했나 하고 고개를 갸웃했을 때 조조가 입을 열었다.

“묘안이군.”

확실히 그런가……. 조조의 입가에 뜻 모를 미묘한 미소가 지어졌다.

*   *   *

날은 맑았다. 꽤 오랜만에 보는 깨끗한 하늘이다.

주유는 새벽부터 일어나 산을 올랐다. 적벽 가까이에 있는 제법 가파른 산이었다. 이유는 간단했다. 조조군의 수채를 산 위에서 확인하기 위해서였다.

수행원은 제갈량 하나였다. 더 많은 것도 거추장스러웠고, 그 혼자서도 백 명의 장정을 상대할 수 있는 것을 생각하면 적당한 선택이었다.

아침 해가 구름 한 점 없는 하늘 위로 들어찼을 때 그들은 산의 정상 가까이에 도달할 수 있었다. 그리고 서서히 주유의 눈동자에 수채가 비쳤다.

"……."

의심할 것조차 없었다. 하늘 아래 펼쳐진 위열 찬 장관은 의심할 여지조차 주지 않았다.

주유는 놀란 눈으로 깊게 숨을 삼켰다.

세차고 절박한 기세로 강물이 흐른다. 강동 사람이라면 누구나 알고 있다. 지금 대하의 바람은 거칠다는 것을. 그리고 쉽사리 배를 띄울 수 없다는 것도. 하지만 육중한 강의 흐름 속에서도 당당히 뜬 배가 있었다. 조조의 군선(軍船)들이다. 그것들은 섬뜩하고 위풍당당한 기세로 모두 쇠사슬에 묶인 채 떠 있다.

그리고 그것은 용(龍)이기도 했다. 쇠사슬로 결박된 커다란 용이 대하에서 똬리를 틀고 꿈틀대고 있었다. 어떤 강렬한 풍랑도 그 용을 뒤흔들 수 없었다.

'하아… 이 공(公) 대체 무슨 짓을 한 거죠?'

처음 조조군의 수채를 보았을 때 말도 안 되는 일이라고 생각했다. 기껏해야 군선의 한 절반 정도를 연환으로 묶을지 모른다고 그렇게. 하지만 물자를 나르는 작은 배를 제외하고는 수천 척의 군선들이 모두 쇠사슬에 결박되어 있었다. 그것은 다시 보지 못할 소름 끼치는 장관이었다.

만약 아무런 대책 없이 저 군대와 부딪쳐야 한다면 그것만큼 끔찍한 일도 없으리라.

“……..”

제갈량은 말없이 주유의 옆모습을 바라보았다. 풀어 내린 탐스러운 검은 머리칼이 바람에 날려 허리 아래까지 치렁거렸다. 그 매혹적인 율동에 그는 시선을 떼지 못했다.

“아름답죠?”

주유가 한숨 쉬듯이 입을 열었다.

“무엇이 말이오?”

“조조의 군선.”

“……..”

제갈량의 말문이 막히고 만다. 그의 눈에 조조의 군선들은 그저 평온함을 해치는 독(毒)일 뿐이었다.

“너무 아름다워서 위태롭게까지 보여요.”

주유가 몽롱한 환각에 취한 듯한 눈으로 말했다. 저것은 인간의 손으로 창조한 하나의 경이였다. 부숴 버리고 싶다. 산산조각으로 깨뜨려버리고 싶다. 그렇지 않으면 견딜 수 없을 것 같았다. 그녀는 바싹 마르는 입술을 혀로 축였다.

“대단하긴 하구려.”

제갈량이 솔직하게 인정했다. 강 건너편이 조조의 군대로 완전히 뒤덮인 것 같았다. 이만한 무리를 그는 한 번도 본 적이 없었다.

“태워 버릴 거예요.”

수많은 단어 중에 튀어나온 그녀의 한마디 말은 묘한 ‘힘’ 을 지니고 있었다. 마치 그런 일이 실제로 일어나지 않으면 세상이 뒤틀려 버릴 것 같은 그런 느낌. 혼을 쥐어짜 내는 듯한 한마디였다.

제갈량의 눈이 찰나 이채를 띠었다.

"…가능할 거요."

탁한 목소리로 그가 중얼거렸다. 그렇게밖에는 말할 수 없었다.

"태워 버리면 더 아름다울 거예요, 슬프도록."

"……."

확실히 오늘의 주유는 평상시의 그녀가 아니었다. 신경을 자극하는 흥분 때문일까. 그녀의 뺨은 살짝 붉게 달아올라 있었다.

"괜찮겠소?"

"뭐가요?"

"당신… 약간 지친 것 같아서."

제갈량이 말했다. 아무렇게나 던진 말은 아니었다. 그는 그녀의 내면 속의 한줄기 동요를 읽어낼 수 있었다. 영 잔잔하기는 글러먹은 바람 앞의 수면처럼.

주유가 상기된 미소로 화답했다.

"글쎄요."

흥분 어린 초조감이 그녀의 마음속에 젖어든다. 이로서 운명을 건 화공(火攻)을 시도할 대부분의 것이 준비된 셈이었다. 하지만 한 가지가 부족했다. 주유는 자신의 흩날리는 머리칼로 그것을 알아차릴 수 있었다.

"바람이……."

주유가 눈썹을 살짝 찌푸렸다. 이신은 알고 있었을까? 혹시 그도 그것을 놓치고 이번 일을 계획한 것은 아닐까? 그렇다면……. 여러 가지 의구심이 그녀의 뇌리를 스치고 지나갔다.

천천히 그녀의 말이 이어졌다.

"북풍이군요."

조조와 그녀는 장강을 사이에 두고 북과 남으로 대치하고 있었다. 세찬 북풍이 계속해서 이렇게 분다면 그녀가 화공을 시도해 보았자 제 배를 태우고 말 수밖에 없었다. 스스로의 공격에 먹혀 버리는 것이다.

"흠."

제갈량이 고개를 끄덕였다. 결국 그런 문제였나. 그는 주유의 얼굴을 내려다보았다. 그녀의 안색은 근심의 그림자가 드리워져 있다. 잠시 그녀를 말없이 바라보던 그는 손을 내밀어 바람에 헝클어진 그녀의 앞 머리칼을 쓸어 올렸다.

"기억하오?"

은은한 목소리였다. 제갈량은 기억의 한 조각을 회상하는 듯한 눈으로 그녀에게 시선을 던졌다.

"뭐를요?"

"몇 년 전 이곳에서 당신과 검을 겨룬 적이 있었소. 바로 이곳에서."

"아아, 물론 기억하지요. 가가를 처음 만난 날."

주유가 고개를 주억거렸다. 그녀는 그가 왜 갑자기 그 일을 꺼내는지 궁금해하는 얼굴이었다.

"그때 동남풍이 불었소. 나에게 발작을 일으켰지."

"아……."

주유는 한순간 멍하니 얼어붙었다. 머리 속에 퍼뜩 그때의 생생한 느낌이 되살아난다. 확실히 불었었다. 동남풍이.

"기억나오?"

제갈량이 다시 한 번 물었다.

"…가가는 진정 대단해요."

그녀는 아득하고 부드러운 미소를 띠며 발을 디뎌 그의 이마에 입술을 맞추었다.

*   *   *

심상치 않은 일이 벌어졌다지?

그래. 그건 분명하다.

탁. 탁. 탁.

방통은 혹선(黑扇)으로 탁자를 몇 번이나 세게 두드렸다. 정신이 산란해 보이는 그 몸짓을 유비는 그저 가만히 바라보았다. 유비이기에 그저 가만히 바라보고만 있었지, 다른 이였다면 신경 사납다고 당장에라도 그만두라고 했을지도 모른다. 그 정도로 방통의 행동은 눈에 거슬렸다.

한참이나 부채가 탁자와 부딪치는 소리는 계속됐다. 방통은 선율을 감상하듯 눈까지 감고 혹선을 들지 않은 반대 손으로는 뺨을 만지작거렸다. 그나마 다행스러운 것은 그런 행동들이 그의 훤칠한 외모와 어우러져 제법 어울린다는 것이었다.

"왜, 어째서, 그랬지, 응?"

"……."

"그래서, 그런가, 맞나, 응?"

"……."

유비의 뺨이 설핏 꿈틀댄다. 방통이 정신 나간 사람처럼 중얼거리기 시작했던 것이다. 단 한 번도 이런 모습을 보인 적이 없던 그이기에 더 황당함을 느꼈는지도 모른다. 대체 이게 고뇌인지 주접인지……. 유비는 이해할 수 없다는 눈빛으로 고개를 절레절레 저었다.

결국 그는 입을 열어 묻고 말았다.

"어디 아픕니까?"

"……."

방통의 감은 눈이 퍼뜩 뜨였다. 그의 평소 같지 않은 기묘한 시선에 유비는 왠지 식은땀이 나는 것을 느꼈다. 대체 이 사람 왜 그러는 겐가……?

"머리가 아픕니다."

방통이 탁자를 두드리던 부채의 움직임을 멈췄다. 그제야 막사 안이 좀 안정되는 느낌이다.

유비가 한숨을 내쉬었다.

"무슨 일로요?"

"아까 밀정이 오지 않았습니까. 조조가 군선을 수십 척씩 다 묶어버렸다고."

방통의 고민은 거기서부터 시작되었던 것이다.

"그게 큰일입니까?"

유비가 물었다.

"큰일이지요. 연환계(連環計)라……."

"배를 사슬로 묶는다고 하여 연환입니까?"

"병서(兵書)에 나오는 연환은 여러 계책을 서로 묶는다고 하여 연환입니다. 그리고 연환계를 스스로에게 쓰는 법은 없습니다."

방통의 설명을 들은 유비가 눈을 동그랗게 떴다.

"하지만 조조는……."

"정확히는 이신입니다. 이신이 조조에게 그렇게 조언했으니까요. 그리고 제가 고민하는 것은 그가 대체 무슨 생각인지 모르기 때문입니다."

방통이 인상을 찡그렸다. 정확히 따지자면 유비의 말이 옳을 것이다. 이신이 획책한 연환계는 배를 묶기 때문에 연환계다. 하지만 단순히 그렇게만 생각할 수는 없었다. 그는 무언가를 의도하고 있었다. 상대의 연속된 책략을 기다리고 있는 건지도 몰랐다. 배를 묶는 것은 바로 화공에 필연적으로 노출된다는 것을 의미한다. 그것을 이신이나 조조가 몰랐을까? 그럴 일은 절대로 없었다. 그들은…….

'상대에게 화공을 유도하고 있다.'

제법 그럴싸한 결론이었다. 근데 아직도 의뭉스러운 구석은 바닥을 보이지 않았다. 화공을 대비한다면 대비했지 왜 유도한단 말인가. 단단하게 묶인 사슬은 전쟁 중에 쉽게 풀 수 있는 것이 아니었다. 게다가.

"황숙."

방통이 가라앉은 목소리로 입을 열었다.

"예?"

"원래 조조의 배를 묶는 연환계는 제가 쓸까 말까 망설이던 계책이었습니다. 근데 그걸 이신이 오히려 들고 나와 버렸으니 참으로 골 때리지요."

“…….”

그런 거였나. 유비가 난감하다는 듯 머리를 긁적였다. 간단히 생각해 봐도 방통이 쓰려한 계책은 아군에게 유리하지 적어도 적에게 유리하지는 않을 것이다. 그렇지 않으면 방통이 쓸 턱이 없지 않은가. 그런데 그걸 오히려 상대편에서 알아서 써줬으니 기뻐해야 한다는 것인가……? 뭐가 뭔지 모르겠다는 듯 유비의 눈이 흔들린다.

“배를 묶는다면 화공에 말려들 경우 큰 피해를 입게 됩니다. 그리고 그것이 조조군을 일거에 끝장낼 수 있는 계책의 한 가지구요.”

“그래서 선생이…….”

방통이 고개를 끄덕였다.

“황숙이 생각하시는 그런 이유였습니다. 그런데 제가 그 계책을 쓰지 않고 망설인 까닭은 이신이 그런 뻔한 사실도 모르지는 않을 거라는 생각에서였습니다.”

“모를 수도 있지 않습니까.”

“물론 그럴 수도 있지요. 그런 확률은 이 할도 안 된다고 생각하지만.”

방통이 슬쩍 입꼬리를 비틀어 올렸다. 화공으로 나올 것을 짐작하고 있음에도 배를 묶는다라. 정말 모르고 그랬을까……? 분명 그럴 확률도 있긴 있었다. 그럴 경우 승리는 더 가까이 다가와 있겠지만.

하지만 그렇지 않을 경우라면 고도의 묘책(妙策)일 가능성도 배제할 수 없었다. 그것이 방통의 머리를 복잡하게 만들었다.

“음.”

유비가 짧게 고개를 갸웃했다. 대충 어떤 상황인지는 이해가 간다.

너무 잘된 일에 기뻐하거나, 이중 책략에 대한 우려를 떠올려야 하는 상황인 것이다. 과연 어느 쪽일까.

"의외로 해답은 단순한 곳에 있을 수도 있지요."

유비가 말했다.

방통이 눈짓으로 그에게 질문을 던진다.

"바람을 믿었기 때문이 아닐까요? 이런 겨울에는 북풍이나 서북풍밖에는 안 부니까."

"혹시……."

유비의 대답에 방통이 눈동자를 굴린다. 동풍이나 동남풍이 없으면 화공은 성립하지 않는다. 그리고 유비의 말대로 이런 겨울에 그런 바람은 쉽게 불어오지 않는다. 이신이 그것을 과신했을까……?

갑작스레 방통은 튕기듯 자리에서 일어났다.

"선생?"

유비가 의아한 표정을 지었다.

"황숙의 말씀대로일지도 모릅니다. 혹은……."

방통이 조금의 틈을 두고 말을 이었다.

"그가 정말로 배를 다 태워먹고 싶은 마음이거나."

"……."

유비는 마지막 그의 말을 그저 농이라고 생각했다.

*　　　*　　　*

"안 그래도 장군을 부를 작정이었는데 이렇게 와주시니 아무래도 하늘의 뜻인가 봅니다."

주유가 은은한 미소를 지었다.

평소 피도 눈물도 없는 여자라고 불리는 그녀답지 않은 행동에 황개는 조금 놀란 듯 보였다. 무슨 기분 좋은 일이라도 있는가……? 그렇지 않으면 저런 미소를 보일 리는 없다.

"저를? 무슨 용건으로 말입니까."

"장군의 용건부터 먼저."

주유가 말했다.

황개는 잠시 망설이다가 고개를 끄덕였다.

"다름이 아니라 조조를 상대할 책략 하나를 건의하기 위해서입니다. 혹시 모르겠군요. 도독도 그것을 심중에 염두해 두고 계실지는. 아니, 틀림없이 그러실 테지만."

"무엇입니까?"

"적은 수가 많고 아군은 적으니, 불로써 공격하는 것이 상책(上策)이 아니겠습니까."

주유가 눈을 찬찬히 깜빡였다.

"놀랍군요. 장군의 생각이 저와 같습니다."

"그러실 줄 알았습니다."

황개가 조금의 개운치 않은 마음을 씻어낸 듯 가벼워진 어조로 말했다. 제아무리 주유라지만 혹시나 하는 생각에서였을 것이다. 그러나 그것이 기우에 지나지 않았음을 안 이상 그대로 믿고 의지하는 것만이 방법이었다. 그녀는 엄연히 '강동(江東)의 주랑(周娘)'이 아닌가.

"그럼 도독의 용건을."

황개가 쉴 틈 없이 말을 건넸다. 그는 궁금한 것을 그저 기다리기만
할 수 있는 성격은 아니었다.

주유는 지그시 입술을 깨물었다.

"저를 용서해 주세요. 제가 그런 생각을 떠올린 것만 해도 장군에
대한 모욕입니다."

가식은 없었다. 평소 같지 않은 그녀의 말에 조금쯤은 그런 생각이
들 만도 했지만, 황개는 그런 생각을 떠올릴 여유조차 없었다. 그는 너
무나 큰 충격을 받은 듯 한동안 굳어서 움직이지 못했다. 그가 신음하
듯 경악성을 흘린다.

"주… 주랑……?!"

주유가 그의 앞에 무릎을 꿇은 것이다. 차갑고 딱딱한 땅바닥에 부
딪치듯이 그렇게 세게. 살이 깨져 피가 흘러나오고 있을지도 모른다.
그녀의 선연한 적의(赤衣)가 명백히 땅에 끌리고 있었다. 강동의 자존
심을 짊어진 여인이 일개 무장에게 무릎을 꿇다니. 웬만한 각오로는
되는 일이 아니다. 그것을 알기에 황개는 더욱 큰 충격을 받았다.

"뭐, 뭐 하는 짓입니까, 지금……?!"

황개가 재빨리 몸을 굽혀 주유를 일으키려 했지만 그녀는 일어나지
않았다. 오히려 고개를 더욱 깊숙이 숙여 보였다. 그녀가 입을 열었다.

"강동을 구해달라는 미명 아래 장군을 능욕하려는 것입니다, 저는."

그녀의 말은 조금 떨렸지만 머뭇거림 없이 흘러나왔다. 단단히 각오
를 한 목소리였다.

"대체 무슨 일입니까? 무슨!"

황개가 당혹스럽다는 표정으로 재촉했다.

"장군의 말대로 저는 화공을 생각했습니다. 그러나 화공을 행하기 위해서는 반드시 적에게 경계없이 접근하는 것이 필요합니다. 그래서 고육(苦肉)을 이용한 사항계(詐降計)를 떠올렸습니다. 그리고… 그 적임자를 장군이라고 생각했던 것입니다."

"으음……."

황개는 한동안 복잡한 머리 속을 정리하듯이 말을 내뱉지 못했다. 그녀가 원하는 것이 무언지는 알았다. 그녀는 자신이 고육계의 희생양이 되기를 바라는 것이다. 그래… 그뿐이었다.

"그저 저의 어리석고 간절한 부탁일 뿐입니다."

주유는 황개와 시선을 마주치지 못했다. 그저 하염없이 바닥만을 응시하고 있다.

황개가 깊은 숨을 토해내며 입을 열었다.

"물론 강동을 위해서라면 기꺼이 이 한 몸 던질 용의는 있지만 알고 싶은 것이 있습니다. 심한 매질이라도 하는 것입니까?"

"…아니요."

그런 평범한 방법에는 전쟁의 명수인 조조가 걸리지 않을 것이다. 좀 더 확실하게 조조를 믿게 하는 수단이 필요했다. 그것이 설혹 당사자에게는 가혹한 일이라 하더라도.

주유가 떨리는 목소리로 말을 이었다.

"장군의 손가락 두 개를… 단지(斷指)하는 것입니다."

"……."

순간, 무거운 침묵이 그들을 짓눌렀다. 그럴 수밖에 없었다. 무장(武將)에게 손가락 두 개를 자른다는 것이 무엇을 뜻하는가……? 다시는 창도 칼도 제대로 쥘 수 없다는 것을 의미한다. 그리고 그것은 곧 무장으로서의 생명이 끝난 것과 다름이 없었다. 긍지있는 무장에게는 목을 끊는 것보다 더욱 가혹한 처벌이었다.

이 정도가 아니면 조조의 눈을 속일 수가 없다. 주유는 그렇게 생각하고 있었던 것이다.

"…괜찮습니다."

한참 후에 황개가 한숨을 토해내며 그렇게 말했다.

"장군……."

"저는 괜찮다고 말했습니다. 강동의 주공에게 얻은 은혜는 제 목숨보다 무겁습니다."

"……."

울고 있는가. 주유의 볼을 타고 흐른 눈물은 어느새 턱 끝에 맺혀 있었다. 처음 보는 그녀의 눈물이었다. 그녀의 눈물에는 마력(魔力)이 있었다. 보는 사람까지도 한없이 슬퍼지게 만든다는 그런 힘이.

황개는 계속해서 감정이 흔들려 눈을 질끈 감고 말았다. 돌이킬 수 없다. 돌이켜서는 안 된다.

"도독 같은 분이 있기에 저 같은 사람이 안심하고 운명을 맡길 수 있는 겁니다. 부디… 계속 강동을 지켜주십시오."

생명이 끝난다. 수십 년을 전전했던 전장의 무장으로서의 생명이 끝난다. 그는 결국 격앙된 감정을 참지 못하고 소리 죽여 뜨거운 눈물을 흘리고 말았다.

그날의 주유는 오랜만에 술을 입에 대었다. 술이 세지 않아서인지 그녀의 얼굴은 금방 달아올랐다. 무언가에 홀린 듯한 눈으로 그녀는 계속해서 술잔을 들이켰다.

전시(戰時)에 술이라니. 그녀답지 않은 행동에 제갈량은 눈을 의심했다.

"당신… 무슨 일 있소?"

"가가의 품에 안겨들어 위로받고 싶지만 저는 위로받을 자격도 없는 여자입니다. 그뿐입니다."

"……."

"죄송하지만… 나가주세요. 가가의 얼굴을 보면 견딜 수 없을 것 같습니다. 마음이 약해질 것 같아요. 저는 내일 꼭 해야만 할 일이 있습니다."

그녀의 괴로운 감정이 차갑고 축축하게 전달되었다. 제갈량은 지금껏 겪어보지 못했던 가슴 아픈 고통을 느꼈다. 그녀의 마음에 새로이 자리잡은 상처의 흔적을 느꼈기 때문일까. 그는 무겁게 고개를 끄덕였다.

"추위에 떠는 여인을 그냥 내버려 두는 취미는 없지만… 당신의 마음을 이해하오."

"죄송해요."

"아니, 전혀 신경 쓸 필요없소. 괴로움을 달래는 술이 무슨 의미인지 잘 아니까."

제갈량은 사념이 어린 눈빛으로 천천히 몸을 돌렸다.

다음날은 하늘이 흐렸다. 눈이라도 내릴 것같이 무거운 구름이 하늘을 덮고 있었다. 그러나 정작 눈은 내리지 않는 우중충한 날씨였다.

주유는 차가운 눈길로 하늘을 몇 번이고 응시했다. 좋은… 날씨다.

'무슨 바람이 불었나.'

노숙은 제 눈을 의심하며 고개를 갸웃했다. 주유의 옷은 평상시와 같은 적의가 아니었다. 칠흑같이 검은 옷. 그것이 노숙의 시선을 자극했다. 혹시 제갈량 때문은 아닐까 하는 생각이 들었지만, 딱히 그런 것도 아닌 것 같았다. 병으로 어릴 때 세상을 떠난 그녀의 하나밖에 없는 오라비가 즐겨 입던 옷이 붉은 옷이었다. 그 후부터였다. 주유가 붉은 옷을 입게 된 것은. 그런 것이 쉽게 변할 리가 없었다. 어쨌든 오늘 그녀의 심경이 평소 같지 않다는 것만은 확실할 테지만.

"오늘 여러분을 부른 것은 도독으로서 할 말이 있기 때문입니다."

주유가 운을 뗐다.

그녀는 영(令)을 내려 진지의 모든 장수들을 소집한 상태였다. 출병이라도 알리는 것일까? 대부분의 장수들은 그렇게만 생각할 뿐이었다.

"조조와의 전쟁은 쉽게 끝나지 않을 것입니다. 급하게 움직인다고 이길 수 있는 상대가 아닙니다. 당분간 계속해서 군사를 움직이지 않고 수비에 전념할 것입니다. 그러니 모두들 섣부른 군사의 움직임을 삼가고 군량과 마초(馬草)를 비축해 두도록 하세요. 쓸데없이 군사를 움직이는 자는 제가 직접 군령(軍令)에 따라 처벌하겠습니다."

얼핏 들으면 지극히 옳은 말 같았다. 그러나 그에 해당되지 않는 자들도 있었다. 감녕이나 주태 같은 혈기가 넘치는 젊은 장수들이었다. 가뜩이나 하릴없는 대치 상태가 계속되어 몸이 근질거리던 참이었다. 근데 또 지키기만 하라니. 그들은 그녀의 영에 절로 불만심이 피어오를 수밖에 없었다.

"지키기만 하면 적은 어떻게 이긴단 말입니까?"

감녕이 결국 참지 못하고 그렇게 말하고 말았다.

"……."

순식간에 주변의 공기가 싸늘하고 건조해졌다. 먹을 대지 않은 백지처럼 하얗게 질린 느낌이다. 감녕은 대도독 주유의 말에 항변했다. 하지만 분위기가 뒤숭숭해진 건 단지 그 이유 때문은 아니었다. 그동안 장수들을 둘러싸고 있던 은은한 대립이 그의 말을 계기로 한순간에 터져 나온 것이다. 공격을 허용치 않는 주유의 영에 은근히 불만을 가지고 있던 장수들 사이에서.

"그럼… 장군은 무슨 방법이 있습니까? 조조군을 격파할 방법 말입니다."

주유가 입을 열었다. 차분하지만 어떤 엄격함이 담긴 어조였다.

"그런 건……."

감녕이 말끝을 흐렸다. 공격을 하지 말라는 말에 발끈해서 나섰지만 특별히 생각해 놓은 방도가 있는 것은 아니기 때문이다. 하지만 이대로 그냥 물러서는 것도 그의 자존심에는 용납할 수 없는 일이었다.

그가 입술을 질끈 깨물며 말을 이었다.

"그런 건 없습니다만, 한 가지 사실은 알고 있습니다. 적과 부딪치지 않으면 승리할 가능성은 없다는 것 말입니다."

"꼭 적과 부딪치는 것만이 상책이 아니라는 것쯤은 손자(孫子)에도 적혀 있습니다만. 게다가 아무런 대책도 없이 무작정 부딪치는 거라면 더욱 허락할 수 없군요. 장강에 시체만 수백 구 늘어날 테니까."

“……”

너무 심한 말이다. 그렇게 생각했지만 감녕은 말을 내뱉을 수 없었다. 어둠 속에 가라앉은 듯한 주유의 눈동자는 평소와는 명백히 달랐다. 마치 두터운 베일에 싸인 듯한 거리감이 느껴졌다. 전혀 속을 짐작할 수 없었다. 그것이 그가 말을 멈춘 이유였다.

“내가 보기에는 도독이나 감(甘) 장군이나 그 나물에 그 짝으로 보입니다.”

그때 황개가 끼어들었다. 묘한 말이었다. 두 사람의 어느 쪽도 편을 들지 않는. 하지만 감녕의 말을 부정한 것은 대수롭지 않은 일이나, 주유의 말을 부정한 것은 작게 볼 만한 문제가 아니었다. 그녀는 엄연히 군의 총지휘관인 도독이었으므로. 그는 주유를 물끄러미 바라보며 몇 걸음 앞으로 다가갔다.

“무슨 말이지요?”

주유가 눈을 가늘게 떴다.

“조조에게 무모하게 돌격하는 것이나, 겁에 질려 계속해서 수비만 군건히 하는 것이나 별 차이가 없다는 말입니다. 어차피 패배로 치달을 것은 뻔한 사실이니까.”

좀 과하게 자극적이라고 할 만치의 언사를 황개는 뱉어냈다. 패배를 언급하는 것만으로 장수로서 입에 담을 말이 아닌데, 도독에게 겁쟁이라고 하는 것과 다름이 없는 말을 내뱉었으니. 좌중의 장수들의 안색이 조금씩 딱딱하게 굳어진다. 아무리 쌓아 올린 공이 많은 황개라고 해도 너무 과한 발언이 아닌가 하는 생각에서였다. 그 얼음장 같은 주유가 저런 행동을 그냥 내버려 둘 리가 없지 않은가. 그들은 눈도 떼지 못하고 주유의 입에서 쏟아질 말에 집중했다.

"…어차피 패배로 치달을 것이라고 했습니까? 그러는 장군은 좋은 책략이라도 있으신 모양이군요."

"아니, 없습니다. 난 애초에 항복이라는 굴욕을 겪기 싫어서 전쟁에 찬성했으니까. 장렬히 싸우다 전사하는 것이 항복보다는 백배 낫다고 생각해서 말입니다. 하지만 이건 아닙니다."

황개가 거리낌없이 말을 이었다.

"이렇게 쥐새끼처럼 강가에 처박혀서 죽는 것보다는, 감녕의 말처럼 용기있게 나가서 싸우다 죽는 것이 훨씬 나은 일입니다. 내가 보기에 도독은 승산의 가능성을 찾고 있는 것 같은데, 내 단언하건데 두 달 동안 그 승산이라는 지푸라기를 찾지 못하면 차라리 장 자포(장소)의 말대로 싸움을 포기하고 창칼을 내던지는 것이 나을 것입니다."

황개의 말이 너무 심하다 싶었는지 여러 장수들의 얼굴이 찌푸려진다. 목숨을 걸고 싸우러 나온 이들에게 저게 무슨 불길한 말이란 말인가. 아마 노한 주유에게 싸늘한 한 소리라도 들으리라. 그러나 그들의 추측은 간단히 빗나갔다.

키익―

쇠가 울리는 소리가 들려왔다. 주유가 검을 뽑아 든 것이다. 차가운 얼굴로 그녀는 자리를 박차고 일어났다. 왠지 불길해 보이는 그녀의 검은 옷이 바람에 흔들렸다.

"장군은 대죄를 몇 가지나 범했습니다. 하나, 패배와 항복이라는 망언을 입에 담음으로써 장병들의 사기를 꺾었습니다. 둘, 도독인 저의 명령에 불복했습니다. 이것은 패군지장보다 차라리 더 나쁘고 악랄한 죄입니다. 이는 그냥 두고 보아 넘길 수 없는 일이 틀림없을 터, 저는 장군을 군령에 따라 처리하겠습니다.”

“웃기는 소리로군요. 옳은 소리를 좀 한 것이 대죄라니.”

황개는 주유의 말에도 조금도 물러서지 않았다. 단단히 각오를 하고 나온 사람처럼 얼굴에는 굳은 의지까지 엿보였다.

“황 장군······!”

너무 심하다 싶어 주변의 장수들이 황개를 급히 말렸지만, 이미 엎질러진 물이었다.

“장군의 죄는 죽어 마땅합니다.”

주유는 그의 말에 조금도 동요하지 않았다. 하지만 그것이 오히려 비인간적으로 보였다. 금이 조금도 가지 않은 얼음 같은 안색으로 그녀는 황개를 향해 다가갔다.

“죽일 테면 죽이십시오. 그러나 곧 도독도 저승에서 나를 보게 될 것입니다. 조조에게 패하게 될 테니까.”

“······.”

노숙의 얼굴이 하얗게 질렸다. 이건 이미 말리고 어쩌고 할 수준이 아니었다. 주유가 비록 길길이 노해 죄를 다스리겠노라고 말하지는 않았지만, 그녀의 차분한 모습이 오히려 더 서늘하게 보였다. 게다가 그녀는 원래 그런 성격이 아니던가. 그는 마른침을 꿀꺽 삼켰다.

“도독!”

“나서는 자는 먼저 베어버리겠어요.”

“······.”

농담이 아니다. 주유의 얼굴에 깃든 살의를 보고 모두들 그렇게 생

각했다. 그녀의 칼날에 살의와 섞여 푸르스름한 한기(寒氣)가 감도는
느낌이다.

"하지만 도독……."

자신의 책임도 있다고 느꼈는지 감녕이 한 발짝 나서며 주유를 가로
막았다.

그러나 돌아오는 것은 싸늘한 칼날뿐이었다.

쉬익!

살갗을 차갑게 자극하는 검의 움직임에 감녕은 눈을 부릅떴다. 한
치의 망설임도 없이 주유의 검은 급소를 베어오고 있었다. 가만히 있
는다면 꼼짝없이 즉사. 그녀는 진심이었다.

"윽……!"

감녕이 재빨리 뒤로 물러났지만 이미 목에는 붉은 혈선이 그어져 있
었다. 조금만 깊게 베였어도 감녕은 죽었으리라. 그의 목줄기를 타고
흐르는 핏방울을 보며 모든 이들은 주유의 기세가 결코 심심풀이 장난
같은 것이 아님을 느꼈다.

"도독……!"

"다음에는 목을 날려 버리겠어요. 진심으로."

주유가 차갑게 말했다.

그녀의 말에 감녕은 질린 듯한 표정으로 더 이상 아무 말도 하지 못
했다. 계속해서 그녀를 막다가는 정말로 목이 달아날 것 같았기 때문
이다.

"이 한 목숨 날아가는 것 따위는 추호도 두렵지 않습니다. 애석한
것은 도독의 패배를 지켜보지 못하고 눈을 감는다는 것뿐. 오자서의

고사(古事)에 따라 내 두 눈깔을 적벽의 절벽에 걸어주겠습니까?"

"못하는 말이 없군요."

주유는 가는 핏방울이 맺힌 검을 황개를 향해 치켜들었다. 눈 깜짝할 사이에 그를 베어버릴 수 있는 거리에서.

'어쩌지……?

노숙이 고개를 절레절레 저었다. 군의 기강을 흐트러뜨렸으니 황개는 분명 처벌을 받아 마땅하다. 하지만 이곳에서 아군의 손에 의해 장수의 목이 떨어지는 것도 사기에 도움이 될 리가 없지 않은가.

발만 동동 구르던 노숙의 눈에 문득 제갈량의 모습이 비쳤다. 그래… 혹시 저자라면 말릴 수도 있을지 모른다. 자신들과는 달리 주유의 아랫사람이 아닌 유비의 사신이었을 뿐더러, 주유와의 관계는 정인(情人) 그 이상이 아니던가. 그는 급히 제갈량에게 어떻게든 나서달라고 눈짓으로 말했다. 하지만 제갈량은 그의 예상과는 달리 꿈쩍도 하지 않았다.

'젠장, 남의 일이라는 건가…….'

대체 어디서 그런 용기가 나왔는지 모른다. 다급해진 노숙은 무심결에 앞으로 나서고 말았다.

'헛……!'

하지만 나온 다음에 후회해 봐도 이미 늦었다. 그로서는 감녕처럼 주유의 칼날의 피해낼 능력도, 받아낼 방법도 없었다. 날아오는 칼날에 그저 두려움에 눈을 질끈 감는 수밖에는.

그러나 칼날은 그의 몸에 박히지 않았다.

카앙!

쇳소리가 날카롭게 울렸다. 검과 검이 허공에 얽힌 채 대치해 있다. 묵빛을 발하는 제갈량의 검이었다.

'진심이었다.'

제갈량은 눈을 찡그렸다. 정말로 노숙을 베어버릴 작정이었다, 그녀는. 설마 어제 꼭 해야만 하는 일이 이것을 말하는 것이었나……? 그는 대체 어떻게 해야 할지 모르는 흔들리는 마음으로 서서히 검을 거두었다.

"상관없는 사람까지 벨 필요는 없지 않소."

"더 이상은 막지 마세요. 아무리 유 황숙의 사신이라고 해도 더 이상은 용납할 수 없습니다."

"……."

주유의 얼굴에는 한 치의 틈도 없었다. 그 어떤 말도 지금의 그녀에게는 통하지 않을 것 같았다.

제갈량은 작은 한숨을 흘렸다. 그녀는 무엇을 원하고 있는가. 조조의 진채를 산 아래서 내려다보았을 때 그녀는 분명 어떤 해답을 찾은 듯한 느낌이었다. 그렇게 보였다. 하지만 지금의 그녀는 왠지 다급해 보였다. 무언가에 쫓기는 듯 그렇게. 그는 어떻게 결론을 내려야 할지 망설이는 얼굴로 그녀를 바라보았다.

"주랑, 분명 황 공복(黃公僕)의 죄는 죽어 마땅합니다. 하지만… 또한 너무한 처사라는 생각입니다."

제갈량에 의해 간신히 목숨을 부지한 노숙이 가슴을 쓸어내리며 입을 열었다.

"어째서입니까?"

주유가 물었다. 그녀가 다시 한 번 검을 휘두르지 않은 것만으로도 노숙은 더없이 안도의 한숨을 내쉬었다. 제갈량이 또다시 구해줄지에 대한 확신이 서지 않았기 때문이다.

"황 공복은 삼 대에 걸친 공신입니다. 그런 그를 이만한 죄로 사형으로 다스리는 것은 별로 보기 좋은 모양이 아닙니다."

"황 장군을 베지 않으면 장졸들이 앞으로 도독인 저의 명을 우습게 여길 것이니 베지 않을 수 없습니다. 지휘 체계가 제대로 잡히지 않은 군대는 썩은 갈대나 다름없습니다. 백 번 생각해 봐도 그를 백 번 베는 것이 아군에 이익입니다."

주유는 단호했다.

노숙은 머리 속이 찌를 듯이 아파오는 것을 느꼈다.

"확실히 주랑의 말이 옳습니다. 하지만 그의 공을 생각해서 약간의 감안은 해야 하지 않겠습니까. 태형(笞刑) 정도라면……."

"아니 됩니다."

"……."

결연한 주유의 말에 노숙의 안색이 어두워졌다. 어쩌면 그녀는 나이가 어리다는 이유로 그녀를 은근히 얕보던 이들에게 본보기로 황개를 죽이려고 하는 걸지도 몰랐다. 그렇다면 절대로 막을 수 없을 것이다.

"불길하오."

침묵을 지키고 있던 제갈량이 입을 뗐다. 무언가 마음의 결심을 한 듯 그의 표정은 다시 평소의 무심함으로 돌아가 있었다. 파리한 입술이 다시 한 번 벌어졌다.

"큰 전쟁을 치루는 중에 이런 일로 아군의 장수를 베는 것은 더없이 불길하오.”

“그래서 어떻단 말인가요.”

“그를 죽인다면 동맹을 끊겠소.”

“……”

뭐야… 진심인가……? 노숙이 눈을 굴렸다. 진심이든 진심이 아니든 간에 이것은 차라리 협박에 가까웠다. 장수 하나를 죽이기 위해서 오천이 넘는 동맹군을 포기하는 것은? 수지가 맞지 않는다. 하지만 그것이 과연 주유에게까지 통할는지는 의문이었다. 그녀는 이런 협박에 굴할 성격이 아니기 때문이다. 그리고 그런 그의 예상은 빗나가지 않았다.

“마음대로 하세요.”

주유는 제갈량의 말에 눈 하나 깜빡이지 않았다. 어떤 일이 있어도 의지를 거둘 마음은 없어 보였다.

그러나 다른 이들까지 그런 것은 아니었다.

“도독, 그것만은 안 됩니다!”

“부디 다시 한 번 생각해 주시길!”

여러 장수들이 절박한 안색으로 앞으로 나와 주유에게 간청했다. 이런 일로 하나밖에 없는 동맹국을 잃다니 말도 되지 않는 일이다.

“마음을 돌릴 생각은 없습니다.”

“도독……!”

감녕이 피를 토하듯 소리쳤다.

“그렇게 황 공복을 죽이고 싶으시면 여기 있는 장수들을 모두 죽이고 가십시오. 먼저 소장(小將)부터…….”

감녕은 힘을 주어 상의를 찢었다. 그러자 그의 흉터투성이의 가슴이 숨김없이 드러났다. 그는 단호한 의지로 주유를 응시하였다.

"소장을 먼저 죽여주소서!"

"아닙니다, 소장을 먼저……!"

그의 말이 자극제가 된 것처럼 앞으로 나선 여러 장수들이 뒤질세라 그렇게 간청했다. 그들은 목숨을 두려워하는 것마저 잊은 듯 보였다.

"정녕 다 베고 가실 겁니까, 주랑?"

노숙이 열기 어린 눈으로 주유를 바라보았다. 그도 여차 하면 칼날 앞에 뛰어들 기세였다.

"어리석은 사람들 같으니…….."

주유가 인상을 찌푸리며 한숨을 내쉬었다.

"여러분이 그렇게 나오신다면 저도 목숨을 거두지는 않겠습니다. 다만 군령은 엄격한 것, 처벌을 거둘 수는 없습니다. 황 장군의 손가락 두 개를 단지하겠습니다."

"주랑……!"

"이번만큼은 절대로 의지를 거두지 않을 것입니다."

그녀의 뜻이 관철되는 데에는 그리 오랜 시간이 걸리지 않았다. 그들에게 있어 더 이상 도독의 의지를 꺾는 것은 불가능했다.

*　　　*　　　*

조조가 이신의 조언을 받아들여 군선을 사슬로 묶은 지도 사흘날이 지났다.

그 남자가 찾아온 것은 그때였다. 해가 서쪽으로 조금씩 기울기 시작할 때쯤이었을 것이다.

조조의 진영으로 불쑥 찾아온 그 남자는 커다란 어부들의 삿갓을 깊이 눌러쓰고 있었고, 칙칙한 잿빛 옷차림이었다. 그는 스스로를 강동의 모사 감택이라고 밝히고 조조를 만나기를 청했다. 병사들에 의해 포획된 그는 곧 조조의 명에 의해 조조에게로 끌려갔다.

"정말 감택이라고 생각하는가?"

"그럴 확률이 구 할이라고 봅니다."

조조의 막사에는 이신이 먼저 불려와 있었다. 직감상 심상치 않은 일이라고 생각한 조조가 불러온 것이다.

이신의 단정에 조조는 천천히 고개를 끄덕였다. 자신과 같은 생각이었던 것이다. 그렇다고 특별한 이유가 있는 것은 아니었다. 그저 예리한 느낌이 그렇게 속삭이고 있었다.

"무슨 일일까?"

"모르긴 몰라도 투항에 관련된 일이겠지요."

대답은 연이어 막힘없이 흘러나왔다.

과연 이신……. 조조의 눈동자가 일말의 이채를 띤다. 겨우 몇 가지 상황만으로 이렇게까지 판단해 내다니. 범인(凡人)으로서는 가능한 일이 아니었다. 물론 그 자신도 그렇게 판단하고 있었지만. 동오의 인사(人士)가 이런 상황에서 적의 진영을 방문할 만한 용건이라고는 투항 외에는 떠올리기 힘들었다.

감택이 이 자리에 있었다면 그들의 대화에 혀를 내두르며 놀랐을지도 모른다.

“승상, 그자를 붙잡아왔습니다.”

그때 병사가 고했다.

“들어오게 하라.”

조조가 손등에 턱을 괴고 교의에 고쳐 앉았다. 차가운 시선이 막사의 입구 쪽에 고정되어 있다.

곧이어 감택이라고 짐작되는 남자가 막사 안으로 들어왔다. 남자는 막사 안에 들자마자 삿갓을 벗었다. 거무스름한 혈색이 가장 먼저 눈에 들어온다. 사냥감을 노리는 사냥꾼같이 긴장된 눈매는 가늘게 떠져 있었다. 뼈마디는 가늘지만 전체적으로 다부진 인상을 주는 남자였다. 그리고 또 하나.

‘절름발이……’

이신이 작은 숨결을 흘렸다. 남자는 왼쪽 다리를 절뚝거리고 있었다. 느릿느릿 그들에게 다가오던 남자는 아무런 대답도 듣지 않고 빈 교의에 주저앉았다. 그 담대한 태도에 조조의 눈동자가 미미하게 흔들린다. 적어도 평범한 남자가 아님은 틀림없어 보였다.

“투항하러 왔겠지?”

조조가 그렇게 불쑥 묻자 남자는 조금 동요한 듯싶었다. 그러나 그는 빠르게 동요의 흔적을 지워 버렸다.

꽤 능숙한 남자다. 이신은 생각했다.

“그렇소, 난 감택이오.”

“그래, 감택이겠지.”

조조가 손을 바꿔 턱을 괴었다. 그의 냉랭한 반응에 감택은 목울대가 움직이지 않게 침을 삼켰다. 속을 짐작할 수 없는 차가운 표정에 목소리마저 싸늘했다. 역시 패국(沛國)의 조조. 절대로 여간내기가 아니다. 아니, 세상에서 가장 상대하기 어려운 남자라고 해도 과언이 아닐 것이다. 극도로 어려운 일 중의 하나가 속을 짐작할 수 없는 상대에게 자신의 의도를 관철시키는 것이다. 감택은 지금 그런 상황에 처해 있었다. 그는 겉으로 긴장된 기색을 드러내지 않으려고 애를 썼다.

"그쪽은 누구시오?"

태연을 가장한 목소리로 감택이 물었다. 조조는 단숨에 알아볼 수 있었다. 그러나 옆에 앉아 있은 흰 옷의 사내는 누구인지 짐작할 수 없었다. 분명 백의였지만 차라리 회색에 가까운 느낌이었다. 풍기는 감(感)에서 느껴지는 색깔이 그러했다.

"이신입니다."

분위기에 어울리지 않는 부드러운 미소를 띠며 이신이 말했다.

순간, 감택은 가슴이 철렁 가라앉는 기분이었다. 세상에서 가장 상대하기 힘든 사람이 두 명. 차라리 백만 대군에게 돌진하는 것이 더 쉬운 일일지도 모르리라. 식은땀이 관자놀이에 송글이 맺혔다. 입속의 이를 한 번 강하게 부딪치며 그는 냉철한 정신을 유지하려 노력했다. 옛말에 호랑이 굴에 들어가도 정신만 차리면 산다고 하지 않았는가. 하물며 자신이 직접 자처한 일임에야.

"중원의 명사(名士)를 한꺼번에 두 명이나 보게 되니 눈이 호강하는구려."

"이쪽이야말로 빌린 책을 한 번만 읽으면 잊는 법이 없다던 회계(會稽) 산음(山陰)의 덕윤(德潤:감택의 자)을 뵙게 되니 영광이로군요."

"……."

　이번만은 감택도 소스라치게 놀라 작은 신음을 흘리고 말았다. 조조와 이신의 신상을 아는 것은 어려운 일이 아니다. 촌구석의 아이도 알 만큼 유명하니까. 하지만 반대로 자신의 이름과 출신을 아는 것은 간단한 일이 아니었다. 강동 안에서만 조금 이름이 알려졌을 뿐, 넓게 보면 그리 큰 명성도 아니었기 때문이다. 그런데도 이신은 자신의 자(字)와 출신을 정확하게 알고 있었다. 실로 무서운 남자가 아닌가. 감택은 놀란 마음을 진정시키려 애썼다.

　"역시 조 승상의 세 번째 명검… 이 감 아무개가 오늘 크게 깨닫는 바가 있소."

　"모를 일이군."

　불현듯 조조가 가는 냉소를 지었다.

　"아니, 어차피 상관없지 않는가. 상관있는 것은 감택 그대가 이곳에 진정 무슨 의도로 왔냐는 것이겠지. 밀서(密書)라도 들고 왔는가?"

　"그렇소."

　감택이 침착하게 대답했다.

　"황개의 밀서를 들고 왔소이다. 그는 원래 삼 대에 걸친 동오의 충직한 신하였으나, 이번에 대단한 잘못도 없이 주유에게 욕을 보고 말았소. 왼손 검지와 오른손 약지가 잘려 더 이상 무기도 제대로 들 수 없게 되었단 말이오. 이에 그 분함을 이기지 못하고 황개는 나에게 함께 투항을 꾀해보자고 말했소. 비록 성은 다르지만 황개와 나는 형제와 다름없는 사이였기 때문이오. 그래서 결국 내가 이렇게 그의 밀서를 들고 몰래 조 승상의 진영에 오게 된 것이오."

　"흐음, 밀서를 보여주겠나."

"여기 있소."

조조는 감택에게서 밀서를 받아 들었다. 일단은 대충 짐작대로였다. 황개가 말을 실수하여 주유에게 처벌을 받은 소식 정도는 이미 세작을 통해 알고 있었다. 그것이 교묘한 위장인지 진정한 사실인지는 더 두고 보아야 알 일이었지만.

〈투항.〉

밀서에는 짤막하게 그렇게 적혀 있었다. 아무런 이유도 내용도 없는 엉뚱하기 짝이 없는 밀서였다. 그 밀서를 조조는 몇 번이나 면밀히 응시하였다. 생각이 짧은 제후였다면 장난으로 치부하여 금방이라도 갈기갈기 밀서를 찢으며 노해 감택을 처형했겠지만, 불행인지 다행인지 조조는 그런 제후와는 거리가 멀었다. 그 진의가 대충 같이 잡히는 듯 조조는 픽하고 차가운 웃음을 흘렸다. 제법 머리를 쓸 줄 아는 자들이다. 아니면 역으로 함정을 치는 것일지도.

"이런 애들 장난 같은 내용을 갈겨 쓴 것도 밀서란 말인가?"

짐짓 조조가 모른 척 감택의 속내를 떠보았다.

"그건……."

감택이 막 준비해 두었던 답변을 읊으려 할 때 이신이 그의 말을 끊었다.

"없애 버렸군요."

"뭐를 말이오?"

"밀서. 황개에게 받은 원래의 밀서 말입니다."

“…틀림없이 그렇소.”

감택이 조금 당황한 듯한 기색으로 대답했다. 설마 말하기도 전에 정확히 알아맞힐 줄은 생각지도 못했던 것이다. 과연 명불허전, 소문은 조금만치의 과장도 없었다. 정말 이런 인간들을 속여 넘길 수 있다는 것인가……? 감택은 눈매를 가늘게 찌푸렸다.

“왜 없앴는지 들어야겠군.”

조조가 입을 열었다. 짐작하는 것은 어렵지 않았지만 감택의 입으로 들을 필요가 있었다.

“만약 내가 조 승상에게 무사히 도착하지 못하면 밀서의 내용이 강동에 알려지게 되오. 그러면 황개가 처형을 받겠지. 그래서 죽어도 나 혼자 죽자는 생각에서 황개의 밀서는 태워 버렸소. 조 승상이라면 분명 알아줄 거라고 생각해서 말이오.”

“대단한 의리로군 그래.”

조조가 무덤덤하게 말을 받았다.

아직은 모른다. 진정한 투항인지 아니면 거짓된 위계인지. 그것을 판단하는 것은 감택이라는 작자와 더 대화를 나눠본 뒤가 될 것이었다.

“칭찬으로 듣겠소.”

감택이 능숙하게 조조의 말에 응했다.

“마음대로.”

조조는 슬며시 입끝을 비틀었다. 과연 투항의 사신이거나, 혹은 속 검은 사항계를 위한 돌이거나 상관없이 이만큼 적임자는 없었다. 속내를 쉽게 짐작할 수 없는 남자다. 그러면서도 확실히 할 말은 하고 있었다. 위(魏)에도 이렇게 능수능란하게 사신의 조건을 갖춘 자는 별로 없었다.

"어쨌든 황개의 밀서에 뭐라고 적혀 있었는지 들어야겠어. 그대는
한 번 본 것은 잊어버리지 않는다니 더욱 잘됐군."

"물론 기억하오."

감택이 고개를 주억거렸다.

"말해 보게."

"별것도 없소. 그저 항복하겠다는 의지가 담긴 내용이었을 뿐. 승상
도 알다시피 황개는 지금 단지(斷指)의 처벌을 받은 지 그리 오래되지
않아 함부로 몸을 움직일 수 없소이다. 마음은 간절하나 시기가 적절
치 않다는 말이오. 그래서 기회를 보아 승상에게 다시 연락을 준다고
했소. 다행히 직분까지 잃은 것은 아니고, 장병들의 신망도 두터운 사
람이니 분명 기회를 잡을 수 있을 것이오. 그리고 그때가 주유가 패망
하는 날이 될 것이외다."

"흠……."

조조가 눈을 가늘게 떴다.

말의 내용 자체는 딱히 의심갈 만한 구석이 없었다. '주인을 저버리
고 도둑질을 하는 데는 그때를 미리 정할 수 없다'는 옛말대로 만약 감
택이 정확한 날짜를 얘기했다면 의심이 가중됐겠지만 그는 그런 내용
은 입에 담지 않았다. 그저 다시 연락을 주겠다는 말을 했을 뿐이다.
태연하고 자연스러운 감택의 태도에서 무언가를 읽어낸다는 것은 쉽지
않았다.

"그렇다면 황개와 다시 연락을 취할 사신은 누구로 하면 좋겠느냐?"

"옆에 승상의 세 번째 명검이 있는데 왜 나에게 묻소?"

감택이 반문했다.

"난 그대에게 들어야겠다."

조조의 기색에서 무언가 심상치 않음을 짐작한 감택이 작은 숨을 내쉬며 마음을 가다듬었다. 자신을 떠보는 것이다. 답변이 그의 기대에 조금이라도 어긋난다면 되돌아올 수 없는 강을 건너고 말겠지.

감택은 슬쩍 이신을 쳐다보았다. 그는 입가에 묘한 미소를 짓고 있다. 왠지 눈에 거슬리는 그런 미소였다. 마치 마음속이 읽히는 듯한 느낌에 감택은 다시 그에게서 시선을 뗐다.

'제길…….'

대체 무슨 생각이야……? 감택의 눈썹이 미미하게 꿈틀거린다. 미리 생각해 둔 답변은 있었지만 불안하기는 매한가지였다.

"흐음… 그거야 뻔한 것 아니겠소?"

감택이 짐짓 태연한 척 입을 열었다.

"무슨 말이지?"

"승상이 누군가를 보내는 것보다 내가 또 한 번 그 역할을 맞는 것이 자연스럽지 않겠소? 누군가가 새로 황개에게 접근했다가는 필시 의심을 받게 될 것이오."

"……."

진짜인가……? 조조가 고개를 주억거렸다. 황개를 위해 자신의 목숨을 희생하려고 했던 인물이다. 만약 여기서 자신이 강동으로 가지 않고, 다른 이를 써야 한다고 주장했다면 조조는 주저없이 검을 빼어 들었을 것이다.

"그렇군, 그대가 다시 가야 한다는 말이지. 재미있군."

조조가 차가운 시선으로 감택을 훑었다. 감택은 그의 시선이 닿자 폐부가 얼어붙는 듯한 느낌에 심장이 터져 버릴 것 같았다. 쿵쾅대는 심장을 진정시키기라도 하듯이 감택은 땀이 밴 손을 가만히 움켜쥐었다.

조조의 말이 이어졌다.

"솔직히 그대의 말이 거짓이든, 진정이든 별 상관은 없어."

진심이었다. 설혹 고육에 의한 사항계라고 하더라도 그런 계책에 이런 규모의 대군이 큰 피해를 입을 확률은 별로 없었다. 하지만 반대로 감택의 말이 진실이라면 주유의 군대를 무너뜨릴 수 있는 결정적인 계기를 얻게 될지 몰랐다. 위험 가능성이 별로 없는 도박. 조조는 그렇게 생각하고 있었다.

"이쪽도 그런 건 상관없소. 그저 승상이 나의 진심을 믿어주길 바랄 뿐이오."

감택이 능숙하게 조조의 말을 받아넘겼다.

"이신, 그대는 어떻게 생각하지?"

조조가 시선을 이신에게로 돌렸다. 무언가 알겠다는 듯 미묘한 미소를 띠고 있는 그가 마음에 걸렸던 것이다.

"글쎄요."

이신은 조금 머뭇거렸다. 어쩔까……? 조조는 틀림없이 아직 의심을 거두지 않았을 것이다. 그런데 자신이 확고하게 적의 책략이 아니라고 단언한다면 더 의심을 부추길 우려가 있었다. 아니, 그게 아닌가……? 이신은 얽힌 생각의 실타래를 풀어내듯 슬쩍 눈을 감았다 떴다. 결론은 하나. 아무렇게나 대답한다.

그의 입이 다시 떨어졌다.

"제가 생각하기에는 고육계가 틀림없어 보이는군요."

'빌어먹을 자식……!'

순간, 감택은 가슴이 철렁 내려앉는 느낌이었다. 불구덩이에라도 들어간 듯 식은땀이 줄줄 흘러내렸다. 때 아닌 현기증이 머리 속을 핑핑 돌게 했다. 여기서 무어라 변명을 한다면 더 의심을 받게 되리라. 그는 그저 놀란 가슴을 진정시키며 벙어리처럼 침묵하는 수밖에 없었다.

"어떤 이유지?"

조조가 의외라는 눈길로 이신을 바라보았다. 이신은 지금 틀림없다고 단정 지었다. 그것이 마음에 걸렸다.

"그냥 느낌입니다. 대답이 너무 완벽한 것이 마음에 걸립니다. 보통 말에 허점 한구석 정도는 보이기 마련인데요. 이건 너무 철저하군요."

'목숨이 달린 일인데 철저한 것이 당연한 것 아니냐……?'

감택은 속으로 이신을 몇 번이고 씹어 먹고 싶었다. 그깟 심중 하나 때문에 일이 물거품으로 돌아갈 수도 있다니 절대 용납될 수 없는 일이다. 절대로.

"흐음."

조조가 심상치 않은 눈빛으로 고개를 갸웃했다. 그런 이유인가……? 하긴 그렇게 생각할 여지도 충분히 있었다. 그러나 단정 짓기에는 무언가 부족하지 않은가, 왜 이신은……. 게다가 감택은 아까부터 한마디 변명의 말도 내뱉지 않고 있다. 입을 열면 의심받을 거라고 생각하는 것일까.

"그대는 이신의 말을 어떻게 생각하지?"

조조가 추궁하듯 물었다. 조금이라도 목소리나 태도에 흔들림이 있다면 거짓이리라.

"어떻게 생각할 것이 있습니까? 나는 다시 한 번 승상이 진심을 알아주길 바랄 뿐이오."

조금의 멈칫거림도 없이 감택이 대답했다. 자연스럽다. 연기라고 생각할 수 없을 정도로 자연스러운 태도였다.

그것이 조조에게 어떤 확신을 내렸다.

"좋아. 믿겠다."

동시에 두 가지 웃음이 두 사람의 마음속에서 갈렸다.

이신의 쓸쓸한 미소와 감택의 쾌재의 미소.

연환과 고육의 계책은 결국 조조를 결박하고 만 것이다.

월명성희(月明星稀)

인간이 획책하고 준비할 수 있는 모든 것은 갖추어졌다. 남은 것은 하늘이 바람을 내려주기만을 기다릴 뿐.

주유는 눈을 감고 바람을 느꼈다. 아직은 아니다. 하지만 밤바람의 향기 속에서는 어떤 조짐이 일렁였다. 그것은 미미하게 흔들리고 있었다.

"달이 밝군요."

자연에 동화된 것처럼 꼼짝 않고 있던 제갈량이 입을 열었다. 휘황하게 쏟아지는 달빛이 대지에 요요하게 녹아들고 있었다. 그 아름다움은 어둠에 젖은 강가의 억새풀 숲과 어우러져 극치를 이루고 있었다. 묘한 정적이 그들을 감싸고 있다.

가만히 주유의 눈이 떠졌다.

“꿈결 같아요.”

왠지 공허한 기분이다. 달빛에 젖은 초목의 아득한 풍정도, 바람에 일렁이는 검은 물결도 환상 속의 산물같이 느껴진다. 무언가에 취한 듯한 눈으로 그녀는 멍하니 서 있었다.

“왜 고육계라고 말하지 않았소?”

언제 날아왔을까. 제갈량의 어깨에 까마귀 한 마리가 앉아 있다. 기이하게도 까마귀는 울지 않았다. 그저 이리저리 고갯짓을 하며 날개를 가끔씩 퍼덕인다.

주유는 신기한 광경을 바라보는 사람처럼 그를 바라본다. 까마귀가 인간과 저렇게 자연스럽게 어우러질 수 있다는 것이 믿기지가 않았다.

“까마귀는 전쟁에서 불길함의 상징 아니던가요? 빨리 쫓아내시는 것이⋯⋯.”

“괜찮소. 까마귀는 내 벗 같은 존재요.”

“네에?”

눈을 동그랗게 뜨는 그녀를 보며 제갈량은 픽 웃었다.

“그보다 내 질문에 답해주시오. 듣고 싶소.”

“얘기할 필요가 없다고 생각했어요.”

“나는 그렇게 머리 좋은 사람이 아니오.”

“상관없어요. 어차피 결과는 좋았으니까.”

주유가 한숨 쉬듯 미소 지었다. 솔직히 노숙을 베어갈 때 약간 걱정을 했던 것은 사실이었다. 일부러 급소를 피해서 베려고 하긴 했지만 제갈량이 막아주지 않았다면 노숙은 크게 다쳤을 것이다.

“대단한 사람이오, 황개라는 남자는.”

나라를 위해 자신을 희생한다라……. 말로 떠들기는 쉬워도 직접 행하기는 어려운 일이었다. 그러나 황개는 단호하게 그것을 실행했다.

"그저 미안한 마음뿐입니다."

주유의 안색이 어두워진다.

"모두 죽는 것보다는 한 사람이 희생하는 것이 낫지 않겠소. 이김으로써 보답하면 되니 너무 신경 쓰지 마시오. 당신도 알겠지만 지금 당신이 있는 자리는 모두를 일일이 신경 쓰다가는 배겨낼 수 없는 자리지 않소."

"……."

어쩌면 이번 전장이 그 노장군의 마지막 전장이 될지도 모른다. 그리고 지금까지 세운 공을 다 더해도 오히려 모자를 공을 세우게 될 것이다. 영원히 기억될.

주유는 그렇게 자신을 위로했다.

"그런데 난 무엇을 하면 되오?"

제갈량이 물었다. 첫 번째 수전에서도 그랬듯이 강에서는 별로 활약할 자신이 없었다. 아무래도 활을 쓰지 못하는 신체적 조건이 발목을 잡았다.

"조조를 벤다고 하시지 않았었나요?"

주유가 반문했다.

"그렇소."

"그렇다면 아직 검집을 차갑게 식혀두시는 게 좋을 것 같습니다. 가가의 검에 담긴 죽음은 단 한 번 조조의 앞에서 빼어 들면 족합니다. 그리고 그 순간, 가가의 공이 제일공(第一功)이 될 것입니다."

그녀는 진심으로 제갈량을 말리고 싶은 심정이었지만 차마 말리지는 못했다. 그를 말릴 수 있는 사람은 누구도 존재하지 않을 것이다. 어느 누구도.

제갈량은 분명히 강해졌다. 처음 본 순간 그것을 느끼는 것은 어렵지 않았다. 예전의 소름 끼치도록 타오르던 살의를 지닌 제갈량이 살검(殺劍)이라면 지금의 그는 혼검(魂劍)이었다. 살인만을 위해 다루던 검을 그야말로 영혼과 일체가 될 정도로 길들인 것이다. 그러나 중원 제일이라는 조조는 감히 측정할 수 없는 검술을 지니고 있었다. 진심으로 덤비는 조조의 일검(一劍)을 받을 수 있는 자가 몇이나 있겠는가.

"제일공이라……."

제갈량이 나직이 중얼거렸다. 애초에 이번 전쟁에 참전한 목적은 하나였다. 조조를 베는 것. 앞을 가로막는 갑갑한 돌벽을 부순다, 마치 그런 느낌으로. 그러면 다시 호흡을 할 수 있을 것 같은 생각이 들었다. 그러나 자칫 잘못하면 영영 망가져 버릴 거라는 것은 자명한 사실이었다. 영원히 다시는 숨을 쉬지 못할 것이다.

"어제 유 황숙에게 사신을 보냈습니다. 마지막으로 유비군과 함께 조조군을 멸할 시기와 방법을 조율해야겠지요. 아마 가가의 친구가 올 겁니다."

"방통?"

"그 사람밖에는 없겠지요."

"그 재수없는 낯짝을 오랜만에 보겠구려."

제갈량이 가는 미소를 띠며 말을 이었다.

"당신에게 무례를 범하면 베어버리겠소."

…물론 진심이었다.

그녀를 처음 본 느낌은 굉장히 어려 보인다는 것이었다. 삼십 줄을 넘어선 지 제법 됐다고 들었는데, 아무리 보아도 이십 중반의 여성으로밖에는 보이지 않았다. 피부가 깨끗하고 몸매가 늘씬하기 때문일까. 방통은 문득 제갈량이 부러워졌다.

"듣던 대로 아름다우신 분이로군요. 전 양양의 이름 없는 서생인 방통 사원이라 합니다."

몸에 밴 능숙한 미소를 띠며 방통이 고개를 숙여 보였다.

"집적대지 마, 사원."

반응은 엉뚱한 데서 돌아왔다. 제갈량이 싸늘한 시선으로 방통에게 한마디 툭 내뱉었다.

방통의 얼굴이 황당하다는 듯 살짝 일그러졌다.

"자넨 좀 빠져 있어. 내가 설마 남의 여자를 건드릴까 봐서."

'남의 여자' 라는 부분에서 주유의 얼굴이 조금 붉어진다. 기색으로 보아 저 재수없기로는 어디에도 빠지지 않는 제갈량에게 단단히 빠져 버린 것이 틀림없었다. 물론 그건 제갈량도 마찬가지였다. 방통은 혀를 차며 이 믿기 힘든 현실을 직시하는 수밖에 없었다.

"흥."

천하의 파락호 녀석. 제갈량은 코웃음을 흘리며 한 발 물러섰다. 어쨌든 이번 만남은 방통이 주역인 만남인 것이다. 머리 하나는 비상한 남자였으니까.

"방 선생의 말씀은 많이 들었습니다. 노름과 여자를 후리는 데에 당해낼 자가 없으시다고."

주유가 농담인지 아닌지 모를 어투로 입을 열었다.

공명 녀석……. 방통이 기가 막힌지 헛기침을 몇 번하고 어색한 미소로 화답했다.

"아, 뭐… 그건 잊어주시는 게 여러모로 좋을 듯싶습니다. 게다가 주랑 같은 분에게는 예외이기도 하구요. 저도 목숨은 하나랍니다."

방통의 시선이 슬쩍 제갈량을 향했다가 떨어진다.

"그보다 먼저 이쪽에서 한 가지 질문을 드리고 싶습니다."

"얼마든지."

"연환계는 주랑의 작품입니까?"

그는 내내 마음에 걸리던 질문을 던졌다. 확실한 판단을 내리기에는 꽤 애매한 상황이었던 것이다.

"아마 방 선생이 알고 있는 데로 일 겁니다. 저는 연환계에 관여한 적이 없습니다."

주유가 가볍게 고개를 저었다.

"그렇다면 적의 책략이 아니라는 것은 어떻게 단정 짓습니까?"

방통이 기다렸다는 듯이 물었다.

"글쎄요. 자세히 알려 드릴 수 없는 사정이 있습니다만. 그 부분에 관해서는 저를 믿으셔도 됩니다. 적어도 적의 이중 책략은 아니니까요."

"음."

방통이 알겠다는 듯 고개를 끄덕였다. 저렇게까지 확신이 있는 주유의 태도라면 확실히 믿는 구석이 있다는 거겠지. 그것이 무언지는 모르겠지만.

"그럼 적을 어떻게 격파할지만을 생각하면 되겠군요."

"화선(火船)을 앞세워 조조의 군선을 모조리 태워 버릴 생각입니다."

주유가 말했다.

"역시 화공이군요. 항복하는 배인 것처럼 위장하여 모두 조조의 군선에 장렬히 꼬라박을 예정입니까? 하지만 너무 많은 화선을 운용하면 조조에게 의심받을 텐데요."

"수십 척… 아니, 이십 척이면 충분합니다, 사슬로 묶인 조조의 배를 태우기에는."

방통은 상상했다. 짚과 나뭇더미를 잔뜩 실은 화선이 조조의 군선과 수채를 남김없이 활활 태우는 광경을. 하지만 한 가지가 부족했다. 불이 빠르게 조조의 진영 전체에 옮겨 붙기 위해서는.

"바람은 어떻게 할 생각이십니까?"

그가 물었다.

"동남풍… 말씀이군요."

주유가 천천히 눈을 깜박였다. 조조에게 한 가지 방심이 있다면 바로 이 바람일 것이다. 그리고 반대로 이쪽에서는 그 바람을 이용해야만 했다.

방통이 그렇다는 뜻으로 고개를 주억거리는 순간, 침묵하고 있던 제갈량이 입을 뗐다.

"나흘 후에는 불어."

"뭐가 말인가?"

“동남풍.”

“…….”

단정 짓듯이 말하는 제갈량을 보며 방통은 어이없다는 표정을 지었다. 신이라도 아닌 이상 어떻게 나흘 후의 날씨를 알 수 있단 말인가. 그것도 바람의 방향을.

“왜 그렇게 생각하세요?”

방통이 묻고 싶은 질문을 주유가 대신하듯 물었다.

“느낌으로 알 수 있소.”

조금의 망설임도 없이 제갈량이 대답했다. 어떤 확신에 차 있는 듯한 기색으로.

“어이… 설마 저런 황당무계한 소리를 믿는 것은 아니겠죠, 주랑?”

“가가의 말이라면 믿어요.”

주유의 얼굴은 진지했다. 그리고 그런 그녀의 반응이 방통을 당혹스럽게 만들었다.

뭐야… 농담이 아니라고……. 저런 말을 믿고 출병 날짜를 잡았다가는 큰 봉변을 당할 수도 있다. 방통이 고개를 절레절레 저으며 당황스러운 손짓을 해 보였다.

“우리 냉철하고 이성적으로 갑시다. 이성적으로요.”

“때로는 이성보다는 감성에 의지하는 것이 더 나을 때가 있지요.”

“주랑.”

“동남풍이 불기 시작할 때 결행 날짜를 잡으면 이미 늦어요. 이번에는 가가의 말을 믿어주세요. 가가는 보통 사람과는 좀 다른 감각을 가지고 있어요.”

“……..”

어떻게 저렇게 추호의 의구심도 가지지 않을 수 있는 거지? 조금이라도 실수한다면 강동의 운명이 파멸로 치달을 것은 뻔한 사실이었다. 그렇게까지 제갈량을 믿는 건가, 아니면 그녀 나름의 확신이라도 있는 것인가. 방통은 쓰게 입끝을 비틀었다.

“확신하는가?”

그의 시선은 제갈량을 향해 있다.

“그래.”

“흐음…….”

납득할 수 없었다. 그러나 믿고는 싶었다. 솔직히 불안하기 그지없었다. 하지만 어쩌랴, 마땅한 대안이 없는 것을. 마치 도박이라도 하는 심정으로 수만이 넘는 목숨을 걸어야만 하는 것인가. 이런 일이 있어서는 안 된다. 군략(軍略)이라는 측면에서라면 더욱더.

방통이 입을 열었다.

“두 번의 기회란 없네.”

“그 말을 사원 당신에게 돌려주고 싶군.”

“좋아… 좋다구. 어디 한번 믿어보지.”

방통이 결국 낮게 한숨을 토해내며 그렇게 말하고 말았다. 자신의 움직임이 제갈량에게 귀속되고 말다니 정말이지 최악의 기분이다. 그는 속으로 실소를 금치 못했다.

“그럼 거사 일은 오늘로부터 나흘 후로 하지요. 당장 조조에게 미끼를 던져 놔야 하겠군요.”

주유가 말했다. 그녀는 탁자에 펴놓은 지도를 시선을 떼지 않고 응시하고 있었다.

"이미 반쯤은 물었지만 조조는 조금이라도 쓴맛이 느껴지면 다시 미끼를 뱉을 것입니다. 주랑께서는 어떻게 하실 작정이신지 듣고 싶군요."

"황 공복의 아들이 제 아비의 치욕을 씻기 위해 선봉을 자청하고, 제가 그것을 허락한 것으로 할 생각입니다. 조조 쪽에서 보면 다시없을 절호의 기회겠지요."

"역시 주랑이시군요."

방통은 이의가 없다는 표정이었다. 충분히 납득 갈 만한 구실이었던 것이다. 이번만큼은 제아무리 조조라도 쉽게 빠져나올 수 없으리라.

"그러면 이제 육지에서 조조를 때려잡을 일만 남았군요."

방통이 손에 쥔 흑선을 만지작거렸다. 그의 눈도 주유를 따라 유심히 지도를 바라본다.

잠시 동안 막사 안에 정적이 감돈다. 하지만 그것은 아주 잠시였을 뿐이다.

주유의 가는 손가락 끝이 천천히 지도를 짚어간다.

"오림(鳥林), 황주(黃州), 한양(漢陽), 이릉(彝陵)……."

"화용도(華容道)."

방통이 그녀의 말을 이어받았다.

"화용도?"

"틀림없이 이곳으로 올 겁니다. 예상대로 전쟁이 끝난다면."

"…그렇군요."

주유가 고개를 끄덕였다. 하긴 조조의 성격이라면 다소 험하더라도 가까운 길을 택할지 모른다. 그렇다면 그가 화용도를 지날 가능성은 높았다.

"아군은 수가 적으니 오림과 이릉, 그리고 화용도에만 군사를 보내겠습니다."

방통이 입을 열었다. 그가 말한 곳은 지금 유비가 머물고 있는 번구에서 비교적 가까운 곳들이었다.

"그렇게 하시지요."

주유가 순순히 승낙했다. 최대한 병력의 피해를 막아보겠다는 속셈인 것은 짐작했지만 그녀는 일부러 내색하지 않았다. 어차피 이 전쟁이 끝나면 차후를 위해서라도 유비에게 형주를 어느 부븐 떼어줘야 할 것이었다. 그리고 그것은 그녀의 구도에서 어긋나지 않았다.

'마음을 모질게 먹지 않은 것을 나중에 후회하게 해주겠소, 주유 아가씨.'

방통이 속으로 중얼거렸다. 평소의 냉정한 주유였다면 지금쯤 그 문제로 밀고 당기기를 하고 있었을 것이다. 둘 다 급하기는 매한가지지만 더욱 급한 것은 유비 쪽이다. 결국 그녀의 손을 들어줄 수밖에는 없었을 것이다. 그러나 제갈량의 주공이라는 이유 하나만으로도 그녀의 마음을 느슨하게 하는 데에는 문제가 없었다. 그것이 주유가 순순히 승낙한 이유일 것이다.

하지만 병력이 적다고 이곳을 언제든지 무너뜨릴 수 있다고 생각하면 오산이다. 적어도 그녀가 죽은 후라면.

"아, 그리고."

방통이 문득 생각났다는 듯 입을 열었다.

"네?"

"화용도에는 공명을 보내겠습니다. 그건 그의 숙원이기도 하니까 말입니다."

"……."

순간, 주유의 얼굴이 어두워진다. 그가 한 말이 무슨 의미인지 이해했던 것이다.

"그곳에 가면 조조를 만날 수 있나?"

제갈량이 묘한 시선으로 방통을 바라본다. 전의에 불타오르는 것 같기도 했고, 흥분에 젖어 있기도 한 것 같은 눈이었다. 확실한 것은 그의 감정이 동요하고 있다는 것이었다.

"아마도."

방통이 눈가를 찡긋해 보였다.

*　　　　*　　　　*

주유와 방통의 밀약이 있은 지 하루가 지났다.

또 한 번 감택이 조조의 진영을 방문했다. 정확히 첫 방문으로부터 일주일 후.

때는 달이 이상하리만치 휘황하게 밝은 밤이었다. 촛불을 아른하게 밝힌 조조의 막사 안에서 감택은 마른침을 꿀꺽 삼켰다. 이번에는 이신은 보이지 않았다. 과연 믿어줄까? 조조의 변함없는 얼음 같은 눈을 진지하게 응시하며 그는 팽팽하게 긴장된 신경을 곧추세웠다.

"좋은 소식이라도 가져왔는가."

조조의 앞에는 딱 보기에도 예리해 보이는 보도 한 자루가 놓여 있었다.

그 날카로운 빛을 발하는 광채만으로도 왠지 속이 섬뜩해져 와 감택은 가볍게 숨을 몰아쉬었다.

"그렇소이다."

"뭔가?"

조조가 물었다.

"황개로부터의 전언이오. 이번에 간신히 몸을 뺄 기회가 생겼다는 것을 알려주려고 온 것이오."

감택은 실수하지 않도록 조심하며 대답했다. 이건 대사(大事)다. 자신에게는 마지막이 될지 모르는 대사.

"말하라."

"사흘 후, 파양호(鄱陽湖)로 오군의 군량을 나르는 일이 생겼는데 그 일을 황개의 아들놈이 맡게 되었소. 물론 황개도 몰래 그 배에 올라탈 작정이오. 바로 그 군량선들과 약간의 군선들을 이끌고 승상에게 항복할 생각이외다. 뱃전에 청룡아기(靑龍牙旗)를 꽂을 테니 그것을 신호로 알아주시오. 비록 수는 많지 않지만 오군의 사기를 꺾는 데 결정적인 역할을 할 것이오."

"시간은?"

"군량 나르는 일은 으슥한 삼경(三更)쯤에 출발하기로 했으니 그렇게 알아두고 준비해 두시면 될 것이오."

"……"

조조는 고개를 미미하게 갸웃하며 보도의 옆면을 손가락으로 쓸어

내렸다. 금속의 서늘한 감촉이 손끝을 묘하게 자극한다.

확실히 흥미를 끌 수밖에 없는 말이다. 강동에서 황개 정도의 인물이 투항한다는 사실이 알려지면 그때부터 걷잡을 수 없이 투항의 물결이 이어질지도 몰랐다. 물론 군의 사기도 엄청나게 떨어지겠지. 그것이 함정일 가능성이 있어도 조조가 손을 뗄 수 없는 이유이기도 했다. 조금의 피해가 있더라도 한번 던져 볼 가치가 있는 패(牌)가 아닌가.

"그대의 말은 너무 달콤해."

조조의 입이 천천히 떨어졌다.

"……"

"달콤한 것은 속에 독을 감춰두기 마련이지. 물론 아닌 경우도 있지만."

조조의 말에는 아무런 감정도 배어 있지 않았지만 그 어떤 칼날보다도 날카롭게 감택의 가슴을 도려냈다. 감택은 애써 태연하려고 애를 썼다. 그러나 그의 뺨은 가볍게 떨리고 있었다. 촛불의 빛이 어두워서 표정이 잘 드러나지 않는 것을 그는 천지신명에게 감사해야 했다.

"재밌는 말이외다."

감택이 태연한 척 미소 지었다.

"내가 그대의 말을 거짓으로 생각하지 않은 것을 다행하게 여겨야 할 거야."

"승상이야말로 내 말을 믿은 것을 다행으로 여기게 될 것이오."

슬며시 조조의 입꼬리가 차게 비틀렸다. 그리고 그의 손이 보도를 들어 초의 불빛을 절단해 버렸다. 순식간에 적막 같은 깜깜한 어둠이 그들을 휘감았다.

"가라. 사흘 후에 보지."

그의 그 말이 떨어질 때서야 감택은 잔뜩 긴장되어 있던 어깨를 부들 떨었다.

"술자리란 말입니까?"

이신이 생각에 골몰히 잠겨 있던 눈동자를 장료에게로 돌렸다.

"예, 승상께서 분명 그리 말하셨다고……."

"지금?"

"이미 다른 관료들도 부르셨다고 들었습니다."

장료도 이번 조조의 부름이 의외라는 표정이었다. 전장에서 갑자기 술자리라니. 평소의 조조답지 않은 행동이었다.

"그렇군요."

이신이 고개를 끄덕였다. 그러고 보니 오늘인가. 조조가 배 위에서 관료들에게 주연을 베푼 뒤에 유명한 횡삭부시(橫朔賦詩)를 읊은 것이. 그렇다면 적벽의 대패도 멀지 않았다는 말인가. 왠지 기분이 터무니없이 울적해진다. 꼭 소중한 무언가를 잊어버린 사람처럼.

"내키지 않으십니까?"

장료가 물었다.

"아니요. 그저… 오늘은 아주 특별한 술자리가 될 것 같군요."

이신이 마른 미소를 지었다.

그가 직접 제안한 연환계. 그 수십 척을 이어 만든 커다란 배 위에서 주연이 벌어졌다.

달은 그날따라 아련하도록 밝았다. 촛농처럼 녹아 부서지는 달빛이
배 위를 훤하게 비췄다. 평소라면 앞이 제대로 보이지 않을 정도로 어
두웠겠지만 그날은 달랐다. 마치 수십 개의 촛불이라도 밝힌 듯한 그
런 느낌이었다.

"모두들 사양 말고 들게."

조조가 말했다.

벌써 몇 번 술잔이 돌았는지라 술이 약한 이들 중에는 이미 취기가
오른 사람들도 있었다.

"무슨 생각이실까요?"

옆에 있던 순유가 이신의 빈 술잔에 술을 채우며 조그만 목소리로
그에게 물었다. 뜬금없는 주연에 순유도 황당한 듯싶었다. 비록 주연
의 분위기는 나쁘지 않았지만 어딘가 찜찜한 것은 참을 수 없었던 것
이다.

"역병으로 뒤숭숭한 군의 사기를 높이려는 것이겠지요."

이신이 대답했다.

"단지 그 이유뿐일까요?"

순유의 백지처럼 지나치게 하얀 뺨이 조금 씰룩였다. 그것을 생각해
보지 않은 것은 아니다. 하지만 단순히 그 이유만으로 생각하기에는
조조라는 남자의 평소 성격과는 너무 거리가 멀었다. 분명 다른 이유
가 있을 것이다. 그는 그렇게 생각했다.

"마실 때는 그냥 마시는 거지 무슨 잔생각이 그렇게 많소이까?"

하후돈이 순유에게 핀잔하듯 말했다.

"그렇긴 하지만……."

"하지만은 없소."

하후돈이 피식 웃었다. 이들은 모르고 있다. 조조는 젊었을 때 결벽이라고 느껴질 정도로 단 한 번도 술을 입에 대지 않았다. 그런 그가 술을 처음 입에 댄 것은 사람을 처음으로 죽였을 때였다. 살인의 업(業)을 짊어지기 시작할 때 술도 시작했다. 그리고 성장했다. 분명한 것은 그가 지금 주연을 베푼 것은 단단하게 각오했다는 의미라는 것이다. 절대로 걱정할 껀덕지 따위가 있는 주연이 아니었다. 아마 그는 며칠 사이에 크게 군대를 일으킬 작정인지도 몰랐다.

"좋은 말씀이군요. 한 잔 받으시지요, 맹하후 장군. 자고로 술잔은 여인에게 받아야 제 맛인 법이지요."

사마의가 싱긋 웃으며 하후돈에게 잔을 권했다. 그러면서도 놀리는 듯이 맹하후라고 부르는 것만은 잊지 않는 그녀였다. 희고 가는 손가락이 천천히 술병을 잡아간다.

"오늘만은 눈감아 주지."

하후돈이 어색하게 입을 비틀어 미소 지었다. 대패한 박망파 전투에 그녀를 억지로 데려간 죄책감이 있는지 그 후 하후돈은 약간은 그녀에게 너그러워진 편이었다. 과연 언제까지 갈까는 의문이었지만.

"그거 영광이군요."

절세가인의 미소. 그것만큼 술자리의 분위기를 띄우는 것이 있다던가. 그런 측면에서 사마의의 주변에 있는 남자들은 행운을 잡은 셈이었다. 게다가 습관처럼 웃음이 잦은 사마의가 아니던가.

"저도 한 잔 따라주시죠."

이신이 순유에게서 받은 잔을 비우며 말했다.

"어머, 위대하신 대사마께서는 바로 옆에 아리따운 부인이 계시지 않습니까."

다소 짓궂은 표정으로 사마의가 입을 열었다.

"괜찮아요, 사마 소저. 상공께서도 가끔은 싱그러운 아가씨가 따라 주는 술을 드셔야 기운이 나실 테니까."

장료가 태연한 얼굴로 사마의의 말을 받았다.

"멋진 부인이시로군요."

미소로 화답하며 사마의가 손을 뻗어 이신의 잔에 술을 따랐다. 그녀가 술을 다 따를 때까지 물끄러미 바라보고 있던 이신이 입을 열었다.

"까마귀군요."

"네?"

"저기."

이신이 손가락으로 반대쪽을 가리켰다. 그곳에는 바람에 나부끼는 군기(軍旗) 위에 까마귀 한 마리가 앉아 있었다.

까악. 깍.

검은 날개를 퍼덕이며 까마귀가 울부짖었다.

순식간에 술자리의 분위기가 묘해진다. 전장에서 까마귀가, 그것도 이 밤중에 울어대다니. 불길하고 기분 나쁜 일임에 틀림없었다.

"저놈이 재수없게."

허저가 이맛살을 찌푸리며 까마귀를 쫓으려 했지만 조조가 그를 저지했다. 허저는 영문을 모르겠다는 눈으로 조조를 바라보았다.

"저 까마귀가 왜 이 밤중에 우는가?"

조조가 눈을 가늘게 떴다. 그의 시선은 까마귀가 아니라 그에 투영된 어떤 것을 보고 있었다. 어둠과 동화된 듯한 눈동자, 핏기 없는 얼굴, 펄럭이는 빈 소매, 그리고 살의 어린 칼날……. 왜 갑자기 그 남자가 뇌리를 스쳐 지나갔는지 알지도, 알고 싶은 마음도 없었지만 한 가지는 확실했다. 정신이 어둠 속에 녹아든 듯 흐릿하고 숨이 막히는 이런 기분은 오랜만에 느껴본다는 것.

"달이 너무 밝아 날이 샌 줄 착각하고 둥지를 떠나 운 것 같습니다. 그리 개의할 것조차 못되는 일입니다."

옆에 있던 한 관료가 급히 일어나 적당한 말로 얼버무렸다. 그러자 좌우에서 그렇다고 맞장구쳤다. 차마 불길하다고 말할 수는 없는 일 아닌가.

"그런가."

조조가 무심히 중얼거렸다.

"어서 쫓아버리시지요."

정욱이 권했다. 군기에 오른 까마귀. 아무리 생각해 봐도 좋은 징조는 아니다.

"맹덕은 사해(四海)를 종횡하며 천하를 질타한 영웅이네. 어찌 미미한 까마귀 따위에 신경 쓰는 겐가. 그건 이 얼빠진 하후원양도 하지 않는 짓이네."

하후돈이 별것 아니라는 투로 입을 열었다. 그는 허저에게 빨리 까마귀를 쫓아버리라는 눈짓을 보냈다. 그제야 허저가 머뭇거리며 손으로 까마귀를 쫓았다. 까마귀는 까악, 하고 길게 한 번 울더니 남쪽으로 날아갔다.

그리고 한줄기 짧은 여운이 술자리를 감쌌다. 차가운 소나기라도 한 바탕 쏟아진 듯한 여운이었다.

"뭐 하는가. 어서 술을 들게."

하후돈이 재촉했다. 좀 어색해진 주연의 분위기를 다시 수습하려는 의도에서였다. 물론 그가 조조에게 자신의 생각을 거리낌없이 내뱉을 수 있는 몇 안 되는 공신(功臣) 중 하나였기에 가능한 일이었다.

"아, 그렇군. 이럴 때는 가장 아끼는 신하에게 술을 받는 것이 좋겠어. 그렇지 않소, 대사마?"

"누구의 명이라고 거역하겠나이까."

하후돈의 말에 이신이 웃음을 흘리며 과장된 몸짓으로 몸을 일으켰다. 그가 천천히 조조에게 다가갔다.

"좋은 안주가 날아가서 심히 아쉽군요."

평소답지 않은 이신의 농담에 좌중에서 대소(大笑)가 터져 나왔다. 조조의 입가에도 설핏 차가운 실소가 그려진다. 이신의 말이 이어졌다.

"술자리에서 노래가 빠지면 그건 이미 술자리가 아닌 법입니다. 어디 흥을 돋우기 위해 되도 않는 말재주지만 제가 한 수 띄워보겠습니다."

"호오, 대사마의 노래라."

하후돈의 눈이 이채를 띠었다. 그뿐만 아니라 좌중의 관료들도 치미는 호기심을 참을 수 없었다. 군략과 전술을 읊어대는 이신의 모습은 익히 봐왔지만 노래를 읊조리는 이신의 모습은 한 번도 본 적이 없었기 때문이다. 심지어 그와 오랫동안 함께한 부인조차도.

"대사마… 오늘 이상하네요?"

사마의가 별걸 다 보겠다는 눈으로 장료에게 물었다.

"저도 저런 모습은 처음이에요."

그래도 장료의 생각에는 이상하다기보다는 현혹적이라는 표현이 옳을 듯했다. 그녀는 이신에게서 궁금증 어린 시선을 떼지 못했다.

"어디 한번 들어보고 싶군."

조조가 이신이 따라준 술잔을 단숨에 들이키며 말했다. 그도 이신의 시재(詩才)가 어느 정도인지 궁금한 것은 마찬가지였다.

"물론 사양하지 않겠습니다."

이신이 고개를 끄덕이며 조용히 노래를 읊조리기 시작했다.

白狐向月號山風 흰여우 달을 향해 짖으니 골바람 일어나고

冬寒掃雲留碧空 겨울 추위는 구름 쓸어가 창공만을 남겼어라

玉煙靑濕白如幢 수풀 속 옥빛 안개 흰 깃발처럼

銀灣曉轉流天東 은하수 새벽 맞아 하늘 동편에 앉았어라

漆恢骨末丹水沙 새까만 옻나무 재, 하얀 뼈, 빨간 단사(丹沙)같이

凄凄古血生銅花 흥건히 흐른 옛 전사자(戰死者)의 피는 쇳조각에 피운 꽃

黑雲壓城城欲摧 검은 구름은 성을 눌러 성벽은 무너질 듯

甲光向月金鱗開 달빛에 갑옷은 금빛 비늘 번쩍이네

角聲滿天冬色裏 나팔 소리 겨울 하늘에 가득히 울려 퍼지고

塞上燕脂凝夜紫 성벽 위 연지빛 피는 밤에 자색으로 엉긴다

이신이 노래를 끝내자 주연의 분위기가 순식간에 기묘해졌다. 시구(詩句)는 아름답기 그지없었지만 그 내용은 한없이 음울하고 전쟁 전의 비장감을 표현하는 노래였던 것이다. 절대로 이런 술자리에 어울리는 내용은 아니었다. 목숨을 건 전장으로 떠나기 전에 부르는 노래라면 모를까.

어련하다는 표정의 사마의와 어딘가 아연해 보이는 장료의 얼굴이 어색하게 대비된다.

밤에 홀로 우는 까마귀에 이어 아군의 명장에게서 흘러나오는 비장 어린 시라……. 황당무계한 옛 설화라고 해도 이 정도는 아니었다. 모두들 어딘가 한 방 먹은 듯한 표정이다.

당(唐)의 시인 이하의 시를 조금 개작한 시를 읊조린 이신은 의미 모를 애매한 눈길로 조조를 바라보았다. 특별히 도발적인 의도가 있는 것은 아니었다. 그저 적벽의 대전(大戰)을 앞둔 스스로의 감정에 취해서 좋아하는 시를 읊은 것일 뿐이었다. 그러나 조조의 눈에는 어떻게 비칠지… 이신은 속으로 쓴웃음을 지었다.

"좋은 노래로군."

뜻밖에도 조조는 한 가닥 냉소를 흘렸다. 이곳에 어울리고 아니고를 떠나서 확실히 좋은 문장이다. 시 속에 나오는 것처럼 핏빛 전쟁터에서 흰 여우가 창백한 달빛 속에 홀로 울부짖는 정경이 눈앞에 그려지는 듯하다. 그리고 그 시 속의 화자는 아마 이신이겠지.

그의 말이 이어졌다.

"하지만 나를 따라 그 검으로 여포를 죽이고, 원술을 북쪽에서 객사(客

死)하게 했으며, 원소를 멸망케 한 천하의 명장이 입에 담기에는 적절하지 않은 노래로군. 겨우 이 정도 전장에서 그런 노래를 읊조리다니. 그대도 나이가 들긴 들었군.”

“승상의 머리도 어느덧 흰머리가 덮었으니 세월이 흐르긴 흐른 게죠.”

이신이 입가에 공허한 미소를 그렸다. 조조는 이미 쉰 넷이다. 인생은 오십 년이라는데 이미 사 년이나 지난 셈이었다. 그리고 영원히 변하지 않을 것 같던 그도 변했다. 그리고 변한 것은 자신도 마찬가지였다.

“그저 흐른 세월의 감회에 젖어 그런 노래를 부른 것뿐입니다. 전쟁도 이제 지쳤으니까요. 저도 나약한 인간입니다.”

“그게 그대의 감회인가. 그렇다면 나도 나의 감회로 대답을 돌려주지.”

조조가 허리에서 검을 빼어 들었다. 의천의 찬란한 은백광이 순식간에 허공에 수놓아졌다. 북으로는 요동이요, 남으로는 형주까지 모든 천하를 피로 물들인 바로 그 검이 조조의 손에 의해 뽑아진 것이다. 그 지나칠 만치 요요한 칼날의 궤적은 그뿐만 아니라 모두를 감상에 빠뜨리기에 충분했다.

“얼마든지.”

이신이 고개를 끄덕였다.

조조가 검을 비껴들며 입을 열었다.

對酒當歌 술 마시며 노래하세

人譬如朝 우리네 인생 살면 얼마나 산다고

譬如朝露 아침 이슬과 같은 우리네 인생

去日苦多 흘러가 버린 세월 아까울사

慨當以慷 가락이 절로 서러워짐은

憂思難忘 맺힌 시름 떨쳐 버리지 못함이리

何以解憂 어이하면 이런 시름 잊으리까

唯有杜康 오직 술뿐이로세

青青子衿 사모하는 님들이여

悠悠我心 그리움에 지친 나의 마음 아시나이까

但爲君故 오로지 그대들이 보고파

沈吟至今 이제껏 괴로움을 읊조린다오

呦呦鹿鳴 사슴들 정답게 무리지어

食野之苹 들판이 풀을 뜯고

我有嘉賓 나에게는 훌륭한 손님들 모여

鼓瑟吹笙 풍악 울려 즐긴다오

明明如月 밝고 밝은 저 달빛

何時可掇 어느 날 비추임 거두리까

憂從中來 마음에 맺힌 시름

不可斷絶 떨쳐 버릴 수 없구려

越陌度阡 비록 길이 험하고 멀다지만

枉用相存 찾아와 안부를 묻고

契瀾談讌 모여서 담소하고 즐긴다면

心念舊恩 옛날의 정다움 되살아나리

月明星稀 달이 밝아 별은 드문데

鳥鵲南飛 까막까치는 남으로 날아가누나

繞樹三匝 나무 주위를 세 번 맴돌건만

何枝可依 어느 가지에 의지하랴

山不厭高 산은 높음을 마다하지 않고

海不厭深 바다도 깊음을 싫어하지 않는다네

周公吐哺 주공이 진정으로 현사를 맞이할 제

天下歸心 천하의 인심이 쏠렸네

천천히 조조의 노래가 끝났지만 그가 불렀던 운율은 이신의 입속에서 여운처럼 맴돌았다. 무심할 정도로 아무런 감정이 배여 있지 않은 목소리였지만 그 느낌만은 어느 것보다 장중했다. 난세에 태어나 그 시대에 아무도 넘보지 못할 공업(功業)을 이룬 남자에게서만 느낄 수 있는 분위기일까. 인생의 문제에서 시작해 천하통일의 포부로 끝난 그의 노래는 타오르는 불꽃같은 기개를 담고 있었다.

"월명성희(月明星稀)에 오작남비(鳥鵲南飛)라… 역시 승상다우시군요.”

이신이 나직이 입을 열었다.

조조다운 오만한 시구였다. 자신을 달에 비유하고 무너진 군웅들을 별에 비유해서 ‘달이 밝으니 별이 드물다’ 고 한 것이나, 유비와 손권을 까막까치에 비유해서 ‘남쪽으로 도망갔지만 결국에는 의지할 곳이 보이지 않는다’ 고 한 것이나 말이다.

“제대로 봤군.”

물론 그에게는 오만 같은 것이 아니라 절대로 질 리가 없다는 사실의 표현이었을 뿐이지만. 조조는 이번 전쟁에서 조금만치도 패배라는 생각은 머리 속에 담지 않고 있었다.

그는 검을 다시 검집에 집어넣었다.

“무운(武運)을 빌겠습니다.”

…이제 곧 들이닥칠 운명이라는 이름의 칼날에 대한.

이신은 눈을 감고 그렇게 중얼거렸다.

*   *   *

황개의 손가락이 잘렸던 바로 그곳에서 다시 모인 동오(東吳)의 무장(武將)들의 표정은 사뭇 진지했고, 어둠 같은 비장감마저 엿보였다. 무거운 분위기의 압력에 공기가 쉬이 흘러가지 않는 것처럼 느껴진다. 그들은 강렬한 눈빛으로 주유의 입을 주목하고 있었다.

주유의 선연한 적의(赤衣)가 꿈틀대듯 강풍에 흔들렸다. 그 바람은 동남풍이었다. 그녀는 서서히 등허리를 곧추세웠다. 그녀가 한 호흡을

가다듬고 나직이, 하지만 칼날같이 날카로운 목소리로 입을 열기 시작
했다.

"모든 제장(諸將)들께 고합니다. 저 주유는 오늘 한(漢)의 간적 조조
를 쳐부술 것을 결심했습니다. 제 마음에는 아무런 망설임도, 두려움
도 존재하지 않습니다. 피를 흘려야 한다면 흘리고, 목숨을 내던져야
한다면 내던지겠습니다. 지금이야말로 피를 흘리고, 목숨을 내던져야
할 때입니다. 지금까지 강동의 기반을 쌓아 올린 수많은 희생자들의
붉은 선혈의 흔적과 썩은 뼛조각 하나까지 우리는 기억해야 합니다.
그리고 그 숭고한 희생을 이어가야 합니다. 이 능력없고 미천한 주유
도 기꺼이 그럴 것입니다. 승리를 위해서."

"……."

주유의 열변에 분위기는 더욱 고조되었다. 극도의 긴장과 흥분이 그
들을 짓눌렀다. 심장의 박동이 주체할 수 없이 빨라졌다. 강동의 운명
을 건 출병이다. 그것도 조조를 상대로. 어찌 감정이 폭발할 듯 고조되
지 않을 수 있으랴.

"목숨을 바칠 각오가 되어 있는 제장들은 오군(吳軍) 도독인 저의 군
령을 받아주십시오."

"기꺼이 받들겠습니다!"

누군가가 격앙된 목소리로 외치자 그것은 역병처럼 전염되어 모두
가 군령을 받들겠다고 크게 소리쳤다. 개중에는 흥분을 이기지 못해
검까지 빼어 드는 이도 있었다. 강동의 의지는 하나로 결집되었다. 이
제는 조조를 격파하는 일밖에 남지 않았다.

주유는 힘을 주어 손을 꽉 움켜쥐었다.

"먼저 감녕 장군."

"말씀하십시오."

감녕이 열렬한 눈길로 주유를 응시했다.

"장군은 결사대 오백을 이끌고 남쪽의 강 언덕 쪽으로 향하세요. 어둠을 틈타 들키지 않게 조심스럽게 움직여야 합니다. 오림에 조조군의 군량이 있습니다. 그곳에 이르거든 몰래 불을 놓으세요. 그것을 군호(軍號)로 삼겠습니다."

"존명 받들겠습니다."

"명을 받은 제장들은 그 즉시 군사를 움직일 채비를 갖추고 시급히 출발하세요. 지체할 시간은 조금도 없습니다."

"그렇게 하겠습니다."

감녕이 고개를 깊이 숙여 보이고는 자리를 벗어났다.

다음으로 주유의 시선이 태사자를 향한다.

"말씀하시죠."

태사자가 예의 부드러운 미소를 지어 보였다. 좌중의 분위기와는 어울리지 않았지만 그라는 남자에게는 지독히 어울리는 그런 미소였다.

"장군은 군사 삼천을 이끌고 황주 경계로 달려가 합비(合肥)에서 오는 조조군을 저지하세요. 무리해서 격파할 필요는 없습니다. 그저 길을 끊고 버티기만 하면 됩니다. 혹여 조조군을 감당하기 힘들 경우 불을 놓아 신호를 하세요. 주공께서 직접 원군을 이끌고 오실 겁니다. 주공의 군기는 붉은 기입니다."

"쉬운 일이로군요. 주공께서 친히 수고를 하실 필요는 없을 겁니다."

태사자는 다소 오만하게 비칠 수도 있는 말을 내뱉었으나 주유는 굳이 지적하지 않았다. 그가 다른 누구도 아닌 바로 태사자였기 때문이다. 그의 말은 오만이 아닌 강한 자신감의 피력이었다. 그리고 그가 실수하는 일은 아마 없을 것이었다.

"여몽 장군은 삼천 군사를 이끌고 오림으로 가서 감흥패(甘興覇:감녕의 자)를 지원하도록 하세요. 조조의 군량뿐 아니라 진채와 목책까지 남김없이 태워 버려야 합니다."

주유의 명령은 머뭇거림 없이 계속됐다.

"능통 장군은 역시 군사 삼천으로 이릉 경계에 매복해 있다가 오림에서 큰불이 일거든 그때 군사를 움직이도록 하세요."

"알겠습니다."

"동습(董襲) 장군은 삼천 군사를 이끌고 한양으로 가서 한천(漢川)을 따라 세워진 조조의 진채를 쳐부수세요. 조금 있으면 흰 기를 앞세운 아군이 도우러 올 것입니다."

"예."

"반장(潘璋) 장군이 바로 그 아군입니다. 장군은 흰 기를 앞세운 병사 삼천을 이끌고 동습 장군의 뒤를 받치도록 하세요."

"그러도록 하겠습니다."

반장을 끝으로 육로로 보내는 병사들의 배치는 모두 끝났다. 주유는 잠시 숨을 고르고 수군을 세심히 배치하기 시작했다. 일 진은 한당, 이 진은 주태, 삼 진은 장흠, 사 진은 진무. 쓸 수 있는 고든 군선을 동원한, 모두 사 진으로 이루어진 촘촘하고 견고한 진형이었다. 설령 육군이 무너진다 하더라도 수군만은 기필코 격파하겠다는 의지의 표현이었다.

"끝으로 아무런 명도 받지 않은 제장들은 이 진채에 그대로 남아 지켜주세요."

그것이 주유의 마지막 명이었다.

제갈량은 검고 투박해 보이는 묵검의 날을 숫돌로 서걱서걱 갈고 있었다. 천하의 명검이자 마검(魔劍)이기도 한 그의 검은 굳이 날을 세우지 않아도 잘 베어졌다. 실제로도 그는 십 년이 넘는 시간 동안 날을 손본 적이 없었다. 그러나 지금의 그는 명백히 칼날을 세우고 있었다. 발과 한쪽 손만으로 하는 힘겨워 보이는 그 작업은 주유에 의해 멈췄다.

"칼날을… 갈고 계신가요?"

"다 끝났소?"

제갈량이 고개를 돌렸다.

"네, 저는."

"나도 끝났소."

제갈량의 손이 칼을 놓았다.

주유는 말없이 그의 가까이 다가가 섰다. 뭐라고 말해야 할지 모르는 사람처럼 그녀는 조금 망설이다가, 이윽고 붉고 촉촉한 입술을 열었다.

"가시는 겁니까?"

"그럴 수밖에는 없을 것 같소. 그와는 운명의 종착을 지어야 하니까."

제갈량의 목소리는 평소와는 다르게 짙은 감상에 서려 있다. 한쪽 팔을 잘리고 목숨을 적선받았다. 그 치욕은 지금에 와서는 단지 치욕만이 아닌, 뼛속 깊이 새겨진 강렬한 유혹 같은 충동이었다. 그의 행동을 결정짓는. 치욕을 갚겠다는 생각은 없어진 지 오래였다. 그저 죽여야 했다. 죽이지 않으면 견딜 수 없을 것 같았다. 혼란스러운 감정의 결착은 그렇게 단정 지어졌다.

"그저 한마디만 하겠습니다."

주유가 속삭이듯 말했다.

제갈량의 시선이 그녀의 우수에 찬 눈동자에 닿았을 때 그녀의 말이 이어졌다.

"…살아 돌아와 주세요."

감정을 억제하려고 애쓴 기색이 역력한 목소리였다. 그녀의 손이 가만히 제갈량의 옷가지를 부여잡았다. 그녀의 손은 부들 떨리고 있었다.

"물론이오. 절대로 당신보다 먼저 가지는 않소. 절대로."

"저는… 믿겠습니다."

천천히 그녀의 입술이 제갈량의 입술에 뜨겁게 겹쳐졌다. 열정 어린 그들의 숨 가쁜 입맞춤은 오래도록 이어졌다.

*　　　*　　　*

"동남풍인가."

조조가 중얼거렸다. 누군가에 묻는 듯 같기도 하고, 자신에게 되뇌는 듯도 한 어조였다. 대(大)군선의 뱃전에 걸터앉은 그의 옆에 꽂힌 군기가 바람에 흔들리고 있었다. 그 흔들리는 방향은 지금 부는 바람이 동남풍임을 가리키고 있었다.

이신의 얼굴에 미묘한 빛이 잠깐 어렸다가 사라진다. 책략을 눈치챘을까……? 조조라면 충분히 가능한 얘기였다. 지금 조조를 결박하고 있는 것은 교묘한 책략이 아닌, 바로 스스로의 오만이었다. 어느 정도 주의 깊은 자라면 알아챌 수 있는 심상치 않은 조짐 같은 것을 조조가 읽지 못했을 리 없다. 다만 무시하고 지나가는 것뿐이다. 그 정도 술수로는 해를 끼칠 수 없다는, 세상의 모든 제후를 쓰러뜨린 자만이 가질 수 있는 오만이었다.

'아니.'

이신은 살짝 고개를 저었다. 그를 처음 만났을 때도, 그리고 지금도 그가 가진 오만함과 발칙함은 변함없었다. 검 한 자루와 몸뚱이만이 그가 가진 전부였을 때, 그 짙은 색깔의 오만함이 그가 천하를 움켜쥘 수 있는 추진력이었을 것이다. 그것이 뒤집어엎고 싶은 세상에 대한 그가 할 수 있는 유일한 저항이었을 테니까.

'왔군.'

시력이 좋은 이신이 멀찍이서 배의 무리를 발견했을 때 그 배에는 푸른색 깃발이 흔들리고 있었다. 허저도 그것을 발견했는지 조조에게 말했다.

"승상, 배가 다가오고 있습니다. 푸른 깃발이 나부끼는 것을 보니 황개가 이끄는 배가 틀림없는 것 같습니다."

"음."

조조가 눈을 가늘게 떴다. 십여 척 정도로 보이는 배의 무리가 천천히 다가온다. 안개처럼 뿌연 달빛에 비치어 그 윤곽이 뚜렷하지는 않다. 조금만 더, 조금만. 배가 대하의 물결을 따라 한 마장 정도 다가왔을 때 조조가 입을 열었다.

"활과 쇠뇌를 쏘지 말고 그냥 맞이하라."

설령 배반이 아닌 속임수라고 해도 고작 십여 척의 싸움 배로 무엇을 어떻게 할 것인가. 조조의 머리 속에는 이미 동남풍의 걱정 따위는 흐릿하게 가라앉아 있었다.

"알았습니다."

허저가 조조의 명령을 병사들에게 전달했다. 처음에는 적선(敵船)의 기습인 줄 알고 잔뜩 경계했던 병사들도, 그게 아님을 알자 안도의 한숨을 내쉬었다.

그렇게 시간이 조금 지났다. 어느새 황개가 이끄는 배들은 확연하게 육안에 드러날 정도로 가까이 접근해 있었다.

"…승상."

먼저 이변을 알아차린 것은 정욱이었다. 그는 눈가를 가늘게 찌푸린 채 연신 고개를 갸웃했다.

"왜 그러지?"

"저 배… 좀 이상합니다."

"뭔가?"

"분명 군량선이라고 하지 않았습니까……? 군량을 싫은 배라면 필경 그 무게 때문에 뱃전이 물속에 많이 들어가고, 흔들림이 적을 것입니다. 그런데 저 배들은 가벼이 흔들리고 있을 뿐더러, 뱃전이 물 밖으로 많이 드러나 있습니다. 아무래도 저건 군량을 실은 배가 아닌 것 같습니다. 그렇다면……."

정욱이 말꼬리를 흐렸다. 그는 암울한 생각을 떠올리고 있었다. 수십 척씩 쇠사슬에 묶인 배, 그리고 동남풍. 만약 큰불이라도 난다면 어떻게 대처한단 말인가.

그가 입술을 꾹 깨물며 말을 이어 뱉었다.

"화공이라면……."

"건방진 년."

조조의 차가운 눈동자에 어떤 감정의 빛이 떠올랐다가 사라졌다. 그는 뱃전에 걸터앉았던 몸을 일으켰다. 칼로 베듯 단호한 동작이다. 그 정도로 이 조조를 어찌할 수 있다고 생각했나? 그런 술수로?

"당장 저 배들을 저지해라!"

싸늘한 목소리로 조조가 외쳤다.

'틀렸다.'

이신은 가만히 고개를 저었다. 큰 싸움배들은 쇠사슬에 모조리 묶여 쉽게 움직일 수 없었다. 지금 움직일 수 있는 것은 몇몇의 작은 군선들뿐이다. 그런 것으로는 황개의 배를 저지할 수 없었다. 결단코.

그는 옆에서 영문 모를 표정으로 서 있는 장료의 귀에 대고 작게 속삭였다.

"절대로 제 곁에서 떨어지지 마세요. 절대로."

"네……?"

"부인은 제가 지킵니다."

"……."

그제야 뭔가 심상치 않음을 눈치 챘는지 장료가 심각한 눈으로 이신을 바라보았다. 무언가를 말해 달라는 듯 그녀는 입을 열지 않고 그저 그만을 바라보고 있었다.

"이 싸움은 졌습니다. 이제는 스스로의 목숨만을 생각하세요."

"……."

장료는 어떤 말도, 고개를 끄덕이는 것도 할 수 없었다. 이 대군이 패배한다고……? 그럴 만한 조짐은 조금도 보이지 않았다. 설마 저 다가오는 배들을 말하는 것인가……? 하지만 저것으로 어떻게 할 수 있단 말인가.

그러나 그녀의 그런 떠오르는 부정의 감정들을 묻어버릴 만큼 이신의 목소리는 진지하고 간절했다. 그래서 그녀는 어찌할 바를 모르고 시선을 돌려 다가오는 동오의 배를 응시했다. 과연 저 어디에 그가 말한 치명적인 위험이 있는지 그것을 확인하기 위해.

"젠장, 서둘러라!"

그나마 물에 능숙한 문빙이 다급히 작은 군선들을 이끌고 적선을 가로막았다. 아니, 가로막으려고 했다. 그러나 너무 늦어 있었다. 적선이 이미 아군의 수채에 너무 가까이 근접하고 만 것이다. 비 오듯 화살을 쏴봤지만 희미한 달빛과 강한 풍랑에 일렁이는 배 위에서 제대로 조준이 될 리가 없었다.

"끝장이다, 조조."

황개가 얼핏 광기까지 어린 미소를 띠었다. 배에는 마른 나뭇가지와 짚더미가 가득 차 있었다. 이제 불만 지르면 바람을 타고 조조의 대군단은 그야말로 불바다가 될 것이다. 그는 손가락 여덟 개에 싸인 검을 힘차게 허공에 휘둘렀다.

"불을 붙여라!"

눈이 부실 정도로 강한 불이 갑자기 일었다. 그리고 그 불덩이는 조조의 수채에 부딪쳤다.

동남풍을 타고 순식간에 업화의 불길은 역병처럼 조조의 진채 전체에 옮아갔다.

그것은 소름 끼칠 정도의 장관이었다. 세상에 존재하는 모든 한(恨)을 담은 듯한 진홍(眞紅)의 불꽃이 연기와 함께 허공에 솟구친다. 그 불길은 달빛마저 삼켜 버린다. 사슬에 묶인 군선을 삼키고, 병사들의 목숨을 삼켜 버린다. 손을 꿈틀거릴 사이 없이 모든 것을 태워 버린다.

전쟁은 그것으로 끝이었다.

빗속의 비가(悲歌)

비가 쏟아졌다. 굵은 빗방울이 시야를 뿌옇게 흐린다. 차가운 겨울 비다. 몸이 참을 수 없이 덜덜 떨렸다. 옷 속에도, 신발 속에도 차가운 빗물이 축축하게 녹아든다. 가는 소름이 전신에 돋아난다. 처참한 몰골이다.

그때부터 며칠이나 흘렀을까.

시간이 얼마나 흘렀는지도 제대로 의식하지 못했다. 그런 것을 의식할 여유조차 없을 정도로 그들은 서슬 푸른 날을 세운 작두에 목을 끼운 반송장 같은 처지였다. 추락하고 있다. 한 치만 더 떨어진다면 골이 터지고, 피와 뇌수가 흘러나와 죽음에 이르리라는 것은 명백했다.

아직은 괜찮다. 아직은 살 수 있다. 조금만 더 가면 적들의 집요한 추격도 끝날 것이다. 그런 애처로운 위로들이 그들의 힘겨운 발걸음을 떨어지게 하는 유일한 출처였다.

"으윽……."

병사 하나가 이를 악물며 흘러나오는 신음을 참아낸다. 과장해서 백만이라고까지 호언했던 조조의 대군은 불과 수십여 기(騎)까지 줄어 있었다. 물론 행방 모르게 뿔뿔이 흩어져 살아남은 병사가 이게 다는 아닐 것이지만 군대가 처참하게 무너진 것만은 부정할 수 없는 사실이었다. 어쩌면 원소와의 관도 전투에 참전했던 장수들의 뇌리에는 겨우 오백 기만 황하(黃河)를 살아 건너 돌아간 원소군의 몰락이 그려지고 있을지도 몰랐다.

이미 그들은 제대로 된 군대가 아니었다. 패잔병이라면 응당 그러하듯이.

화상과 화살에 맞고, 칼에 찔린 상처조차 제대로 치료하지 못해 아무렇게나 천으로 감싼 전신의 상처에서 선혈이 배어나온다. 차가운 빗방울이 그들의 고통을 가중시킨다. 언제 쓰러져도 이상하지 않은 그런 부상자들을 움직이는 것은 꼭 살아야만 하겠다는 의지였다. 고통에 찬 가쁜 호흡을 내뱉으며 그들은 꿋꿋이 걷는다. 낙오되면 바로 죽음에 이를 것을 알고 있기에.

사지가 멀쩡한 병사들도 지치기는 마찬가지였다. 굳은 듯 무거운 발을 그들은 억지로, 억지로 떼어낸다. 삶을 향한 최후의 한 걸음을 내딛듯이 비장하게. 기운이 빠진 것은 말도 마찬가지였는지, 서황은 결국 쓰러진 말을 버려두고 터벅터벅 걸어야만 했다. 손에 들린 대부(大斧)가 그 어느 때보다 무겁게 느껴진다. 그는 대부의 날이 상하는 것은 아랑곳하지 않고 거의 질질 끌듯이 대부를 땅에 늘어뜨리고 있었다. 평소였다면 어림도 없는 일이었겠지만 지금의 그는 무인(武人)의 자세 운운하기에는 너무 지쳐 있었다.

벌써 며칠을 추위와 굶주림에 시달렸다. 적에게 야습을 당해 막대한 피를 흘린 이후로는 잠조차 제대로 자지 못했다. 가끔 쉬어갈 때 잠시 눈을 붙일 뿐이었다. 그러나 그것으로는 쓰러질 것 같은 피로감을 달래기에는 턱없이 부족했다. 게다가 찬비에 젖자 몸은 더욱 무거워졌다. 죽든 말든 그냥 이곳에 뻗듯이 누워버리고 싶은 생각이 간절하게 들 정도로.

"……."

이신은 말없이 장료의 손을 꼭 움켜잡았다. 누가 보아도 걱정스러운 손길이었다. 창백한 그녀의 안색은 이제 거의 밀랍과 같이 질려 있었다. 쑥 들어간 눈가는 애처롭게 보였고, 바짝 마른 파리한 입술은 이리저리 부르터 있었다. 평소에도 건강하지 않은 몸을 이렇게 혹사시키니 견딜 수 없는 것은 당연한 일이리라. 제대로 된 식사도 하지 못했고, 잠도 제대로 자지 못했다. 그녀는 거의 쓰러질 듯이 말 등에 몸을 맡기고 있었다. 그마저도 이신이 가련한 부인을 생각해 자신의 말을 희생한 것이다.

"상공……."

그런 지경에서도 장료는 이신을 염려하는 눈으로 바라보았다. 적들의 습격이 있을 때마다 그는 앞장서서 그들을 막았다. 그녀조차도 이신이 이렇게 이검(二劍)을 많이 뽑아 드는 것은 보지 못했다. 설령 목숨이 경각에 달린 상황이라고 해도 저렇게 잔인한 손속으로 적을 살해하는 이신은 상상도 해본 적이 없었다. 적에게서 튄 피와 자신의 선혈,

그리고 빗물이 뒤섞여 그의 백의(白衣)는 엉망진창의 색을 띠고 있었
다.

　죄책감이나 위선에 가까운 자기 위로… 무엇이라도 좋았다. 이신은
지금 복잡한 감정에 사로잡혀 있었다. 그리고 그 복잡한 감정은 적병
을 베야만 한다는 의무감에 가까운 갈망으로 이어졌다. 결국에는 자신
이 죽인 것이나 다름없는 아군의 목숨과 그 무게감이 그를 억누르고
있었다. 단지 스쳐 지나가는 목숨일 뿐이다. 어차피 조금만 시간이 지
나가면 망각처럼 잊어버린다. 그가 원래 살던 세상이었다면 그랬을 것
이다. 아니, 지금도 그랬다. 너무 많은 죽음을 눈과 귀로 접하다 보면
무감각해지게 된다. 물론 그도 그랬다. 자신이 직접적으로 사랑하고
아끼는 이들이 아니라면.

　그러나 이번에는 그런 무감각의 감정마저도 흐릿해질 정도로 무거
웠다. 밤새 나쁜 꿈을 꾼 것처럼 기분이 불쾌하다. 가슴이 울렁이고 끈
적거린다. 자신에게 이런 감정이 있었던가……? 마치 내면 세계를 손
톱으로 샅샅이 파헤치는 듯이 마음이 어지러웠다. 살기 위해서다. 단
지 나와 하나밖에 없는 부인이 살기 위해서다. 그것뿐이다. 그는 그렇
게 몇 번이고 자신에게 중얼거렸다.

　“괜찮으세요……?”

　힘이 없는 조그마한 목소리로 장료가 말했다.

　“저는 괜찮으니 걱정하지 마세요.”

　이신이 그녀를 안심시키려는 듯 창백한 미소를 지어 보였다. 먹물을
종이가 아닌 비단에 쏟아 부은 듯이 어색한 미소였다. 그는 곧 긴 한숨
을 내쉬었다.

"그보다 부인이 걱정입니다."

"아직은 괜찮습니다."

그녀가 혼신의 힘을 다해 버티는 것이 역력했다. 이 비참한 패잔군의 짐이 되지 않기 위해서라도 그녀는 정신을 놓아버릴 마음은 없었다. 설령 목숨을 잃는 순간까지도 적의 심장에 화살을 꽂아 넣을 것이다. 제대로 당길 수 있을지는 모르겠지만.

"부디 조금만… 조금만 더 참아주세요."

그들은 화용도로 향하고 있었다. 이제 화용도만 넘으면 적들의 추격은 끝이다. 적어도 이신은 그렇게 알고 있었다. 그곳에 관우가 직접 이끄는 소규모의 군대가 매복하고 있을 것이다. 그리고 천하를 거의 움켜쥘 뻔했던 조조의 비참한 몰골을 본 관우는 차마 손을 쓰지 못하고 그냥 보내주고 만다. 자신이 인정하는 제일(第一)의 검객이 그런 모습을 보인다는 것을 스스로도 용납하기 싫었을 것이다. 관우의 성격이라면 충분히 가능성있는 얘기였다.

그러나 잠시 후, 이신은 자신이 마약에 취한 것 같은 망상을 하고 있었다는 것을 인정하지 않을 수 없었다.

"…기다렸어."

빗속의 길 한복판에 그가 있었다. 아무런 감정도 없는 검은 눈동자가 여전히 고정된 유리처럼 그곳에 박혀 있다. 비에 젖은 검은 옷이 감정을 감춘 듯 차갑게 느껴진다. 하나밖에 없는 손에 들린 흑색의 검만이 살아 있는 생물처럼 숨을 쉬고 있었다. 오싹할 정도로 광기 어린 숨결이 그곳에서 느껴진다. 그것은 검은빛의 갈망이었다.

"제갈량."

천천히 조조의 입에서 그의 이름이 흘러나왔다.

"젠장……."

허저의 입에서 무심결에 신음 소리가 터져 나왔다. 상대는 혼자였다. 그러나 그런 것쯤은 이미 상관없었다. 이쪽은 이미 지칠 대로 지쳐 있고, 상대의 검기(劍氣)는 날카롭게 날이 벼려져 있다. 수 일의 배고픔을 이기고, 피로감을 이기고 싸울 수 있는 무인 같은 것은 없다. 허황된 옛이야기라면 가능하겠지만. 게다가 저 재수없는 외팔이 남자의 실력은 이미 뼈저리게 알지 않는가. 이쪽의 수가 수십이라고 해도 절망적인 것은 마찬가지였다.

"…상공."

떨리는 손으로 장료가 활대를 잡아갔지만 이신이 그녀를 제지했다. 그녀의 의문 어린 시선에 그는 조용히 속삭였다.

"어차피 그는 맞지 않아요. 지금의 부인으로서는."

"하지만……."

"게다가 승상의 검기는 죽지 않았습니다."

"네?"

"승상은 강한 분입니다."

이신은 가라앉은 시선으로 조조를 바라보았다. 조조는 죽지 않았다. 비를 맞아 피부가 싸늘하게 얼어붙어도, 굶주려 온몸이 오그라 붙은 듯 야위었어도, 피로감에 젖은 현기증이 정신을 어지럽혀도 그는 죽지 않았다. 그의 검기는 생생히 눈을 뜨고 있다. 단지 강한 정신력 때문이라고 표현할 수 없을 정도로 그는 검과 함께 숨을 쉬고 있었다.

"기대했어, 당신과의 만남을."

제갈량이 천천히 다가온다. 그가 걸음을 한 걸음씩 옮길 때마다 조조군 병사들은 몸을 움찔댄다. 막아야 하나……? 그러나 너무나 뻔할 정도로 느껴지는 죽음의 예감이 그들의 행동을 막고 있었다. 막으면 죽는다, 그렇게 본능이 속삭이고 있었다.

"제길, 쓸모없는 머저리 같은 놈들."

서황이 이를 악물며 대부를 움켜쥐고 나서려고 할 때 조조가 입을 열었다.

"기다려. 그는 나를 찾아왔다."

"승상?"

"쓸데없는 희생 따위는 필요없다."

"지금 그게 무슨……?"

"나서는 자는 내가 먼저 베어버리겠다."

조조의 말에 담긴 감정이 너무나 엄격해서 서황은 그단 걸음을 멈추고 말았다. 혼자서 싸우겠다는 것인가……? 평소라면 아무런 걱정도 들지 않겠지만 지금의 조조는……. 그는 어찌해야 할지 모르고 인상만 찌푸렸다.

"그래, 당신 말이 맞아. 나는 당신에게만 관심이 있어. 당신은 내 검을 꺾은 첫 번째 남자야. 당신과의 승부가 지금의 나에겐 전부다."

제갈량의 탁한 목소리가 주술처럼 울려왔다. 그는 몇 자 정도의 사이를 두고 천천히 멈춰 섰다.

"응해주지."

조조가 말에서 내려 대지에 두 발을 붙이고 섰다. 지금에 와서 기마의 이점 같은 것은 조금도 쓸모가 없다. 그는 그것을 알고 있었다. 서서히 그의 손이 검파(劍把)에 놓인다.

"하지만 승상……."

정욱이 말리듯이 조조를 불렀다.

"먼저 가게. 곧 따라가겠다."

"……."

무슨 의미인지 모르지는 않았다. 하지만 그 자리의 그 누구도, 조금도 움직일 수는 없었다. 세상에 주공을 버려두고 가는 신하가 어디 있단 말인가. 팔이 떨어지면 살아갈 수 있지만, 머리가 떨어지면 그 나라는 숨통이 끊어진 것이다. 그것과 다르지 않았다.

"설령 죽더라도 그런 일 따위는……."

"신하라면 내 발걸음을 멈추게 하지 마라. 내 발목을 잡지도 마라. 알겠는가? 그게 나를 위하는 길이다."

순간, 정욱은 섬뜩 질리는 기분을 느꼈다.

조조에게서 광기가 일렁이고 있었다. 그로서는 처음 느껴보는 것이 당연한, 내내 차가운 얼음 속에 갇혀 있던 오싹한 광기가.

하후돈의 눈에 복잡하고 미묘한 감정이 떠오른다. 세월의 흐름을 거스른 듯이 예전의 조조가 그곳에 있었다. 이십 년 전의 광기와 날카로운 살의를 간직하고서. 앞을 막는 것은 모조리 베고, 마치 살인을 즐기는 듯한 느낌을 주던 바로 그 조조였다. 반사적으로 몸에 떨림이 인다. 어떤 쌍욕을 해서라도 그가 앞으로 나서는 것을 막고 싶은 것이 지금의 심정이었지만, 입은 쉽게 떨어지지 않았다. 몸과 마음의 괴리가 하후돈을 덮고 있었다.

'실은 조금도 변하지 않았잖아, 저 자식…….'

아니, 억누른 것인가. 그것도 아니면 지금 폭발한 것인가. 자신의 과거를 생각나게 할 정도로 비슷한 사내를 만나서. 그의 얼굴에 불현듯 강한 경련이 인다.

"그냥 지나간다!"

"하후 장군……!"

"동감입니다."

이신마저 그렇게 나서자 분위기가 묘하게 일그러졌다. 특히 병사들 사이에서 그 동요는 커져 갔다. 그들은 목숨을 걸고 조조를 지킬 이유는 사실 조금도 없는 것이다. 억지로 끌려온 전쟁이다. 자신의 목숨만 부지할 수 있다면 불구덩이에라도 들어갈 수 있었다. 멈칫멈칫 장수들의 눈치를 보면서 그들은 어떻게든 걸음을 옮기려 애썼다.

장료의 얼굴이 희미하게 동요했다.

"…상공."

"승상의 명령입니다."

죽지 않는다. 절대로 죽지 않는다. 이곳에서 조조는 즉지 않는다. 하지만 자신은 죽을지도 모른다. 지금으로서는 제갈량의 일검을 받는 것도 힘겨운 일임에야…….

이신은 그렇게 스스로를 납득시켰다. 그것이 옳다고.

"무운을 빌겠어, 맹덕."

조조의 마음을 정확히 이해한 것은 하후돈밖에는 없었다.

이십 년 전의 조조라면 절대로 피하지 않으리라. 숨지 않으리라. 그것도 거울처럼 이십 년 전의 자신과 마주치는 기분을 불러일으키는 저 남자가 상대라면. 절대로 부딪치는 것만이 그에게는 존재했다. 저 검은 옷의 외팔이 남자의 자취를 지워 버리는 것만이 그가 할 수 있는 유일한 선택이었다. 조조는 죽지 않아. 절대로. 이신과 똑같은 말을 하후돈은 마음속으로 중얼거렸다.

"신경 쓰지 말고 움직여라."

하후돈이 말을 몰았다. 그 뒤를 병사들이 필사적인 걸음으로 좇는다. 그리고 이신이 움직였다. 장료가 탄 말의 고삐를 잡아끌면서. 남은 장수들도 어쩔 수 없는 듯 머뭇거리며 걸음을 옮긴다. 허저만이 끝까지 움직이지 않았지만, 조조의 시선과 마주치자 움찔한 나머지 발걸음을 떼고 만다.

"……."

조용해졌군. 조조의 입가가 얄팍하게 꿈틀거렸다. 분노인지 슬픔인지, 아니… 어떠한 감정인지 모를 미소가 희미하게 떠올랐다.

키익.

눈 깜짝할 사이에 빗속을 뚫고 검이 뽑혔다. 조조의 손에 들린 검이 섬뜩한 빛을 발한다.

"시작하지."

차갑고 낮게 목소리가 흘렀다.

"당신을 까마귀의 먹이로 만들어주지."

제갈량의 입가에도 음울해 뵈는 가는 미소가 그려졌다.

그날, 비는 계속해서 내렸다. 적벽이 핏빛처럼 붉게 타오른 날에서 이틀이 지난 후였다. 그날 두 남자가 만났다. 비에 젖은 몸, 두 자루의 검, 차가운 눈동자를 맞대고서.

쇠가 타오를 듯이 울려왔다. 최초의 격돌에서 그들은 상대방의 검기가 짙푸르게 서 있는 것을 느꼈다. 어떤 쇳조각이라도 절단낼 듯이 예리하게.

제갈량의 칼날을 밀어내며 조조는 몇 발자국 뒤로 물러났다. 조금의 틈도 없는 흔들림없는 자세로. 사소한 방심이라도 허용하면 죽을 것이다. 그렇게 느끼고 있었다.

비에 젖어 땅이 질퍽거린다. 제갈량은 오른쪽으로 돌았다. 사냥감을 노리는 승냥이처럼 조조에게서 시선이 떨어지지 않는다. 깜빡이지 않는 눈을 타고 빗물이 흘러들어 갔지만 그의 눈은 감기지 않았다. 그를 감싼 집중력은 떨어지는 빗방울 하나마저 의식할 수 있을 정도였다.

탁.

어느 순간 그의 발이 빠르게 떨어졌다. 웬만한 일류 검객이라고 해도 전조(前兆)를 눈치 채지 못할 정도로 빠른 움직임이었다. 그러나 상대는 어디까지나 조조였다. 정확히 제갈량의 칼날을 포착한 조조의 검이 움직였다.

카앙!

음울한 검은 검광(劍光)과 소름 끼치도록 찬란한 은빛 검광이 허공에서 다시 한 번 부딪쳤다. 비바람이 찢어질 듯이, 파공음이 귓속을 울렸다. 제갈량은 공격을 멈추지 않았다. 아니, 멈출 수 없다는 것이 옳았다. 그곳에서 검을 멈추면 공격을 당할 테니까.

"역시 당신이야."

툭 내뱉듯 중얼거리며 제갈량은 조조를 베어갔다.

순식간에 그들은 다시 얽혔다. 몇 번이나 칼날이 번뜩인다. 그러나 처음 두 번 같은 격렬한 충돌은 없었다. 계속해서 정직하게 부딪치기만 해서는 승부를 낼 수 없다는 것을 잘 알기 때문이다. 상대방의 공격을 최대한 흘리거나 피해내면서 그들은 상대의 허점을 노렸다. 유연하면서도 강맹하고, 강맹하면서도 변화무쌍한 참격이 환상처럼 빗방울을 가르며 허공을 수놓는다. 검을 든 자라면 누구나 꿈꾸는 절정의 경지. 그 경지에 이른 두 남자의 사투가 극렬한 불길처럼 타오른다. 타협은 없었다. 서로의 목숨을 노리며 칼날은 비상(飛翔)한다.

파악.

처음으로 피가 튀었다. 조조의 왼쪽 어깨에서. 혈선이 그어진 자리에서 선혈이 흘러나왔다. 그것은 곧 빗물과 섞여서 묽어진다.

"오늘은 왜 전력을 다해 부딪치지 않지?"

제갈량이 이죽거리듯 말했다.

그때와는 상황이 바뀌었다. 그때 끊임없이 피를 흘리던 것은 바로 자신이었다. 하지만 오늘 처음 상처를 입은 것은 조조였다. 그리고 결국 쓰러지는 것도 조조일 것이었다.

"건방지군."

조조는 그저 경멸이 섞인 우울한 미소를 흘렸다. 이 정도 상처는 아무것도 아니다. 차라리 온몸으로 겨울비를 맞아야만 한다는 것이 그에게는 더 고통스러웠다. 그는 상처를 입지 않은 오른손으로 검을 고쳐 잡았다. 그가 원래 오른손잡이라는 것은 이미 제갈량도 알고 있는 사실이었다.

"진작 그랬어야지."

제갈량은 왠지 설레임에 젖은 듯한 야릇한 표정을 지었다. 심장이

다시 빠르게 박동한다. 피가 끓어오른다. 바로 이 흥분감. 그것이 조조에게 그가 바라는 것이었다.

"흥."

조조가 눈가를 찌푸리며 코웃음을 쳤다. 천천히 그의 검이 검집에 삼켜진다. 발검(拔劍)을 준비하고 있는 것이다.

제갈량은 그가 무슨 기술을 준비하고 있는지 잘 알고 있었다. 자신의 왼팔을 날려 버린 극의(極意)의 비검(秘劍)을 펼칠 심산인 것이다. 관우의 소리를 찢는 강격(强擊), 주유의 잔상이 남을 정도로 빠른 속검(速劍)에 비견되는 최고의 검술을.

"두 번이나 통할 것 같나?"

"물론."

조조가 짤막하게 내뱉으며 칼날을 개방했다. 동시에 공기가 찢어지는 듯한 소리가 울려왔다.

섬풍(閃風).

바람을 벴다. 그것은 명백했다. 그때 느꼈던 감정이 그대로 되살아난다.

제갈량은 피가 날 정도로 어금니를 악물었다. 똑같이 당하지는 않아. 절대로.

"나는 천하무적이다!"

휘몰아치는 바람의 압력에 속이 울렁이고 뒤틀리는 것 같다. 흐트러지는 내식을 억지로 가다듬으며 그는 기(氣)를 끌어올렸다. 저항을 하려면 할수록 바람의 결박은 더욱 몸을 옭아맨다. 그러나 그는 절대로 뒤로 물러나지 않았다. 그것은 그의 성격상 용납할 수 없는 일이었다.

물러나는 것은 지는 것이다. 절대로 물러나지 않는다. 붉게 충혈된 두 눈동자가 뜨겁게 번뜩였다.

천천히 바람이 잦아든다. 그리고 또 한 번 의천의 검집이 칼날을 집어삼킨다. 이단 발검.

제갈량은 검자루를 꽉 움켜쥐었다.

"쓸데없는 저항이다."

조조가 높게 도약했다. 그의 그림자가 눈 안에 가득 차 온다. 유연하고 잔혹할 만치 매혹적인 두 번째 발검이 허공에서 펼쳐 진다.

'젠장.'

몸에 힘이 빠진 것처럼 손이 제대로 말을 듣지 않는다. 순간적으로 기혈이 뒤얽힌 듯했다. 그러나 은빛 칼날은 기다려 주지 않는다. 목덜미를 꿰뚫어 버릴 듯이 다가오는 검. 동시에 그는 이상야릇한 기분에 사로잡혔다. 그토록 바라 마지않던 미칠 듯한 흥분. 심장이 터질 듯이 쿵쾅쿵쾅 요동쳤다. 핏줄 한 가닥, 한 가닥이 꿈틀대는 것이 오싹할 정도로 섬세하게 느껴졌다.

할 수 있다. 지금이라면 할 수 있다.

검은 배반하지 않는다.

제갈량의 검은 눈동자가 크게 뜨여졌다.

"우참(雨斬)."

평소와 달리 아무런 전조도 없이 그의 검이 움직였다. 무엇이든 파멸시킬 강력한 기운을 담은 연약하게 흔들리는 칼날이.

그리고 부딪쳤다.

　　　　　*　　　　　*　　　　　*

"거봐, 내가 뭐랬어. 조조군 따위는 수만 많은 개미 떼라니까."

열댓 살이나 됐을 듯한 소년이 또래로 보이는 소녀에게 쏘아붙이듯이 말했다. 하지만 소년은 은근히 즐거운 기색을 내비쳤다. 필경 죽은 줄로만 알았던 아비가 전쟁에서 살아 돌아온 것이다. 무려 백만이나 되는 대군을 상대로 살아 돌아온 데다가 격파하기까지 했다. 소년은 그게 마냥 그렇게 즐거울 수 없었다.

"와아… 정말 이길 줄이야."

아직도 믿기지 않는 눈으로 홍의(紅衣)의 소녀는 산 아래 건너편으로 보이는 조조의 진채, 아니… 이제는 진채라고 부를 수조차 없는 폐허를 멍하니 바라보았다. 너무 멀어서 제대로 보이지는 않았지만 아마 검게 탄 시체들이 이리저리 굴러다닐 것이다. 강가에 가득 차 있던 싸움 배들은 모두 다 타버렸는지 흔적을 갖춘 배조차 거의 없었다.

"대단하네… 정말."

소녀가 감탄하며 중얼거렸다.

"대단하긴. 강동의 주랑님은 무적이라고, 무적!"

스스로가 으쓱한지 어깨를 치켜 올려 보이며 소년이 말했다.

"그게 그렇게 기뻐?"

소년의 머리가 떵하고 울렸다. 대체 언제 나타났을까? 슬픈 듯한 눈을 가진 굉장한 미녀가 눈앞에 서 있었다. 붉은 옷이 왠지 눈에 박힌다. 생전 처음 보는 기겁할 만한 미녀와 시선이 마주치자 얼굴이 새빨개진 채 소년은 움찔하며 입을 열지 못했다.

“저저(姐姐:언니), 누구에요?”

소녀가 궁금한 눈으로 물었다.

“낭군을 기다리는 가련한 여인이라고 할까…….”

여인의 대답에 소년은 진심으로 그 낭군이라는 인간이 부럽다는 생각을 했다. 저런 미녀와 같이 이런… 저런……. 소년의 얼굴이 다시 새빨개졌다.

“어디 갔어요?”

“멀리.”

“멀리 어디요?”

소녀가 오랜만에 흥미거리를 발견한 사람처럼 호기심 어린 눈초리로 다시 물었다.

“음… 저 멀리…….”

여인의 목소리가 가늘게 떨렸다.

이곳으로 온다고 했는데. 살아 돌아온다면 이곳으로 온다고 했는데. 꼭 살아 돌아온다고 했는데.

“언니… 울어요?”

“…아니.”

여인은 황급히 눈가를 닦았다.

소녀는 고개를 갸웃한다. 혹시 죽었나……? 하지만 소녀는 그 말만은 입 밖으로 꺼낼 수 없었다.

소년은 이제 그 낭군이라는 인간에게 질투심을 넘어 증오심마저 느꼈다. 저런 미녀를 울리다니. 용납될 수 없는 일이다. 그야말로 천벌받을 녀석이다.

“이제 곧 오실 거야. 이곳에서 기다리면 오신다고 했어.”

“흐음.”

소녀가 눈을 크게 껌벅였다. 여인의 속에서부터 사무치는 듯한 목소리에 어쩌면 그 남자는 자신의 생각대로 영원히 오지 못하는 것은 아닌가 하는 확신이 들었다. 그러나 소녀의 그런 추측은 금방 빗나가고 말았다.

“가가······.”

여인은 눈에 비치는 무언가를 확인하고 얼어붙었다. 주체할 수 없는 감정의 격동이 물기와 함께 뺨을 타고 흘러내렸다. 피투성이다. 흑의가 온통 피투성이다. 그러나 살아 돌아왔다. 살아 돌아온 것으로 충분했다.

여인은 빠르게 뛰어갔다.

소녀와 소년의 시선이 동시에 여인이 뛰어가는 쪽으로 향했다.

그곳에는 피로 물든 흑의를 입은 외팔이 남자가 서 있었다. 무슨 표정을 짓고 있는지는 제대로 보이지 않았다. 여인은 눈물을 흘리며 그의 품 안에 안겼다.

“살아 돌아오셨군요······. 정말로··· 살아 돌아오셨어요···. 저는, 저는······.”

여인을 달래듯 남자는 그녀의 등을 부드럽게 쓸어내렸다.

“나는··· 죽이지 못했소.”

“···괜찮아요, 저는··· 가가가 살아오신 것만으로 족하답니다.”

“죽일 수 없었소.”

옛날에 살려준 은혜라도 갚을 셈이었나······? 이 바보 같은 놈. 박을 수 있다고 생각했다. 언제든 칼날을 박을 수 있다고 생각했다. 하지만 그것은 착각이었다. 손은 움직이지 않았다.

"됐어요, 가가……."

불길한 꿈이 빗나간 것만으로도… 그것으로 충분해요. 주유는 그를 안은 손에 힘을 주었다.

*   *   *

할 말이 있어요, 오라버님. 유빙은 그렇게 말했다.

이신은 조용히 술잔을 탁자에 내려놓는다. 적벽에서의 큰 전쟁이 끝난 후 처음 갖는 둘만의 술자리였다. 유빙은 그의 눈동자를 진지하게 응시한다.

말씀하시지요. 이신이 말했다.

저를 어떻게 생각하세요? 여자로서……. 유빙은 말을 마치고 상기된 얼굴을 돌려 천장을 바라본다. 어젯밤에 달을 보며 생각했던 수많은 상념의 결과는 자신의 감정을 더 이상 속이지 말자는 것이었다. 혹여 그 일로 인해 상처를 받게 되더라도. 그것이 낫겠다고 생각했다. 침묵이 길게 밀려들었다. 이신의 입술이 열리기를 그녀는 계속해서 기다린다. 쿵쾅대며 요란하게 울려대는 심장을 진정시키며.

그녀에게는 영원과도 같은 시간이 흘러갔을 때, 이신이 말했다. 미안합니다, 저는…….

유빙은 어지러움을 느낀다. 억지로 미소를 띤 입가가 부르르 떨린다. 어울리지 않는다는 것 따위는 알고 있었다. 그는 자신과는 어울릴 수 없다는 것을. 그는 아내가 있다. 그리고 그 아내는 질투가 날 정도로 그에게 잘 어울렸다. 아니… 그런 것은 상관없었다. 어떤 남자도 자신과 어우러질 수는 없다. 뼈가 저릴 정도로 안다. 황제는 고독하다는 것을.

유빙은 말했다. 그럼… 앞으로도 누이로서 부탁드려도 될까요?

마음속에 간직한 가장 사랑스런 오라버님, 그녀는 마음속으로 그렇게 중얼거렸다.

이신이 대답했다. 영원히 지켜 드리겠습니다. 영원히.

그녀의 입가에 하얗고 맑은 미소가 그려졌다. 눈가의 물기를 닦으며 그녀는 다시 웃었다.

〈제6권 終〉

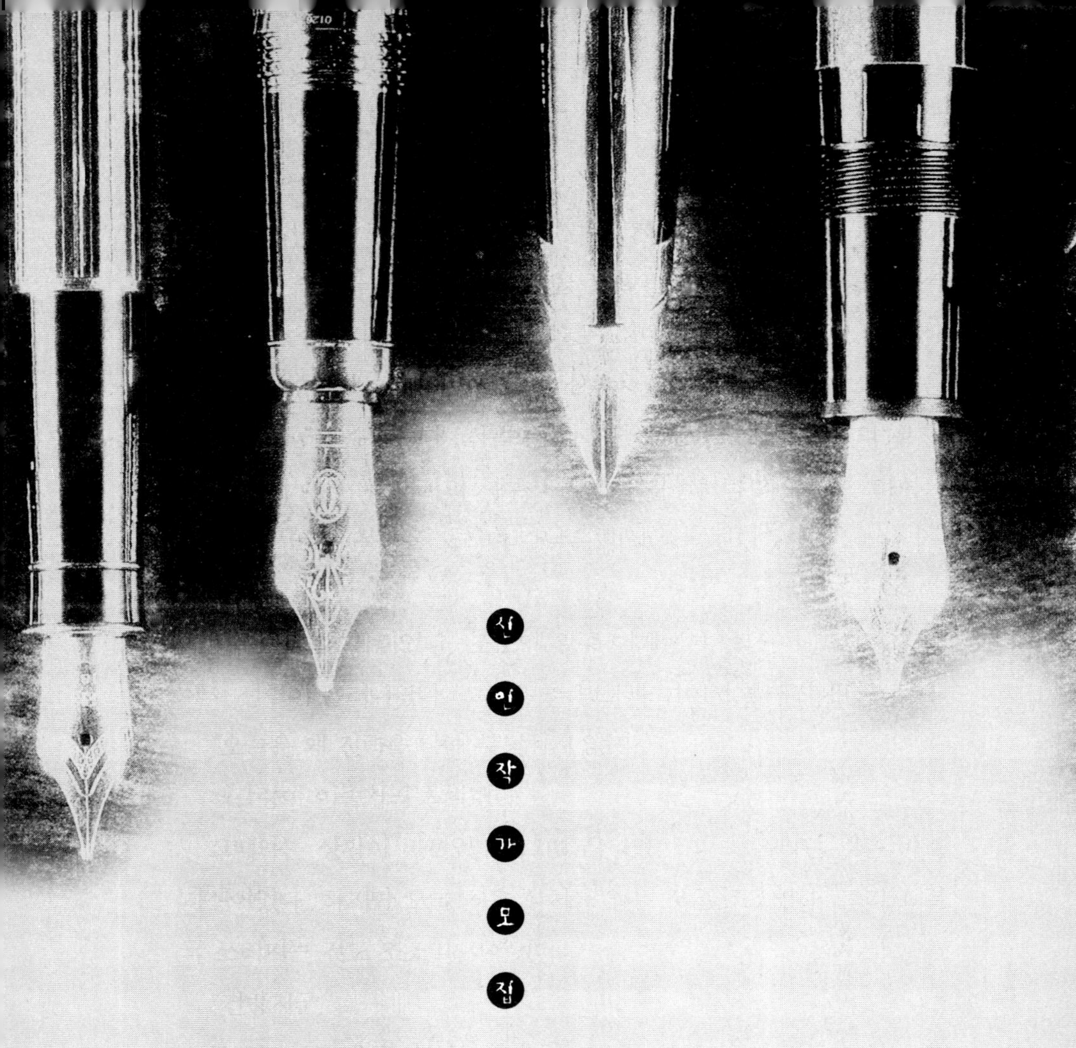

시작이 반이라고 했습니다.
작가의 길에 대한 보이지 않는 벽을 과감히 깨뜨리십시오!
청어람은 작가 지망생 여러분들의
멋진 방향타가 되어드리겠습니다.

저희 도서출판 청어람에서는
소설 신인 작가분들을 모집합니다.
판타지와 무협을 사랑하시는 분들의 많은 참여를 바랍니다.
소정의 원고(A4용지 150매)를 메일이나 우편으로 보내주시면
검토 후 출판 여부를 알려드리겠습니다.

주소:경기도 부천시 원미구 심곡1동 350-1 남성B/D 3F 우편번호420-011
TEL:032-656-4452 · **FAX**:032-656-4453
http://**www.chungeoram.com**
e-mail:chungeoram@chungeoram.com